U0011020

彼得潘

首度收錄前傳
《肯辛頓花園的彼得潘》

PETER PAN

J. M. 巴利　著

F. D. 貝德福 / 亞瑟．拉克姆　繪

郭庭瑄　譯

目錄

彼得與溫蒂

肯辛頓花園的彼得潘

彼得與溫蒂

❶ 彼得闖了進來

所有的孩子都會長大，只有一個例外。他們很快就明白自己會隨著時間慢慢成長；而溫蒂是這樣發現這個事實的：兩歲那年的某一天，她正在花園裡玩耍。她摘了一朵花，然後握著花快步跑向媽媽。我想溫蒂當時看起來一定非常可愛、非常討人喜歡吧，因為達林太太用手摀著胸口大喊：「噢，妳為什麼不能永遠保持這模樣呢！」關於這個話題，她們母女倆之間只交流了這句話。但自此之後，溫蒂就知道自己一定會長大。人過了兩歲後總是會明白些什麼。兩歲既是開始，也是結束。

他們家的門牌號碼是十四號。當然啦，直到溫蒂出生前，她母親一直都是家裡的主角。達林太太是位可愛又迷人的女士，不僅內心充滿天馬行空的浪漫幻想，嘴巴也很甜，喜歡逗弄別人。她那顆富含浪漫綺想的心就像那些來自神祕東方的小盒子一樣，一個套一個，無論你打開了多少盒子，裡面總還藏著另一個盒子；而她那張愛逗弄人的甜嘴上則掛著一個吻，雖然很明顯就懸在右邊嘴角上，但溫蒂卻始終得不到那個吻。

達林先生是這樣贏得妻子芳心的：當達林太太還是小女孩時，身邊總圍繞著許多男孩；那些男孩長大成為紳士後，全都在同一時間發現自己愛上了她，爭先恐後地拔腿跑到她家求婚，只有達林先生例外——他雇了一輛馬車，搶先抵達，就這樣得到了她。達林先生得到了她的一切，除了她藏在心底的小盒子和嘴角上的吻之外。他從來不知道盒子的存在；隨著時光飛逝，他也逐漸放棄，不再試圖得到那個吻。溫蒂覺得拿破崙應該能得到那個吻；但我能想像，拿破崙一而再、再而三不斷嘗試失敗後，想必也會怒氣沖沖地甩門離開。

達林先生過去時常向溫蒂誇口說她母親不但愛他，而且還非常尊敬他。他學識淵博，了解股票和股份之類的事。當然啦，沒有人能徹底搞懂這些事，但達林先生看起來似乎非常內行，時常把股票漲了、股價跌了這些話掛在嘴邊，侃侃而談的專業模樣讓每個女人聽了都對他心生敬意。

達林太太結婚時身穿一襲美麗純潔的白紗。起初，她有條不紊地記錄家用支出等帳目，幾乎可以說是興高采烈地記，連一顆球芽甘藍都不放過，彷彿記帳是場有趣的遊戲；不過，漸漸地，帳本上整顆花椰菜都漏掉了，取而代之的是一些沒有臉孔的嬰兒畫像。她把應該用於結算帳目的時間拿來畫圖，畫那些自己想像中的寶寶圖。

溫蒂是第一個出生的孩子，接著是約翰，然後是麥可。

溫蒂出生後的頭一、兩週，達林夫婦很懷疑他們是否有能力留下溫蒂，畢竟家裡會因此而多了一張嘴要養。雖然達林先生非常以溫蒂為傲，但他也是個很有原則、講求實際的正人君子。他坐在達林太太床邊握著她的手，開始一筆筆計算可能的開銷；達林太太則用哀求的眼神望著丈夫。她甘冒風險，認為無論遭遇到什麼樣的景況都要放手一搏，然而這並非達林先生的作風。他的方法是拿起紙和鉛筆逐條計算，要是她插嘴提出建議、擾亂了他的思緒，那他就得從頭再來一次。

「好了，別打斷我了。」他懇求妻子。

「我這裡有一英鎊十七先令，辦公室裡有兩先令六便士；我在辦公室可以不喝咖啡，先算能省下十先令好了，這樣就有兩英鎊九先令六便士，再加上妳的十八先令三便士，還有我支票簿上的五英鎊，總共就會有八英鎊九先令七便士——是誰在那亂動？——八英鎊九先令七便士，小數點進位七——別說話，親愛的——還有妳借給那個找上門來的傢伙一英鎊——安靜點，寶寶——小數點進位寶寶——瞧，都被妳們搞得亂七八糟啦！我剛剛是說九英鎊九先令七便士嗎？對，沒錯，九英鎊九先令七便士。問題是，我們能靠九英鎊九先令七便士撐一年嗎？」

「我們當然可以，喬治。」達林太太大聲回答，顯然是在偏袒溫蒂；不過達林先生才是兩人當中說話比較有分量的角色。

「別忘了腮腺炎，」他以近乎威脅的語氣警告她，接著繼續算，「腮腺炎一英鎊，先算這麼多好了，但我敢說大概三十先令還差不多——別說話——麻疹一英鎊五先令，德國麻疹半基尼，這樣就是兩英鎊十五先令六便士——妳不要搖手指——百日咳，大約要花十五先令……」達林先生就這樣不斷細算，每次加總出來的數字都不一樣。然而，溫蒂最後還是熬過來了；腮腺炎的醫療費減到十二先令六便士，而兩種麻疹則合併成一項來計。

約翰出生時也經歷了一樣的騷亂，麥可更是千鈞一髮、死裡逃生，但兩人最終還是順利留下來了。你或許很快就會看見他們姊弟三人排成一排，由保母陪同前往弗爾森小姐的幼稚園上學。

達林太太安於現狀，對眼下所擁有的一切感到心滿意足，而達林先生卻喜歡事事都跟鄰居一模一樣；所以，他們當然也請了保母。由於孩子們喝的牛奶量很大，家裡沒什麼多餘的錢，因此他們的保母是隻循規蹈矩、一本正經的紐芬蘭犬，名叫娜娜。在達林家雇用娜娜前，她並沒有特定的主人，但她一直以來都非常重視孩子。達林家是在肯辛頓花園裡認識娜娜的。她閒暇時多半待在園裡，偷偷把頭伸進嬰兒車窺望，而且還會跟著不稱職的保母回家，向她們的女主人告狀，所以那些粗心大意的保母都很討厭她。事實證明，娜娜是個不可多得的好保母。她總是非常細心地幫孩子洗澡；夜裡不論任何時刻，只要她照顧的孩子發出一絲極其細微的哭聲，她都會立刻起身查看。她的窩當然是在兒童房裡。她有種與生俱來的天賦和本領知道哪種咳嗽不能拖、什麼時候要在脖子上圍長襪。她始終相信像是大黃葉之類的傳統療法，對有關微生物或病菌等新奇觀點嗤之以鼻。看她護送孩子們上學就像是觀摩一堂禮儀課程，當孩子安份守己時，她會踩著沉著的腳步靜靜陪在他們身邊；若孩子亂跑或走偏了，她就會用頭把他們頂回隊伍裡。在約翰踢足球的日子，她不僅從未忘記他的毛衣，而且嘴裡還時常叼著一把傘，以防突然下雨。弗爾森小姐的學校地下室裡有個專門讓保母等候的房間，她們會坐在長凳上，娜娜則趴在地板上，唯一的差別就只有這點而已。由於她們認為娜娜的社會地位較自己低下，所以會假裝忽略她；而娜娜則瞧不起她們那些膚淺又沒營養的對話。娜娜很討厭達林太太的朋友來兒童房探望孩子，不過如果他們真的來了，她會先如閃電般飛快脫下麥可的圍兜，替他換上鑲有藍色滾邊的衣服，接著將溫蒂打理整齊，迅速梳好約翰的頭髮。

那些上床睡覺時所懷抱的調皮搗蛋及壞脾氣都被摺得小小的，收在腦袋最底層；最上層則放著清新燦爛的美好念頭，準備等你使用。

我不知道你有沒有看過人的心思圖。醫生有時會畫出人體其他部分或器官構造圖，而專屬於自己的圖看起來特別有趣。可是，假如碰巧看見醫生試著描繪孩子的心思圖，你會發現那看起來不僅亂成一團、混沌不清，而且還一直不斷繞圈子。心思圖上布滿許多彎彎曲曲的線條，就像體溫紀錄卡一樣；那些線條可能是島上蜿蜒的道路，因為永無島差不多都是以一座島嶼的形態浮現，周遭濺灑著令人驚豔的繽紛色彩。浩瀚的海面上除了有美麗的珊瑚礁外，還漂著外觀輕巧的小船；島上有許多野蠻人和孤零零的獸穴、身分大多是裁縫師的地精、河川流經的洞窟、有六個哥哥的王子、一間快要坍塌朽壞的小屋，以及一位身材非常矮小、有著鷹勾鼻的老婦人。假如只有這樣的話，心思圖畫起來還算簡單；不過，那裡還有開學第一天、宗教信仰、父親、圓形池塘、針線活、謀殺案、絞刑、與格動詞、吃巧克力布丁的日子、穿吊帶褲、數到九十九、自己拔牙所得到的三便士零用錢等等，這些要不是永無島的一部分，就是從另一張地圖透印過來的。總之，這一切的一切都非常混亂，令人摸不著頭緒，尤其圖上所有東西都晃來晃去的，完全沒有靜止狀態。

當然啦，每個人心中的永無島各不相同，差異非常大。例如，約翰的島上有座潟湖，湖上有許多紅鶴自在飛翔，而他當時正瞄準紅鶴射擊；至於年紀還很小的麥可，他的島上有隻紅鶴，紅鶴上方有許多潟湖飛過。約翰住在一艘倒扣在沙灘上的船裡，麥可住在一間簡陋的印第安人圓頂棚屋裡，溫蒂則住在一間用樹葉巧妙縫製成的屋子裡。約翰在島上沒有朋友，麥可只在晚上有朋友，而溫蒂養了一隻被父母拋棄的小狼當寵物。然而總體來說，他們的永無島還是有些相似的家族特徵，要是三個全都靜靜站成一排，你會發現他們的鼻子近乎神似等諸如此類。盡情嬉戲的孩子們總是在這些充滿魔力的神奇海邊將屬於自己的小圓舟拖上岸。我們也曾到過那裡；如今我們依然能聽見海浪的聲音，只不過我們再也不會上岸了。

在所有令人愉快的美妙島嶼中，永無島是最小巧舒適的一座島，面積不大，區域也不會太分散，從這場冒險到下一場冒險的距離不會過於冗長，密集度恰如其分，堪稱完美。白天用椅子和桌巾玩永無島遊戲時一點也不恐怖，可是在睡覺前兩分鐘，島上的一切就會變得幾近真實。這就是為什麼要點小夜燈的原因。

達林太太在孩子腦海中徜徉的時候，偶爾會發現一些她無法理解的事物，其中最令人困惑的就是「彼得」這個名字。她並不認識任何叫做彼得的人，但約翰與麥可腦子裡到處都有他的存在，而溫蒂的小腦袋中更是胡亂寫滿了這兩個字。這個名字的字體比較粗，在一堆文字中顯得格外醒目；達林太太仔細凝視這個名字，覺得這些字看起來很奇怪，彷彿有種狂妄自大的姿態。

「沒錯，他是滿自大的。」溫蒂承認，語氣中流露出一絲遺憾。

「但他到底是誰呢，我的寶貝？」達林太太不斷地質問她。

「他是彼得潘呀，媽媽，妳知道的。」

剛開始達林太太並不曉得溫蒂在說誰，不過在她回憶起自己的童年生活後，她才猛然想起確實有個彼得潘，據說他和仙子住在一起。關於他有些奇異的故事和傳言，像是他會陪早夭的孩子走一段路，這樣他們心裡就不會害怕了。達林太太小時候深信彼得潘真實存在，可是現在她結了婚、明白了許多道理，因此非常懷疑是否真有這麼一號人物。

「再說，他現在應該已經長大了吧。」她對溫蒂說。

「噢，沒有，他沒有長大。」溫蒂很有把握地向媽媽保證，「而且他跟我一樣大。」她的意思是說，彼得的身體及心智都跟她一樣大；她不曉得自己是怎麼知道這件事的，反正她就是知道。

達林太太跑去和丈夫商量孩子的奇怪想法，但達林先生卻輕蔑地笑說：「聽好了，那些全是胡說八道，想必是娜娜灌輸給他們的，那只不過是狗才會有的念頭罷了。別管了，一切都會過去的。」

然而這一切並沒有如達林先生所說的煙消雲散。過了不久，這個愛惹麻煩的小男孩令達林太太大為震驚。

孩子們時常會經歷詭異又古怪的遭遇，可是卻一點都不覺得緊張，也不會感到害怕。例如，他們可能會在事件發生一個星期後才突然想起來說，自己在森林裡遇到死去的父親，而且還跟他一起玩遊戲。某天早晨，溫蒂就是以這種漫不經心的口吻意外透露出一件令人不安的事。他們發現兒童房的地板上散落著幾片樹葉，但昨晚上床睡覺前，地上絕對沒有這些葉子。

正當達林太太百思不得其解時，溫蒂臉上露出一個包容的微笑說：「我相信那一定又是彼得幹的好事！」

「妳這話是什麼意思呢，溫蒂？」

「他真頑皮，進來也不先擦擦腳。」溫蒂嘆了口氣。她是個愛乾淨的孩子。她以非常實事求是的平淡口氣解釋說，她覺得彼得有時候會在晚上來到兒童房，坐在床尾吹笛子給她聽。只可惜她從沒醒來過，所以並不清楚自己是怎麼知道這件事的，反正她就是知道。

「妳到底在胡說些什麼呢，寶貝！沒有人能不敲門就走進屋裡呀。」

「我想他是從窗戶進來的。」溫蒂說。

「親愛的，這裡是三樓呢。」

「媽媽，葉子不是就落在窗戶底下嗎？」

這倒沒錯。那些樹葉是在非常靠近窗戶的地板上發現的。

達林太太不知道該做何感想。因為對溫蒂來說，眼前這些狀況似乎再自然不過了，你完全無法用「她是在做夢」這個理由來反駁。

「我的孩子，妳為什麼之前都不告訴我呢？」達林太太大聲說道。

「我忘了。」急著想去吃早餐的溫蒂輕描淡寫地說。

噢，她當時一定是在做夢沒錯。

可是另一方面，地板上也確實躺著幾片葉子。達林太太小心翼翼地檢視樹葉；雖然這些葉子只剩下葉脈，但她非常確定這些葉子並非來自任何生長於英國本土的樹種。她趴在地板上緩緩移動，用燭光仔細尋找奇怪的陌生腳印，然後又敲敲牆壁、拿火鉗伸進煙囪鏗啷鏗啷地翻攪，接著從窗戶垂下一條帶子到人行道上測量高度，發現外牆足足有三十呎高，而且牆面上連根可以攀爬的水管都沒有。

溫蒂絕對是在做夢。

然而，隔天晚上的情況證實，溫蒂並不是在做夢。這些孩子精采超凡的奇幻冒險可說是在那一夜正式展開。

在我們所說的那個夜晚，孩子們都依照慣例上床睡覺了。娜娜當晚恰巧休假，因此達林太太幫三個孩子洗澡、唱歌給他們聽，直到他們一個接一個鬆開她的手，進入甜甜的夢鄉。

一切看起來既舒服又安全，達林太太不禁嘴角上揚，覺得自己的擔憂和懼怕很可笑，於是便靜靜地在爐火旁坐下來，開始縫衣服。

那是為麥可縫的，是準備讓他在生日當天穿的襯衫。爐火暖烘烘的，加上兒童房裡只點了三盞光線微弱的夜燈，過沒多久，她手上的針線活就滑落到膝蓋上，頭開始點了起來；噢，多麼優雅的姿態啊。達林太太睡著了。看看他們四個人，溫蒂和麥可睡在那裡，約翰睡在這裡，他們的母親則睡在爐火邊。房間裡應該再點上第四盞夜燈的。

達林太太在熟睡時做了一個夢。她夢到永無島離她好近好近，有個陌生男孩突然從島上冒出來。達林太太並沒有被他嚇到，因為她覺得自己之前曾在許多沒有孩子的女人臉上看過這個男孩。或許在某些母親臉上也能發現他的蹤影。不過，在她的夢裡，男孩把籠罩著永無島的薄膜撕開，達林太太看見溫蒂、約翰及麥可正透過那道裂縫窺探。

做夢本身其實是件微不足道的小事。可是，正當達林太太在夢境中漫遊時，兒童房的窗戶猛然被風吹開，真的有個小男孩縱身一躍、降落在地板上，身邊還伴隨著一團跟拳頭差不多大的詭異光芒；那光芒彷彿有生命似的，繞著房間四處飛竄。我想這團光一定就是達林太太驚醒的原因。

達林太太大叫一聲，從椅子上跳起來，看見了那個男孩。不知道為什麼，她瞬間明白這個男孩就是彼得潘。假如你、我或溫蒂在場的話，我們應該會發現他長得很像達林太太嘴角上的那個吻。他是個很可愛的小男孩，身上穿著用葉脈及樹枝做成的衣服，不過最迷人的地方是他還保留了滿口乳牙。他發現達林太太是大人後，立刻朝她齜牙咧嘴，露出宛如珍珠般小小的牙齒。

彼得飛進兒童房。

可惜的是，達林太太不能讓影子掛在窗外，因為那樣看起來太像洗好的衣物，會降低房子的整體格調。她想把影子拿給達林先生看，但他正在計算為約翰及麥可添購冬季厚大衣的費用，頭上還綁了一條濕毛巾以維持頭腦清醒，這時候去打擾他似乎不太好意思；更何況，她也很明白他會說什麼：「這全都要怪我們雇了一條狗來當保母。」

於是達林太太決定把影子捲起來，小心翼翼地收到抽屜裡，等找到適當的時機再跟丈夫說這件事。哎呀！

一星期後，機會來了。那是一個永難忘懷的星期五。當然是星期五囉。

「遇到星期五，我應該要特別小心才對。」達林太太事後經常對丈夫這麼說，此時娜娜可能會陪伴在側，握著她的手。

「不，不，這全都是我的責任。一切都是我，喬治．達林造成的。皆吾之過，吾之過也。」曾受過古典教育的達林先生咬文嚼字地說。

他們就這樣夜復一夜地坐著，回憶那個宛如末日般充滿毀滅性的星期五，直到每個小細節都深深烙印在腦子裡，然後從另一面透出來，就好像鑄壞的劣質硬幣一樣。

「要是我沒接受二十七號住宅的晚宴邀請就好了。」達林太太說。

「要是我沒把藥倒進娜娜碗裡就好了。」達林先生說。

「要是我假裝喜歡那些藥就好了。」娜娜淚汪汪的雙眼透露出她的心聲。

「都怪我喜歡參加宴會，喬治。」

「都怪我那與生俱來的致命幽默感，親愛的。」

「都怪我太在意一些雞毛蒜皮的小事了，親愛的先生和夫人。」

接著，他們其中一個或多個會徹底崩潰、放聲大哭起來。「沒錯，沒錯，他們的確不應該找隻狗來當保母。」娜娜心想。有好幾次都是達林先生拿手帕替娜娜擦眼淚。

「那個惡魔！」達林先生憤怒地大聲嚷嚷，娜娜也會跟著狂吠附和，但達林太太卻從來沒有責怪過彼得；她右嘴角上好像有什麼東西要求她不要叱罵彼得。

他們會坐在空蕩蕩的兒童房裡，痴痴回想著那恐怖的一夜中每一個再微渺不過的細節。那天晚上剛開始就像其他上百個夜晚一樣平靜無事，娜娜為麥可放了洗澡水，背他到浴室洗澡。

「我不要上床睡覺啦，」麥可尖聲吶喊，彷彿深信自己對這件事有決定權似的。「我不要，我不要！娜娜，現在都還沒六點呢。討厭，討厭，我再也不愛妳了，娜娜。我告訴妳，我不要洗澡，我不洗，絕對不洗！」

這時，身穿一襲雪白晚禮服的達林太太走了進來。她之所以提早打扮，是因為溫蒂很愛看她穿晚禮服、脖子上戴著喬治送的項鍊的樣子。她手臂上戴著溫蒂的手鐲；那是她向溫蒂借來的。溫蒂非常喜歡把手鐲借給母親。

達林太太發現那兩個年紀較大的孩子正在玩扮家家酒，一個演她、一個演父親，正在重現溫蒂出生時的情景。

「我很高興能告訴妳這個好消息，達林太太，妳現在是位母親了。」模仿爸爸的約翰語氣非常逼真，彷彿就是達林先生當時在現場會用的語調。

溫蒂開心地跳起舞來，就好像達林太太本人會有的反應一樣。接著，約翰出生了，由於是個男孩，因此歡樂的慶祝場面更加盛大。洗好澡的麥可跑到正在玩耍的哥哥姊姊旁邊，要求也把他生下來，但約翰殘酷地說，他們不想再生了。

「沒人要我。」麥可差點哭出來。想當然，那位身穿白色晚禮服的女士無法忍受這種情況。

「我要，我很想要第三個孩子。」她說。

「男孩還是女孩呢？」麥可不抱太大希望地問。

「男孩。」

麥可立刻跳進媽媽溫暖的懷裡。如今，達林夫婦和娜娜回想起來，這只不過是件稀鬆平常的小事而已，但如果那是麥可在兒童房的最後一夜，就不是什麼小事了。

他們繼續細數往事。

「我就是在那時候好像龍捲風似地快速衝進去，對吧？」達林先生會用自嘲的語氣說。他當時確實就像一陣龍捲風。

或許他算是情有可原。那時他也正為了赴宴仔細穿戴、整理儀容，一切都進行得非常順利——直到打領帶為止。這件事說來倒也令人詫異，儘管這個男人熟知股票和股份的事，卻完全掌控不了自己的領帶。有時領帶會乖巧順從地任他擺布，但有時若他能嚥下面子和自尊，直接繫上現成的領帶，那家裡就會平靜多了。

當天就是這種情況。達林先生手裡抓著一條皺巴巴的混帳小領帶，氣急敗壞地衝進兒童房。

「哎，怎麼了，親愛的孩子的爸？」

「怎麼了！」他放聲大吼，真的是扯開喉嚨大吼。「這條領帶繫不上去。」他語氣裡充滿嘲諷，「這領帶沒辦法繫在我脖子上！但在床柱上就行！喔沒錯，我在床柱上繫了二十次，卻沒辦法繫在脖子上半次！可惡，就是不行！還求我饒了它呢！」

他覺得達林太太好像不夠在意他的話，於是繼續嚴苛地說：「我警告妳，孩子的媽，除非這條領帶安安穩穩地繫在我脖子上，否則我們今晚就不赴宴了，要是我今晚不赴宴的話，那我就再也不去上班了，要是我再也不上班的話，妳跟我就會活活餓死，我們的孩子將會流落街頭。」

即便如此，達林太太還是不疾不徐地說：「讓我試試吧，親愛的。」事實上，達林先生來兒童房的目的就是想叫妻子幫忙打領帶。她用冷靜靈巧的雙手迅速打好領帶，孩子們則圍繞在一旁，靜靜看著他們的命運終將如何。有些男人或許會因為她不費吹灰之力就輕鬆繫好領帶而感到憤恨不平，但達林先生的個性豁略大度、不拘小節，因此他瞬間將剛才的怒氣拋到九霄雲外，隨隨便便地道了聲謝，一轉眼便背著麥可在房間裡跳起舞來。

「當時我們玩得多麼瘋狂啊！」達林太太一邊回憶，一邊說道。

「那是我們最後一次這樣嬉鬧了。」達林先生哀聲嘆息。

「噢，喬治，你記得麥可突然對我說的那句話嗎？他說：『媽媽，妳是怎麼認識我的呢？』」

「我記得！」

「他們真的是非常貼心又可愛的孩子，喬治，你不覺得嗎？」

「而且他們是我們的孩子，我們的！可是他們現在全都走了。」

那天晚上的嬉鬧因為娜娜出現而劃下句點。最不幸的是，達林先生不小心撞到她，導致長褲上沾滿了狗毛。那不僅是條新長褲，而且還是他第一次穿有鑲邊的長褲；他不得不緊咬嘴唇，免得眼淚奪眶而出。當然，達林太太替他把長褲刷乾淨了，可是他又開始咕噥說雇用一條狗來當保母是個錯誤。

「喬治，娜娜是個難得的好保母呀。」

「這點毫無疑問，不過我有時會有點擔心她把孩子當成小狗看待。」

「噢，親愛的，我敢肯定她知道孩子們是有靈魂的。」

「這就難說了。我還是很懷疑。」達林先生若有所思地說。達林太太覺得此刻是個好時機，可以告訴丈夫關於那個男孩的事了。起初，他對整段故事嗤之以鼻，可是當她拿影子給他看時，他開始陷入一種默默沉思的狀態。

「我不認識這個人，」達林先生一邊說，一邊仔細檢視影子，「不過他看起來的確像個壞蛋。」

「妳還記得嗎，當我們正在討論的時候，」達林先生回憶道，「娜娜帶著麥可的藥走進來。妳再也不必用嘴叼著藥瓶了，娜娜。這全都是我的錯。」

雖然他是個堅強的男人，但在吃藥這件事上，他無疑表現得非常愚蠢。如果要說他有什麼弱點，那就是他自以為自己這輩子吃藥時都很勇敢；因此，如今當麥可閃躲娜娜嘴裡的湯匙時，他便用責備的語氣說：「要像個男子漢，麥可。」

「不要，我不要嘛！」麥可不聽話地大叫。達林太太離開房間去拿巧克力給他，達林先生則認為要採取強硬的態度和立場才對。

「孩子的媽，別縱容他。」他對著妻子的背影吶喊。「麥可，我像你這麼大的時候，吃藥從沒發過半句怨言，而且還會說：『慈愛的爸爸媽媽，謝謝你們餵我吃藥，讓我的身體好起來。』」

達林先生真心認為自己說的都是事實，此時此刻穿著睡衣的溫蒂也相信爸爸的話。為了鼓勵麥可，她便說：「爸爸，有時你吃的藥比麥可的還難吃，對不對？」

「難吃多了。麥可，要不是我搞丟了那瓶藥，我現在就能示範吃藥給你看。」達林先生一副勇敢無畏的樣子。

他並不是真的把藥弄丟了，而是三更半夜悄悄爬到櫃子頂端，把藥瓶藏在那裡。達林先生不知道的是，忠心耿耿的女僕莉莎發現了藥瓶，將瓶子放回他的盥洗台上了。

「爸爸，我知道藥瓶在哪。」溫蒂大叫，她總是非常樂意為他人效勞。「我去拿過來。」達林先生還來不及阻止，她就一溜煙跑走了。他整個人立刻就像洩了氣的皮球一樣，莫名其妙地變得無精打采。

「約翰，那是世界上最難吃、最討厭的藥，又黏又甜，噁心死了。」達林先生不禁全身顫慄。

「很快就沒事了，爸爸。」約翰用歡欣鼓舞的語氣替他加油。過了不久，溫蒂拿著裝在玻璃杯裡的藥水，匆匆忙忙地跑進來。

「我已經盡快拿來了。」她氣喘吁吁地說。

「妳的速度還真不是普通的快呢。」他以一種雜揉著報復意味的語調彬彬有禮地諷刺，但溫蒂完全沒注意到爸爸說什麼。「麥可先吃。」達林先生執拗地表示。

「爸爸先吃。」天性多疑的麥可說。

「我可是會吐喔，你知道吧。」達林先生語帶威脅。

「快點吃啦，爸爸。」約翰催促道。

「約翰，你給我閉嘴。」他父親厲聲喝斥。

「爸爸，我還以為你可以很輕鬆地吃下去呢。」溫蒂小小的臉上充滿疑惑。

「那不是重點，」他反駁。「重點是，我杯子裡的藥比麥可湯匙裡的還要多。這不公平，就算只剩最後一口氣我也要說，這不公平。」達林先生那顆驕傲的心幾乎快要爆炸了。

「爸爸，我在等你呢。」麥可冷冷地說。

「說得倒好聽。你在等，我也在等呢。」

「爸爸是個沒骨氣的膽小鬼。」

「你也是個沒骨氣的膽小鬼。」

「我才不怕呢。」

「我也不怕。」

「好啊，那你快喝啊。」

「好啊，你喝啊。」

「還是兩個人同時喝好了？」溫蒂想到了一個絕妙的好點子。

「當然沒問題。麥可，你準備好了嗎？」達林先生說。

溫蒂負責下指令，一、二、三——麥可喝下了他的藥，但達林先生卻趁他們不注意偷偷把藥藏到背後。

麥可生氣地大吼。「噢，爸爸！」溫蒂發出一聲驚叫。

「妳說『噢，爸爸』是什麼意思？別再胡鬧了，麥可。我本來是要把藥喝掉的，可是我——我沒喝到。」

他們姊弟三人一起瞪著達林先生，不服氣的樣子看起來很恐怖，就好像他們對父親的尊敬與愛慕之情瞬間蕩然無存似的。娜娜一走進浴室，達林先生立刻以哀求的語氣說：「看這裡，你們三個。我剛剛想到一個很棒的玩笑。我把藥倒進娜娜碗裡，她會以為是牛奶喝下去喔！」

藥水顏色看起來就像牛奶一樣；不過孩子們並沒有爸爸的幽默感，他們用責備的眼神看著他把藥倒進娜娜碗裡。「很好玩吧！」達林先生沒什麼把握地說。等達林太太和娜娜回來後，三個孩子也不敢揭穿爸爸的惡作劇。

「娜娜，乖狗狗，我在妳碗裡倒了些牛奶喔。」達林先生輕拍著娜娜說。

娜娜搖著尾巴跑向那碗藥水，開始舔了起來。接著她默默看了達林先生一眼，眼裡滿溢的不是憤怒，而是又大又紅的淚珠，讓我們不由得為這隻品格高尚的狗感到難過。隨後娜娜便爬回自己的小窩。

達林先生覺得非常羞愧，但他還是不肯低頭讓步。在一片駭人的沉默中，達林太太嗅嗅那個碗，接著說：「噢，喬治，這是你的藥啊！」

「只是開個小玩笑罷了！」達林先生在妻子柔聲安慰兩個男孩時大聲咆哮，溫蒂則跑過去擁抱娜娜。他憤憤不平，滿腹心酸地說：「很好，我這麼拚死拚活，不就是想讓這個家充滿歡笑、開開心心的。」

溫蒂仍緊緊抱著娜娜。達林先生放聲大吼：「好啦，繼續抱著她、寵著她吧！沒人寵我。一個都沒有！我只不過是個賺錢養家的人罷了，何必寵我呢——為什麼，為什麼，為什麼！」

「喬治，別那麼大聲，僕人們會聽到的。」達林太太懇求。不知道為什麼，他們習慣把莉莎稱為「僕人們」。

「就讓他們聽啊！」他不在乎地回答。「最好讓全世界的人都聽見算了。但我拒絕再讓那條狗在我的兒童房裡逞威風，就算只有一個鐘頭都不行。」

孩子們難過地哭了起來。娜娜跑到他跟前苦苦哀求，但他只是揮揮手叫她走開。達林先生感覺自己又是一個堅定剛強的男人了。他大聲嚷嚷：「沒用啦，沒用！院子是最適合妳的地方，我現在就要把妳拴在那裡。」

「喬治，喬治，別忘了我跟你說的那個男孩的事呀。」達林太太悄聲說道。

唉，可惜達林先生根本聽不進去。他下定決心要證明誰才是一家之主。當命令的語氣無法迫使娜娜離開狗窩時，他便用甜言蜜語哄她出來，然後粗暴地抓住她，將她拖出兒童房。雖然達林先生對自己的行為感到慚愧，但他還是做了。這全都要歸因於他天生情感太過豐沛，渴望得到他人的敬慕和景仰。這位可憐的父親把娜娜拴到後院後，便來到走廊上坐下，用指節遮住雙眼。

與此同時，達林太太在異常罕見的靜謐中送孩子上床睡覺，點亮了夜燈。他們能聽見娜娜的叫聲。約翰哽咽地說：「都是因為爸爸用鍊子把她綁在院子裡。」但溫蒂更聰明，她說：「那不是娜娜不開心時的叫聲，那是她聞到危險時的叫聲。」可是，她卻沒猜到即將發生的事。

危險！

「溫蒂，妳確定嗎？」

「噢，非常確定。」

達林太太全身顫抖，走到窗戶旁邊。窗子緊緊關著。她望向窗外，深沉的夜幕中布滿了點點繁星。星星密密麻麻地聚集在屋子四周，彷彿好奇地想知道這裡接下來會發生什麼事；不過達林太太並沒有注意到這點，也沒看見有一兩顆小星星在對她眨眼睛。然而，一種莫名的恐懼感緊揪住她的心，讓她不禁失聲大叫：「噢，要是我今晚不必參加宴會就好了！」

就連已經半睡半醒的麥可也感受到媽媽內心那股焦慮和不安。他問：「夜燈已經點亮了，媽媽，還有什麼東西能傷害我們嗎？」

「沒有，寶貝。夜燈是雪亮的眼睛，是媽媽留下來保護孩子的。」她說。

達林太太逐一走到三張床邊，為他們輕聲哼唱迷人的曲子。小麥可張開兩隻手臂撲進媽媽懷裡，摟著她大聲說：「媽媽，我很開心能有妳在身邊。」這是他當晚所說的最後一句話。往後很長一段時間，她都再也聽不到他說話了。

二十七號住宅離達林家只有幾碼遠，不過那天下了場小雪，因此達林夫婦必須非常小心自己的腳步，以免弄髒鞋子。大街上只有他們兩個人，所有星星正靜靜地看著他們。星星很美，但不會主動參與任何事務，他們只能永遠待在一旁觀望。這是對他們的懲罰，因為他們在很久很久以前曾做了某件事；由於真的太久了，現在已經沒有星星知道究竟是什麼事了。於是，老一輩的星星開始變得目光呆滯，很少說話（眨眼是星星的語言），但年輕的小星星還是很好奇。事實上，星星和彼得之間的交情不太好，彼得很愛惡作劇，時常鬼鬼祟祟地溜到星星背後，試圖把他們吹走；不過星星實在太喜歡找樂子湊熱鬧了，因此今晚他們全都站在彼得那邊，急著把大人支開。當二十七號大門在達林夫婦身後關上的那瞬間，浩瀚的蒼穹立刻泛起一陣騷動，全銀河最小的那顆星星尖聲高喊：

「彼得，趁現在！」

❸ 走吧，走吧！

達林夫婦離開家後，有段時間，三個孩子床邊的夜燈仍燃著明亮的火光。那是三盞非常棒的小夜燈，讓人忍不住希望它們能一直保持清醒，看見彼得現身；可是溫蒂的夜燈眨眨眼睛，打了個大呵欠，惹得另外兩盞夜燈也跟著打呵欠，三盞燈還來不及閉上嘴巴，就都全熄滅了。

此刻，房間裡出現了另一道比夜燈還要亮上一千倍的光。就在我們說到這的時候，那道光不僅已經溜進兒童房裡的所有抽屜，在衣櫃裡東翻西找，同時還拉出每個口袋徹底搜索，尋找彼得的影子。其實那並不是光，只是它透著晶亮、如閃電般在房間裡迅速飛竄，所以看起來像一道光；然而，當它停下來休息片刻、靜止不動的時候，你會發現它是個仙子，雖然個子不比你的手掌長，但它仍持續成長茁壯。那個小仙子是個女孩，名叫叮噹，她穿著用葉脈縫製而成的平口禮服，姿態優雅動人，合身的剪裁凸顯出她略微豐滿的美麗身段。

仙子飛進屋裡不久，窗戶就被小星星的氣息吹開，彼得手腳輕盈地跳了進來。因為他帶著叮噹飛了一段路，所以手上還沾著許多仙粉。

彼得確定孩子們都睡著後，輕柔地細聲呼喚：「叮噹，叮噹，妳在哪裡？」此時此刻，叮噹正待在一個罐子裡，而且非常非常喜歡那個地方；她以前從來沒有鑽進罐子裡過。

「噢，快從罐子裡出來啦，告訴我，妳知不知道他們把我的影子放在哪裡？」回答他的是一聲宛若清脆金鈴的可愛叮噹聲。那是仙子的語言。你們這些普通的孩子是永遠聽不到的；不過假如你聽到了，你就會知道自己以前曾經聽過。

叮噹說，影子在大箱子裡。她指的是那個多層抽屜櫃。彼得躍到抽屜前，用兩隻手同時把抽屜裡的東西翻出來，散落在地板上，好像國王把半便士扔給群眾一樣。過沒多久，他便找到了自己的影子，開心又興奮的他一不小心就把叮噹關在抽屜裡了。

如果他有思考的話——但我相信他從未思考過——他會想，當他和自己的影子彼此貼近時，兩者應該會像水滴一樣緊密結合在一起；可是，他和影子仍分得開開的。眼前的景象把他嚇壞了。他試圖用浴室的肥皂把影子黏到身上，但卻一點效果也沒有。彼得全身上下湧起一股顫慄，坐到地板上哭了起來。

溫蒂被彼得的啜泣聲吵醒，從床上坐起身來。看見一個陌生人坐在兒童房地板上哭泣，她一點都不驚慌，只覺得愉快又有趣。

「小男孩，你為什麼在哭呢？」溫蒂有禮貌地問。

彼得在仙子的典禮中學過莊重的儀態舉止，因此他也可以非常有禮貌。他從地板上站起來，優雅地向她鞠躬。溫蒂好高興，也從床上優雅地鞠躬回禮。

「妳叫什麼名字？」彼得問。

「溫蒂．莫伊拉．安琪拉．達林。」她有點得意地回答。「那你叫什麼名字呢？」

「彼得潘。」

溫蒂早就知道、也很確定他一定就是彼得，但這個名字相較之下似乎有點短。

「就這樣而已？」

「對。」彼得飛快地回答，口氣有點尖銳。他第一次覺得自己的名字好像太短了。

「真可惜。我很抱歉。」溫蒂．莫伊拉．安琪拉語帶遺憾地說。

「沒關係啦。」彼得深吸了一大口氣。

溫蒂問他住在哪裡。

「右邊第二條路，然後往前直走，走到天亮為止。」

「好好笑的地址喔！」

彼得有點沮喪。他第一次覺得，或許這個地址真的怪到很好笑。

「才不好笑呢。」他嘴硬地反駁。

溫蒂想起自己是女主人，於是便親切地說：「我的意思是，那是寫在信封上的地址嗎？」

彼得真希望她沒有提到信件的事。

「我沒收過任何信。」他輕蔑地說。

「可是你媽媽總會收到信吧？」

「我沒有媽媽。」彼得不但沒有母親，而且一點都不想要有母親。他認為人們對母親的評價根本過譽了。然而，溫蒂立刻覺得自己遇上了一樁悲劇。

「噢，彼得，難怪你剛才一直在哭。」她一邊說，一邊跳下床跑向他。

「我才不是因為媽媽而哭呢。我哭，是因為我沒辦法把影子黏回去。再說，我剛剛也沒哭啊。」彼得氣憤填膺地說。

「你的影子掉下來了嗎？」

「對。」

溫蒂瞥見地板上的影子，看起來被拖得髒兮兮的；彼得的遭遇讓她感到非常難過，「真糟糕！」可是，當她看到他居然試著用肥皂來黏影子時，嘴角不禁揚起一抹微笑。果然是男孩子會幹的事啊！

幸虧她馬上就知道該怎麼解決這個問題。「這得用縫的才行。」溫蒂的態度有點自視甚高。

「什麼是縫？」彼得問。

「你還真是無知耶。」

「哪有，我才沒有呢。」

不過，溫蒂心裡其實對彼得的無知感到非常雀躍。雖然他們兩人的身高一樣高，但她仍說：「我會幫你縫回去，我的小傢伙。」接著她拿出針線包，準備把影子縫到彼得腳上。

「我猜會有點痛喔。」溫蒂警告。

「喔，我不會哭的。」彼得早就自認為自己這輩子從來沒哭過。他咬緊牙關，果真沒落下半滴眼淚。過了不久，他的影子就能活動自如了，只是還有點皺而已。

「或許我應該用熨斗燙一下。」溫蒂體貼地說。但彼得就像其他男孩一樣不太在意外表；此時他正欣喜若狂地跳來跳去，完全無視於她的存在。唉，他忘了自己之所以能這麼開心，全都要歸功於溫蒂才對。他還以為是自己把影子黏回去的呢。「我真是太聰明了！」他興高采烈地大聲歡呼，一副得意洋洋的樣子，「噢，我怎麼會這麼聰明呢！」

彼得的自負是他最迷人的特質之一，但不得不承認這種個性實在很丟臉。講白一點，從來沒有比他更自以為是的男孩了。

溫蒂對他狂妄的態度感到非常震驚。

「你這個自大狂！當然啦，我什麼都沒做！」她語帶諷刺地大喊。

「妳幫了一點點小忙。」彼得漫不在乎地說，繼續跳著舞。

「一點點！既然我沒用，那我至少可以退出吧。」溫蒂高傲地表示，然後便以最有尊嚴的姿態回到床上，用毯子蓋住臉。

為了誘使她抬起頭來看，彼得裝出一副要離開的樣子，但這招失敗了。於是他坐在溫蒂床尾，用腳輕輕碰她。「別退出嘛，溫蒂。我只要一高興就會忍不住自誇嘛。」毯子下的溫蒂熱切地聽著，但還是不肯把頭抬起來。「溫蒂，」彼得以一種從來沒有任何女人能抗拒的語調說。「溫蒂，一個女孩比二十個男孩還要有用多了。」

此時此刻，溫蒂全身上下每一寸肌膚都是百分之百的女人——不過小女孩的肌膚加總起來也沒有多少吋啦——她忍不住從被子下探出頭來。

「你真的這麼想嗎，彼得？」

「對，我真的這麼想。」

「我覺得你實在是太貼心、太可愛了。」溫蒂表示，「那我要再度起床了。」於是他們倆一起坐在床邊。她還說，如果他喜歡的話，她願意給他一個吻，可是彼得不懂她的意思，滿心期盼地伸出手來。

「想必你應該知道什麼是吻吧？」他的反應讓溫蒂大吃一驚。

「等妳給我的時候我就知道啦。」彼得倔強地回答。為了不傷害彼得的感情，溫蒂給了他一個頂針。

「現在，要不要我也給妳一個吻？」他問。

「如果你願意的話。」雖然溫蒂的態度有些矜持，可是話一說完，她便主動把臉湊過去，反倒讓自己顯得非常輕浮；不過彼得只是把一顆橡實鈕扣放在她手裡，於是她慢慢把臉往後退回原來的位置，柔聲地說，她會把他的吻串在項鍊上戴起來。幸好她真的有把那顆橡實鈕扣串到自己戴的項鍊上，因為這顆橡實後來救了她一命。

我們這圈子裡的人在互相介紹、認識彼此的時候，習慣詢問對方的年紀。因此，總是喜歡按規矩正確行事的溫蒂便問彼得幾歲了。這對彼得來說實在不是什麼令人愉快的好問題；就好像當你希望考題為「歷任英國國王是誰」，但考卷上問的卻是文法測驗一樣。

「我不知道，不過我還很小。」彼得侷促不安地回答。他真的對自己的年齡一無所知，充其量只是有些猜想而已，但他仍大膽地隨口說道：「溫蒂，我在出生當天就逃家了。」

溫蒂非常驚訝，但同時也很感興趣；她以優雅迷人的社交禮儀姿態輕觸自己的睡衣，暗示他可以坐得離她近一點。

彼得低聲解釋：「因為我聽見爸爸媽媽在討論我長大變成男人後會是什麼樣子。」這時他突然情緒激動，煩躁地說：「我才不想變成男人呢，我想永遠當個小男孩，永遠開開心心地玩。所以我就逃到肯辛頓花園跟仙子們住在一起，已經住了很久很久了。」

溫蒂用極度崇拜的眼神看著彼得，他還以為是因為他離家出走的關係，但其實是因為他認識仙子。溫蒂一直以來都過著平淡無奇的居家生活，因此她認為和仙子做朋友一定很有趣。她不斷問了一連串關於仙子的問題，這讓彼得非常訝異，因為他個人覺得仙子很討厭，常常礙他的事之類的，他有時甚至不得不揍他們一頓。不過整體來說，彼得還是很喜歡仙子。他開始告訴溫蒂仙子的由來。

「溫蒂，妳知道嗎，當第一個寶寶第一次發出笑聲的時候，他的笑會瓦解成上千個細小的碎片，這些碎片會到處蹦蹦跳跳，那就是仙子的由來。」

這段話無聊透頂。但溫蒂是個很少出門的孩子，所以依然聽得津津有味。

「所以，」彼得用和藹的口氣繼續說，「每個男孩和女孩都應該有個仙子。」

「應該？所以實際上並沒有嗎？」

「沒有。現在的小孩懂得太多，他們很快就不相信仙子了。每當有小孩說：『我才不相信仙子呢』，在某個地方就會有個仙子墜下來死掉。」

彼得真的覺得他們聊仙子的事聊得夠多了。他突然想到，叮噹已經安靜了好一陣子，一直沒有出聲。「我想不透她到底跑哪去了。」他邊說邊起身，呼喚叮噹的名字。溫蒂頓時感受到一股強烈的興奮，她的心激動地怦怦亂跳。

「彼得，你不會是要告訴我這房間裡有個仙子吧！」溫蒂抓著彼得大叫。

「她剛才還在這兒啊。」彼得有點不耐煩地說。「妳聽不到她的聲音吧？」

接著他們兩人都豎起耳朵仔細聆聽。

「我唯一聽到的是像鈴鐺一樣叮叮噹噹的聲音。」溫蒂說。

「喔，那就是叮噹。那是仙子的語言。我想我也聽見她的聲音了。」

聲音是從抽屜櫃裡傳出來的，彼得臉上綻出開心的笑容。那種歡愉的模樣獨一無二，永遠都沒有人能看起來跟他一樣快樂。最可愛的是他咯咯的笑聲，他仍保有自己第一次發出的笑聲。

「溫蒂，我想我把她關在抽屜裡了。」彼得高興地低聲細語。

他把可憐的叮噹從抽屜裡放出來。叮噹在兒童房裡到處亂飛，怒氣沖沖地尖叫。彼得反駁說：「妳不應該說那種話，我當然覺得非常抱歉，可是我怎麼知道妳在抽屜裡呢？」

溫蒂根本沒在聽他說話。她大喊：「噢，彼得，要是她能停下來不要動，讓我看看她的話就好了！」

「他們很少停在原地靜止不動耶。」彼得說。然而，有那麼一瞬間，溫蒂瞥見那奇幻浪漫的小身影停在咕咕鐘上。雖然叮噹的臉仍因為生氣而扭曲成一團，但溫蒂還是忍不住放聲大叫：「噢，好可愛喔！」

「叮噹，這位小姐說她希望妳當她的仙子呢。」彼得親切友善地說。

叮噹的回答非常粗魯無禮。

「彼得，她說什麼呀？」溫蒂問。

「她不是很有禮貌。她說妳是個醜八怪，而且她是我的仙子。」彼得不得不如實翻譯。

他努力試著和叮噹爭辯：「叮噹，妳明知道妳不能當我的仙子，因為我是男士，而妳是女士。」

對於彼得這番話，叮噹的回答是：「你這個大笨蛋！」接著她就飛進浴室，消失得無影無蹤。

「她是個很普通的仙子。她叫做叮噹[1]，因為她負責修補鍋子和水壺之類的東西。」彼得語帶歉意地解釋。

這時他們倆一起坐在扶手椅上，溫蒂不斷丟出更多問題。

「如果你現在不住在肯辛頓花園——」

「有時我還是會住在那裡。」

「那你現在多半都住在什麼地方呢？」

「和迷失男孩住在一起。」

「他們是誰呀？」

「他們是保母不注意的時候，從嬰兒車裡掉出來的孩子。要是七天之內沒有人來認領的話，就會被送到遙遠的永無島去支付費用。我是他們的隊長。」

「那一定很好玩！」

「是滿好玩的啦。只是我們很寂寞也很孤單，都沒有女孩子作伴。」彼得狡黠地說。

「那些孩子裡沒有女生嗎？」

「噢，沒有啊。妳也知道，女孩子太聰明了，不會從嬰兒車裡掉出來的。」

這句恭維讓溫蒂心花怒放，高興地說：「我覺得你對於女孩子的看法真的很棒，說得太好了。那邊那個約翰就只會看不起我們而已。」

彼得以實際動作作為回應：他站了起來，將約翰連同毯子等其他東西全都一腳踢下床。對溫蒂而言，第一次見面就這樣似乎太莽撞了，她氣沖沖地對彼得說，他在她家可不是什麼隊長。不過，約翰在地板上仍睡得非常香甜安穩，因此她便任由他繼續躺在那裡。「我知道你是好意，」溫蒂的語氣變得溫和許多，「所以你可以給我一個吻。」

溫蒂一時之間忘了彼得不知道什麼是吻。

1「叮噹」原文為 Tinker Bell，而 tinker 意指（特別在從前的舊時代）無固定居所，挨家挨戶替別人修補鍋爐等金屬器皿或其他簡單修繕工作的工匠。

「我就猜妳會把它要回去。」彼得有點難過地說，拿出頂針要還給她。
「噢，親愛的，我不是說吻啦，我是說，我想要一個頂針。」親切可人的溫蒂說。
「那是什麼啊？」
「像這樣。」溫蒂親了彼得一下。
「真有趣！」彼得認真地說。「那現在我可以給妳一個頂針嗎？」
「如果你想的話。」溫蒂說。這次她把頭挺得直直的。
彼得給了她一個頂針，幾乎就在同一時間，溫蒂放聲尖叫。
「怎麼了，溫蒂？」
「好像有人在扯我頭髮。」
「一定是叮噹。我以前都不知道原來她這麼頑皮。」
沒錯，叮噹又開始到處飛來飛去，嘴裡還叨叨念著一些罵人的話。
「溫蒂，她說每次只要我給妳一個頂針，她就會那樣對妳。」
「可是……為什麼呢？」
「叮噹，妳這是為什麼啊？」
叮噹再次回答：「你這個大笨蛋！」
彼得還是搞不懂到底為什麼，但溫蒂明白了。當彼得承認他到兒童房窗邊不是為了看她，而是為了聽故事時，溫蒂心裡不禁微微失望。

「妳知道，我從來沒聽過任何故事，那些迷失男孩也沒有人知道什麼故事。」

「那真是太糟糕了。」溫蒂說。

「妳知道燕子為什麼要在屋簷下築巢嗎？就是為了要聽故事喔。溫蒂，妳媽媽那天講的故事真的很好聽呢。」

「哪個故事？」

「就是王子找不到穿玻璃鞋的小姐。」

「彼得，那是灰姑娘呀。後來王子找到她了，他們從此過著幸福快樂的日子。」溫蒂興奮地說。

坐在地板上的彼得開心地跳起來，急忙奔向窗戶。

「你要去哪裡？」溫蒂的語氣流露出一絲不安。

「去告訴其他男孩啊。」

「別走，彼得。我知道很多很多故事喔。」溫蒂懇求他說。

溫蒂確實是這麼說的沒錯，因此不可否認一開始其實是她先誘惑他的。

彼得走了回來，眼裡透出一抹極度渴望的貪婪神色，這原本應該會讓溫蒂感到驚愕、心生警戒才對，但實際上並沒有。

「噢，我有好多故事可以說給那些男孩聽呢！」她大聲地說。

彼得一把抓住溫蒂的手，拉著她走向窗戶。

「放開我！」她用命令的口氣厲聲說道。

「溫蒂，跟我走吧，講故事給其他男孩聽。」

溫蒂當然非常高興彼得邀請她一起走，不過她說：「噢，天哪，我不能去。想想我的媽咪！再說，我也不會飛呀！」

「我會教妳。」

「噢，飛翔的感覺一定很美好。」

「我會教妳怎麼跳上風的背，然後我們就可以飛得遠遠的。」

「哇！」她興高采烈地大聲歡呼。

「溫蒂呀，溫蒂，為什麼要傻傻地睡在無聊的床上呢？妳明明可以和我一起自在飛翔，對星星說些好玩又有趣的事啊。」

「哇！」

「而且還有美人魚喔，溫蒂。」

「美人魚！有尾巴的那種嗎？」

「有很長很長的尾巴呢。」

「噢！我想去看美人魚！」溫蒂興奮地大叫。

彼得開始散發出一種非常狡猾的氣息，緊接著說：「溫蒂，想想看，我們大家會多麼尊敬妳啊。」

溫蒂苦惱地扭動身子，彷彿正努力試著讓自己留在兒童房的地板上。

可是彼得一點也不同情她。

「溫蒂，妳晚上還可以幫我們蓋被子。」狡猾的他再度開口。

「哇！」

「從來沒有人在晚上幫我們蓋過被子。」

「噢。」溫蒂向彼得伸出雙臂。

「妳還可以幫我們縫補衣服、幫我們做口袋。我們大家都沒有口袋。」

溫蒂怎麼抗拒得了這些事呢！她放聲大喊：「這真是太吸引人了！彼得，你也可以教約翰和麥可怎麼飛嗎？」

「如果妳想要的話。」彼得冷淡地說。

於是溫蒂快步跑到約翰和麥可身旁，一邊用力把他們搖醒，一邊大聲嚷嚷：「快起來，彼得潘來了，而且他還要教我們飛呢！」

約翰揉揉眼睛說：「那我要起床了。」當然啦，他早就躺在地板上了。「嘿，我已經起來了耶！」

在這個時候，麥可也起床了，他看起來精神飽滿、活力充沛，宛如一把配備六片鋒刃與鋸子的小刀般銳利靈敏；但彼得卻突然用手勢示意要大家安靜。他們臉上露出極其狡黠的表情，那是孩子們留心傾聽大人世界所傳來的聲響時才會有的神態。所有人都停在原地，一動也不動。好了，一切都沒問題——不，等等！一切都很不對勁。一整晚都在痛苦狂吠的娜娜此時變得非常安靜。原來他們聽見的是她的沉默！

「把燈熄掉！躲起來！快！」約翰大喊。這是他在整場冒險旅程中唯一一次發號施令。因此，當莉莎牽著娜娜走進來時，兒童房看起來就跟之前一模一樣，伸手不見五指；你還會發誓自己聽見這三個小淘氣發出熟睡時宛如天使般的甜美呼吸聲。其實那些聲音都是他們躲在窗簾後面巧妙裝出來的。

莉莎有點生氣，因為她當時正在廚房做聖誕布丁，但由於娜娜荒謬的疑心病，害她不得不放下手邊的工作，臉頰上還黏著一粒葡萄乾呢。她認為，要求得一點清靜的最好方法就是帶娜娜到兒童房看看，不過當然是在她的監管下進行。

「看吧，妳這多疑的畜生，」莉莎一點也不同情顏面盡失的娜娜。「他們很安全啊，不是嗎？聽聽他們輕柔的呼吸聲，每個小天使都安穩地在床上熟睡呢。」

麥可看到自己模仿得這麼成功，內心備受鼓舞，於是便開始大聲呼吸，差點就害他們被識破了。娜娜很清楚那種呼吸聲，努力想掙脫莉莎的掌控。

可是，愚鈍的莉莎冥頑不靈，嚴厲地說：「夠了，娜娜。」她把娜娜拉出兒童房。「我警告妳，如果妳再亂叫的話，我就要到宴會上把主人和夫人請回來，到時候妳就等著瞧吧，主人不拿鞭子抽妳才怪。」

她再度把這隻快快不樂的狗拴起來。但是，你真的認為娜娜會乖乖閉嘴、停止狂吠嗎？把主人和夫人從宴會上請回來，哎，這正是娜娜求之不得的事呀！只要她照顧的孩子能安然無恙，你以為她會在乎自己挨不挨鞭子嗎？不幸的是，莉莎又回到廚房繼續做布丁。娜娜眼看無法從她那裡得到任何幫助，於是便拚命拉扯鍊子，不停地拉、用力地拉，最後鍊子終於斷了。頃刻之間，她已經衝進二十七號住宅的餐廳，將腳掌高舉在空中，那是她最能清楚表達意思的溝通方式。達林夫婦立刻明白兒童房裡發生了非常嚴重的狀況，於是顧不得和晚宴女主人道別，便急急忙忙跑到大街上。

然而這時，三個小壞蛋已經躲在窗簾後面努力呼吸了十分鐘；彼得潘在十分鐘內能做的事可多了。

現在，讓我們把目光轉回兒童房吧。

「沒事了。」約翰一邊宣布，一邊從藏身處跑出來。「喂，彼得，你真的會飛嗎？」

彼得懶得回答他，直接繞著房間到處飛翔，並靈巧地閃過壁爐架。

「好棒喔！」約翰和麥可異口同聲地說。

「太厲害了！」溫蒂大喊。

「對啊，我很厲害，噢，我真是太厲害了！」彼得又忘了他的禮貌。

飛行看起來輕鬆愉快又簡單。他們先在地板上試，然後又爬到床上試，不過卻總是往下墜，完全沒有飛起來。

「喂，你是怎麼辦到的？」約翰揉著膝蓋問彼得。他是個講求實際的男孩。

「只要想著可愛美好的念頭，那些念頭就會把你抬到半空中了。」彼得解釋。

他又示範了一次給他們看。

「太快了啦，你不能放慢速度嗎？」約翰說。

彼得用慢動作和快動作各飛了一次。「我懂了，溫蒂！」約翰大叫。但他很快就發現自己其實並沒有抓到訣竅。三姊弟當中沒有一個人能飛到一寸遠。雖然以識字來說，就連麥可都認識雙音節單字，而彼得卻連二十六個字母都不知道。

想當然，彼得是在逗他們玩，因為除非身上沾了仙粉，要不然是飛不起來的。幸好，如我們先前所提到的，他其中一隻手染上許多仙粉，於是他便朝他們三人各吹了一點，果然產生了絕佳的成效。

「現在只要像這樣扭動肩膀，然後就可以飛了。」彼得說。

他們全都待在床上，勇敢的麥可最先起飛。其實他原本完全沒打算要起飛的，但最後竟然輕飄飄地飛起來，而且一轉眼就飛越了整個房間。

「我飛起來了！」浮在半空中的麥可放聲大叫。

接著約翰也起飛了，他和溫蒂兩人在浴室附近碰個正著。

「噢，棒透了！」

「噢，太美妙了！」

「看看我！」

「看我啦！」

「看看我嘛！」

雖然他們會忍不住踢動一下雙腿，不像彼得飛得那麼優雅，但他們的頭不斷輕觸天花板，這種感覺真是難以言喻，世界上幾乎沒有跟飛行一樣美好的事了。剛開始彼得還會伸手幫溫蒂一把，但最後卻不得不停止，因為叮噹氣炸了。

他們飛上飛下，繞著房間飛了一圈又一圈。溫蒂形容這實在太美了。

「喂，我說啊，我們為什麼不乾脆飛出去看看呢？」約翰大聲嚷嚷。

當然啦，這正是彼得一直想引誘他們做的事。

麥可準備好了，他想看看自己飛十億英里要花多久時間。但溫蒂仍猶豫不決。

「有美人魚喔！」彼得再次強調。

「哇！」

「還有海盜呢。」

「海盜！」約翰放聲大叫，一把抓起他星期天戴的帽子，「我們趕快走吧！」

與此同時，達林先生和達林太太匆匆忙忙跟著娜娜一起衝出二十七號大門。他們快步跑到大街中央，抬頭望著兒童房的窗戶——沒錯，窗子仍緊緊關著，可是房間內卻燈火通明；最讓人心驚膽跳的景象是，他們看見窗簾上映著三個穿著睡衣的小身影，正在房間裡不斷繞圈子，不是在地板上，而是在半空中。

不是三個身影，是四個！

他們顫抖著推開面向街道的屋宅大門。達林先生想直接衝上樓去，但達林太太比比手勢，示意要他放輕腳步；她甚至還努力壓抑，試圖想讓自己劇烈的心跳變得和緩一點。

他們能及時趕到兒童房嗎？如果可以的話，他們會是何等開心，而我們大家也都能鬆一口氣，但這樣一來就沒有故事可講了；另一方面，假如他們來不及趕上，我在此鄭重向大家保證，最後一定會有個圓滿的結局。

要不是小星星一直密切監視，他們其實是可以及時趕到兒童房的。繁星再度吹開窗戶，其中最小的那顆星星高聲吶喊：「彼得，小心啊！」

彼得知道自己一刻也不能等了。「來吧！」他口氣專橫地大喊，旋即飛向夜空，身後跟著溫蒂、約翰與麥可。

達林先生、達林太太和娜娜火速衝進兒童房，可是一切都太遲了。鳥兒們已經飛走了。

鳥兒們飛走了。

❹ 飛翔

「右邊第二條路，然後往前直走，走到天亮為止。」

彼得曾告訴溫蒂，那是前往永無島的路。不過就算是鳥兒帶著地圖，並在每個颳著強風的轉角仔細查看路線，也沒辦法光靠這些指示順利找到永無島。你要知道，彼得只是腦子裡想到什麼就隨口說出來而已。

一開始，他的同伴對他深信不疑，再加上飛行實在是太有趣了，沿途他們光是在喜歡的教堂尖塔或其他高聳物體轉圈圈，就浪費了很多時間。

約翰和麥可兩人比賽誰飛得快，結果麥可遙遙領先。

他們回想起才不久之前，兩人還因為能在小小的房間裡到處飛來飛去，而自以為很了不起呢。

不久之前。但到底是多久之前呢？正當他們飛過一片浩瀚的大海時，這個問題開始讓溫蒂感到非常不安。約翰認為這是他們飛越的第二片海洋與第三個夜晚。

天色時而幽暗、時而明亮；有時非常寒冷，有時又過於暖和；也不知道他們究竟是真的覺得餓，抑或只是假裝肚子餓，因為彼得替他們找食物的方法非常新奇有趣：他會追趕那些銜著人類吃食的鳥兒，然後從牠們嘴裡奪取食物；接著鳥兒會再追過來把東西搶回去；於是他們就這樣開心地互相追逐好幾英里，最後彼此向對方表達善意，愉快道別。可是溫蒂卻有點擔心，她注意到彼得似乎不知道這種覓食方法其實非常奇怪，甚至不曉得世界上還有其他的覓食方式。

當然啦，他們沒有假裝想睡覺，他們是真的睏了。那其實是很危險的，因為只要一打瞌睡，馬上就會直直往下墜。糟糕的是，彼得覺得這樣很好玩。

「他又掉下去了！」彼得在麥可像顆石頭般突然往下落時，興高采烈地放聲大喊。

「救他！快救救他啊！」溫蒂一邊大叫，一邊用恐懼的眼神望著底下那片遙遠又殘酷的大海。最後彼得從空中往下俯衝，在麥可落入海裡前及時抓住了他。他的姿態優雅、身手非常俐落，不過他總是要等到最後一刻才行動；你會覺得他感興趣的不是拯救他人性命，而是展現自己的聰慧機靈。此外，彼得喜歡各式各樣的變化，這一秒令他全神貫注的遊戲，下一秒突然就不再吸引他了；因此，下次你掉下去的時候，他很有可能會袖手旁觀。

彼得只要仰躺就能飄浮，所以他可以安心地在空中睡覺，不會往下墜。但這至少有一部分是因為他的體重特別輕，假如你到他背後吹氣，他就會飄得快一點。

當他們玩「請你跟我這樣做」的時候，溫蒂低聲對約翰說：「對他客氣一點。」

「那就叫他不要再炫耀了啊。」約翰回答。

在玩「請你跟我這樣做」的時候，彼得會貼近水面飛翔，順便摸摸每條鯊魚的尾巴，就像你在街上會用手指滑過鐵欄杆一樣。他們無法成功照著他這麼做，因此或許那看起來就像在炫耀，尤其是他還會一直回頭看他們漏了幾條鯊魚尾巴。

「你們得對他好一點，要不然萬一他丟下我們的話怎麼辦？」溫蒂警告兩個弟弟。

「我們可以回去啊。」

「沒有他，我們要怎麼找到回家的路呢？」

「嗯，那我們可以繼續往前飛。」約翰說。

「那就糟了，約翰。到時候我們只能一直往前飛，因為我們根本不知道要怎麼停下來呀。」

這倒是真的。彼得忘了示範停下來的方法給他們看。

約翰說，要是事情真的到了糟糕透頂的地步，他們只要直直往前飛就好，因為地球是圓的，他們遲早都會飛回自家窗口的。

「那誰來幫我們找食物呢，約翰？」

「我剛才非常俐落地從老鷹嘴裡搶下一點食物啦，溫蒂。」

「可是你試了二十次才成功。」溫蒂提醒他。「而且就算我們變得很會找食物，如果他不在我們身邊幫助我們的話，我們就會撞到雲朵什麼的。」

他們的確常常撞到東西。雖然踢腿的次數還是很多，但他們現在已經能飛得很穩了；不過要是看到前方有片浮雲，他們越是想閃避，就越是一定會撞到。假如娜娜跟他們在一起的話，她現在應該已經在麥可額頭上纏繃帶了。

此時彼得不在他們身邊，他們三人獨自在空中飛呀飛的，覺得有點寂寞。彼得飛行的速度比他們快很多，常常突然「咻！」一聲就不見蹤影，自己一個人跑去冒險，沒讓他們參與。他會從天上飛下來，因為自己剛才對星星說的趣事而哈哈大笑，但卻早就忘了到底是什麼事這麼好笑；或者他會從海面飛上來，身上還黏著美人魚的鱗片，可是完全說不清楚究竟發生了什麼事。對從來沒見過美人魚的孩子來說，這種情況真的非常令人惱火。

「如果他這麼快就忘了剛才發生的事，那我們又怎麼能期待他會一直記得我們呢？」溫蒂推論道。

的確，彼得有時候回來就不記得他們了，至少不是記得很清楚。這點溫蒂非常肯定。有時他從他們身邊經過，打算繼續往前飛時，她看見他眼裡頓時浮現認出他們的神情；有一次溫蒂甚至不得不呼喊他的名字。

「我是溫蒂呀！」她焦急地說。

彼得感到非常抱歉，輕聲對她說：「嘿，溫蒂，如果妳發現我忘了妳，只要不停地說『我是溫蒂』，我就會想起來了。」

這種狀況當然令人非常不滿。不過為了補償，彼得教他們如何平躺在強勁的順風上。學習不同的飛行技巧和變化讓他們非常開心，一連試了好幾次，最後終於能安穩地在半空中睡覺了。他們本來想多睡一點，但彼得很快就對睡覺感到厭倦，過沒多久，他便以隊長的口氣大喊：「我們從這裡降落吧！」就這樣，雖然偶爾有些小爭吵，不過這趟旅程整體來說還是非常歡樂，他們終於接近永無島了；經過了好幾個月的努力飛行，他們真的到了。而且更重要的是，其實他們一路上都直直朝永無島前進，或許不完全是因為彼得或叮噹指引，而是因為島嶼本身正在尋找他們。唯有如此，人們才能看見那些不可思議的神奇海岸。

「就在那裡。」彼得平靜地說。

「哪裡？在哪裡？」

「在所有箭頭指向的地方。」

彼得說得沒錯，有一百萬道金色箭頭正為孩子點出島嶼所在。那些金箭全是他們的朋友——太陽散射出來的，太陽希望孩子們能在夜幕低垂前確實辨認出自己的方向。

溫蒂、約翰和麥可在空中踮起腳尖，迫不及待地想看看這座從來沒見過的島。奇妙的是，他們三人全都立刻認出永無島，並在恐懼降臨前大聲歡呼，他們的反應不像是終於看見夢寐以求的事物，反倒像是回家度假時與老朋友相會一樣。

「約翰，那裡有潟湖耶！」

「溫蒂，妳看，海龜正在把卵埋到沙裡呢。」

「嘿，約翰，我看見你那隻斷腿的紅鶴了！」

「麥可，快看，你的洞穴在那裡！」

「躲在矮灌木叢裡的是什麼啊，約翰？」

「那是一隻帶著小狼的母狼。溫蒂，我相信那一定就是妳的小狼！」
「約翰，那是我的船，你看，船舷都撞破了。」
「不，那才不是你的船呢！我們已經把你的船燒掉了。」
「不管怎樣，那就是我的船。嘿，約翰，我看見印第安人營地裡冒出的煙了！」
「在哪裡？指給我看，我可以從煙捲曲的方式判斷他們是不是正準備要打仗喔。」
「在那裡，就在神祕河對岸。」
「我看到了。沒錯，他們果然正在準備打仗呢。」
他們三人居然知道這麼多，這讓彼得有點不高興；但如果他想在他們面前耍威風的話，他的勝利近在咫尺，很快就能如願以償。因為我不是已經告訴過你，恐懼不久後就會降臨在他們身上嗎？
一旦金箭消失，使永無島陷入幽暗的夜色時，恐懼便悄然而至。
以前在家的時候，永無島總是會在睡覺前開始變得有點陰暗，看起來充滿威脅。接著，尚未被探索過的區域會浮現在島上，逐漸擴散開來；黑影在那些區域中四處遊蕩，野獸的咆哮聲聽起來也不太一樣；最重要的是，此刻你失去了絕對會贏的把握。你會很慶幸房間裡點亮了夜燈，甚至很樂意聽到娜娜說，這只不過是壁爐架罷了，永無島全是孩子們自已想像出來的。
當然，那時的永無島確實只是想像中的產物，不過現在成真了。那裡沒有夜燈，天色隨著時光流逝變得越來越暗。娜娜在哪裡呢？
他們一路上都是分散開來、各飛各的，但現在全都緊緊擠在彼得身邊。彼得雙眼閃閃發亮，先前那種漫不經心的態度終於消失了；每當觸碰到他的身體，他們全身就會湧起一陣微微刺痛的顫動。此時他們正在恐怖的島嶼上方低空飛翔，低到有時樹梢會輕輕擦過他們的腳。在空中並沒有看見什麼可怕的東西，可是他們的速度越來越慢，飛行也變得越來越吃力，就好像要不斷推開擋路的敵對勢力才能繼續前進一樣。有時他們還會懸在半空中，等彼得用拳頭敲敲打打、擊破隱形的阻礙後才飛得動。

「他們不希望我們降落。」彼得解釋。

「他們是誰呀？」溫蒂全身顫抖，低聲問道。

可是彼得不能說，或者不願意說。此時他把一直睡在他肩膀上的叮噹叫醒，派她飛在前面。

有時彼得會獨自在空中盤旋，把手放在耳邊全神貫注地仔細聆聽，接著再往下望，他的雙眼晶亮到彷彿會穿透地表、鑽出兩個洞似的。等到做完這些事後，他才會繼續往前飛。

彼得的膽量和勇氣幾乎大到令人驚駭的程度。他隨口對約翰說：「你現在想先冒險，還是要先吃茶點？」

「先吃茶點。」溫蒂迅速回答。麥可捏捏姊姊的手錶達感謝，但個性比較勇敢的約翰卻猶豫不決。

「什麼樣的冒險呢？」約翰小心翼翼地問。

「有個海盜正在我們下方的大草原上睡覺，如果你想的話，我們可以飛下去殺了他。」彼得說。

約翰停頓了好久，最後終於開口：「我沒看到他啊。」

永無島

「我看到了。」

「要是他醒了呢？」約翰的聲音有點沙啞。

「你該不會以為我是要趁他睡著的時候殺了他吧！我會先把他叫醒，然後再殺了他。這是我一貫的手法。」彼得憤憤不平地說。

「喂！你殺過很多海盜嗎？」

「多到數都數不清。」

「真了不起。」約翰說。不過他還是決定先吃茶點。他問彼得，島上現在是不是有很多海盜，彼得說，很多，他從沒見過這麼多海盜。

「現任的船長是誰？」

「虎克。」彼得回答。他在說這個可恨的名字時，臉上的表情變得非常嚴肅。

「詹姆斯．虎克？」

「正是。」

於是麥可真的開始嚎啕大哭起來，就連約翰也只能喘著氣說話，因為他們早就聽聞虎克的惡名了。

「他是黑鬍子水手長，不僅是他們當中最殘暴凶狠的傢伙，而且還是巴比克——也就是獨腿海盜頭子西爾弗唯一害怕的人。」

「就是他。」彼得說。

「他長什麼樣子？身材很高大嗎？」
「他沒有以前那麼高大了。」
「這話是什麼意思？」
「他身上有一小塊被我砍掉了。」
「你！」
「對，就是我。」彼得的語氣非常尖銳。
「我沒有不敬的意思。」
「喔，那好吧。」
「不過，嘿，你砍掉他身上哪一塊啊？」
「他的右手。」
「那他現在不能打鬥了嗎？」
「噢，他照樣能打！」
「他是左撇子啊？」
「他用鐵鉤代替右手，把它當成爪子。」
「爪子！」
「喂，約翰。」彼得說。
「嗯。」

「要說：『是的，長官。』」

「是的，長官。」

「有一件事，」彼得繼續說，「是每個在我手下做事的男孩都必須答應的，你也一樣。」

約翰的臉色頓時一片慘白。

「那就是，如果我們和虎克公開交戰，你必須把他留給我。」

「我答應你。」約翰忠心耿耿地說。

此時他們覺得周遭環境沒那麼陰森可怕了，因為叮噹和他們一起飛，他們能在她散發出來的光芒中清楚辨識彼此。可惜的是，叮噹沒辦法像他們一樣飛得那麼慢，所以她不得不繞著大家一圈又一圈地飛，因此他們看起來就像是在光環裡飛行一樣。溫蒂還滿喜歡這樣的，直到彼得指出缺點為止。

「她告訴我，海盜在天黑前就已經看到我們了，而且還把長腳湯姆搬了出來。」

「是那座大砲嗎？」

「沒錯。當然啦，他們一定看得到叮噹的亮光，要是他們猜測我們就在叮噹附近，絕對會開火攻擊的。」

「溫蒂！」

「約翰！」

「麥可！」

「彼得，叫她馬上離開！」三姊弟異口同聲地大喊。但彼得拒絕了。

「她覺得我們迷路了，」他執拗地回答，「而且她很害怕。你們該不會以為我會在她害怕的時候叫她自己一個人飛走吧！」

剎那間，那明亮的光環斷了，有個東西充滿愛意地輕輕捏了彼得一下。

「那就叫她把光熄掉吧。」溫蒂苦苦哀求。

「她沒辦法熄掉。那大概是仙子唯一做不到的事。只有在她睡著的時候，光芒才會自動熄滅，就像星星一樣。」

「那就叫她馬上睡覺啊。」約翰幾乎是用命令的口氣說出這句話。

「除非她睏了，要不然她沒辦法睡。這是另外一件仙子做不到的事。」

「在我看來，只有這兩件事才值得做呢。」約翰氣沖沖地低聲咆哮。

話一說完，他也被捏了一下，不過並不是充滿愛意的捏法。

「要是我們其中有人有口袋的話就好了，這樣就可以把她放在裡面帶著了。」彼得說。可是他們出發時太過倉促，四個人身上一個口袋也沒有。

彼得想到了一個好主意——約翰的帽子！

叮噹同意，如果帽子是被拿在手中的話，她願意搭乘帽子旅行。雖然她希望拿帽子的人是彼得，但一開始卻是由約翰負責；過了不久，約翰就說他飛的時候帽子會撞到膝蓋，於是便換溫蒂接手那頂帽子；後面我們將會看到這件事引來多大的麻煩，因為叮噹討厭欠溫蒂人情。

等到光芒完全藏進那頂黑色高頂禮帽後，他們便繼續默默往前飛。那是他們這輩子經歷過最深沉、最凝滯的寂靜，只有一度從遠方傳來舔食的聲響打破這道沉默，彼得解釋說，那是野獸在淺灘喝水的聲音；還有一次可能是樹枝相互摩擦所發出來的刺耳聲響，但彼得說那是印第安人在磨刀子。

最後就連這些雜音也消失了。對麥可來說，這種孤寂非常恐怖。「要是能有什麼東西發出點聲音的話就好了！」他大喊。

一陣他從沒聽過的轟然巨響劃過天際，彷彿是在回應他的要求似的，將寧靜的氛圍炸得粉碎。海盜朝他們開砲了。

隆隆的砲聲在山林間迴盪，那些回音聽起來好像正殘暴地大吼：「他們在哪？他們在哪？他們在哪？」

三個嚇壞的孩子這才深刻體認到，想像出來的島與幻化為真的島有多麼不同。

當天空終於再度恢復平靜時，約翰和麥可赫然發現黑暗中只剩下他們兩個人。約翰像機械一樣呆呆地踩著空氣，而原本不知道該如何飄浮的麥可竟然飄在半空中。

「你被打中了嗎？」約翰用顫抖的聲音悄悄問道。

「我還沒試過砲彈的滋味呢。」麥可輕聲回答。

現在我們知道沒有人被擊中。不過，彼得被砲火掠過天際所捲起的風吹到遙遠的大海上；溫蒂則被往上吹，身邊只有叮噹作伴。

要是溫蒂那時候把帽子扔掉的話就好了，對她來說會是件好事。

我不知道叮噹是突然想到這個點子，還是在途中就計畫好了，但她旋即從帽子裡鑽出來，開始引誘溫蒂飛往毀滅的境界。

其實叮噹的本性並不壞，或者應該說，她只有此時此刻才這麼壞；可是另一方面，她有時候又非常好。仙子不是這樣就是那樣，因為他們實在太嬌小了，所以很不幸，他們體內一次只能容納一種情感。然而他們是可以改變的，只是要變的話就必須徹頭徹尾地改變。叮噹現在一心嫉妒溫蒂。溫蒂當然聽不懂她用可愛銀鈴聲所說的話，但我相信其中有些一定是很糟糕的話，只是聽起來很友善親切；而且她前後來來回回地飛，明白地表示：「跟著我，一切都會沒事的。」

可憐的溫蒂還能怎麼辦呢？她高聲呼喚彼得、約翰和麥可，但回應她的只有充滿嘲弄的回聲。溫蒂還不知道叮噹心裡對她懷著強烈的恨意，就像一個十足的女人會有的那種嫉恨之情。於是，茫然迷惑的溫蒂跟著叮噹，搖搖晃晃地在空中飛翔，飛向她的厄運。

❺ 永無島成真

永無島感覺到彼得正在回來的路上，再度從沉靜中甦醒，恢復活力。我們應該用過去完成式說永無島已經清醒了，不過甦醒比較好，彼得一直以來都用甦醒這兩個字。

彼得不在的時候，島上通常都很寧靜安詳。仙子們早上會多賴床一小時；野獸照顧年輕的幼獸；印第安人瘋狂大吃大喝了六天六夜；海盜與迷失男孩狹路相逢時，也只是咬著大拇指相瞪眼。然而，討厭死氣沉沉的彼得一回來，他們又全都開始活蹦亂跳：假如你現在將耳朵貼到地上，就會聽見整座島生氣蓬勃地沸騰起來。

這天晚上，島上的幾個主要勢力分布如下：迷失男孩在外找尋彼得的身影，海盜則出去尋找迷失男孩，印第安人到處搜索海盜，野獸則到處搜尋印第安人的蹤跡。他們繞著島一圈又一圈地轉，卻始終遇不上彼此，因為他們全都以相同的速度前進。

除了迷失男孩外，其他三個群體都嗜血如命。通常男孩們也喜歡血淋淋的場景，不過今晚他們得出去迎接隊長才行。當然啦，島上男孩的數目會隨著慘遭殺害或其他原因而有所變動；當他們看起來似乎要長大的時候，彼得就會把他們除掉，因為這是違反規定的。目前他們一共有六個人，其中一對雙胞胎算兩個人。我們假裝趴在甘蔗林中，看他們個個手握匕首、排成一列，躡手躡腳地走過去吧。

彼得嚴禁男孩們的模樣看起來像他，一丁點都不行。他們穿著自己親手宰殺的熊皮，外型圓嘟嘟、毛茸茸的，只要一跌倒就會往前翻滾，因此每個人都小心翼翼，沉穩地踏出每一步。

第一個經過的是托托，他在這支勇敢的隊伍中雖然不是最怯懦、但卻是最倒楣的一個。他參與過的冒險比其他男孩都還要少，因為通常他前腳剛走，重大事件後腳就跟著發生；例如原先一切都很平靜，托托便趁機去撿幾根樹枝當柴火，結果等他回來時發現其他人已經在清理血跡了。雖然運氣不佳讓托托的臉色蒙上一層淡淡的憂鬱，可是他的性情不但沒有變得陰沉、充滿怨懟，反而還更加溫和，因此他是男孩中最柔順謙遜的一個。可憐又善良的托托，今晚危險正在空中等著你呢。要小心啊，以免冒險自動送上門來；一旦接受了這場冒險，它將會使你墜入無盡的苦難深淵。托托，今晚一心想惡作劇的叮噹仙子正在找尋幫助她搗亂的工具，而她認為你是男孩裡最容易上當的。務必要謹慎提防叮噹啊！

希望他能聽見我們的警告。可是我們並非真的在島上，而托托則咬著指關節走過去了。

接著經過的是尼布斯，他是個無憂無慮、活潑又充滿自信的男孩。跟在尼布斯後面的是史萊特利，他把樹枝削成笛子，並隨著自己吹奏出來的曲調陶醉地跳舞。史萊特利是六個男孩中最自以為是的傢伙，他認為自己還記得走失前的生活、禮儀和風俗習慣，所以鼻子老是翹得高高的，非常惹人厭。第四個是捲毛，他是個愛搗蛋的小淘氣；每當彼得板著臉說：「這是誰幹的，站出來！」捲毛通常都不得不站出去，導致現在只要一聽到命令，不管是不是他幹的，他都會自動站上前去。隊伍最後方是那對雙胞胎；我們無法描述這兩兄弟，因為只要一描述，絕對會搞錯人。彼得從來都不知道什麼是雙胞胎，只要是他自己不知道的事，他也不准隊員知道，因此這兩個男孩一直以來對自己的事也都迷迷糊糊的；他們倆總是形影不離地黏在一起，竭盡全力想討好別人。

男孩們消失在幽微的黑暗裡。過了一段時間——但也不是很長一段時間，因為島上所有事物都以閃電般的速度急遽發展——海盜便追隨男孩的足跡而來。在看見海盜之前，他們的聲音就先傳進我們耳朵裡，而且永遠都是那首可怕的歌：

注意、綁緊船繩，喲嗬，停航，
我們要去搶劫啦，
要是砲火一擊把我們打散，
我們還會在深海底相見歡！

就算是在英國海軍法庭曾下令絞死眾多海盜及罪犯的死刑碼頭上，也從來沒吊過看起來比這群海盜還要凶惡的人。稍微走在前面一點的是英俊帥氣的義大利人伽可，他赤裸著兩條粗壯的臂膀，耳朵上掛著西班牙古銀幣當裝飾，並不時把頭貼在地面上仔細聆聽；他在印度果亞時，曾於典獄長背上用血刻了自己的名字。伽可後面是個皮膚黑亮、身材宛如巨人般高壯的彪形大漢，至今瓜喬莫河沿岸仍有許多膚色黝黑的母親會用他的名字來嚇唬孩子；他捨棄那個被用來嚇人的名字後又取了不少名字。接著是全身上下布滿刺青的比爾．朱克斯，就是那個在海象號上被弗林特船長砍了七十二刀才扔下葡萄牙金幣袋的比爾．朱克斯；再來是庫克森，據說他是海盜黑墨菲的兄弟（但這從未經過證實）；然後是紳士史塔奇，他曾在公立學校擔任過副校長，殺人的姿態依舊文質彬彬、非常優雅；另外還有天窗（海盜摩根的天窗）和愛爾蘭水手長史密。史密是個異常和藹可親的男人，就連捅別人一刀的樣子也可說相當友善；此外，他也是虎克的船員中唯一一位不信奉英國國教的人。接下來是雙手永遠背在身後的努德勒，還有羅伯．穆林斯、艾爾夫．梅森，以及其他許多在西班牙大陸美洲[2]惡名昭彰、令人聞之喪膽的狂徒。

這幫陰險的凶神惡煞中最奸邪、最殘暴的就是斜倚著身體的詹姆斯．虎克，或是如他自己所寫的詹．虎克，據說海盜頭子西爾弗唯一畏懼的人就是他。他正舒服地躺在一輛粗陋的四輪馬車上，由他的手下推著走。他的右手沒了，取而代之的是一根鐵鉤；他不時揮舞鐵鉤，催促手下們加快腳步。這個可怕的男人把他們當成狗一樣對待，恣意呼來喚去，而他們也像狗一樣唯命是從。虎克的

2 Spanish Main，舊時英國以此稱呼被西班牙人殖民、控制的美洲大陸沿岸及海域，主要包括佛羅里達、墨西哥灣、南美北岸及加勒比海沿岸一帶。

身材如骷髏般乾瘦，形容枯槁、面色黝黑，頭髮則梳成長長的髮捲，遠遠望去就像一根根黑色蠟燭，讓他俊美的臉看起來異常陰沉。他的雙眸宛如勿忘我花般鮮藍，眼底透著深沉的憂鬱；不過當他舉著鐵鉤刺向你時，他的眼睛就會冒出兩個紅點，燃起恐怖的熊熊火光。儀態方面，虎克身上仍殘留著些許傲慢的貴族氣息，因此就算他只用氣勢也能把你撕得粉身碎骨。除此之外，我還聽說他是個有名的說故事高手。他最彬彬有禮的時候，也就是他最邪惡狠毒的時候，這大概是用來考驗出身血統最真確的標準了。虎克的措辭就跟他獨具一格的行為舉止一樣優雅，甚至在高聲咒罵時也不流於粗俗，顯示出他與其他船員的階級地位大不相同。虎克擁有不屈不撓的勇氣，據傳他唯一害怕的是看到自己的血；他的血又濃又稠，顏色也很不尋常。至於服裝的部分，他有點模仿十七世紀英格蘭、蘇格蘭及愛爾蘭國王查理二世的穿著，因為他早年曾聽說自己和那位命運多舛的斯圖亞特王室成員長得莫名相像；另外，他嘴裡時常叼著自己發明的菸嘴，可以一次同時抽兩根雪茄。然而他全身上下最陰森、最恐怖的無疑就是那隻鐵爪。

現在就讓我們殺個海盜來說明虎克的手法吧。找天窗來示範好了：他們經過的時候，天窗不小心一個踉蹌，笨手笨腳地撞到虎克，弄皺了他的環狀蕾絲衣領；鐵鉤以迅雷不及掩耳的速度飛快掃過，接著只聽見撕裂的聲響和一聲尖叫，天窗的屍體就被踢到一旁，其他海盜則繼續前進；虎克甚至連嘴裡的雪茄都沒拿下來。

彼得潘就是在跟如此凶險可怕的男人爭鬥。究竟哪一方會獲勝呢？

偷偷跟蹤海盜的腳步、悄然無聲地踏上征途的是印第安人；缺乏經驗的眼睛是不可能發現印第安人的足跡的。他們每個人都睜大眼睛保持警覺，手裡握著戰斧和刀子；赤裸的身體不僅塗滿光澤閃耀的繽紛油彩，而且還掛著一串串頭皮——有男孩的、也有海盜的。這群印第安人屬於皮卡尼尼族，別把他們和軟心腸的德拉瓦族與休倫族搞混了。打前鋒的是身材魁梧、體格壯碩的勇士小黑豹，他正趴在地上匍匐前進，身上掛的頭皮多到有點妨礙爬行了。虎蓮則負責殿後，這是整支隊伍最危險的位置；她抬頭挺胸、傲氣十足，生來就是位公主。在諸多膚色黝黑的森林女神中，虎蓮長得最漂亮，同時也是皮卡尼尼族裡數一數二的大美人；她時而賣弄風情、時而冷若冰霜、時而熱情如火，勇士們個個都想娶這位倔強任性、難以捉摸的女子為妻，不過她用短柄小斧擋開了所有追求者。瞧！他們走在落滿殘枝敗葉的小路上，完全沒發出半點聲響；唯一能聽見的是他們略微濁重的呼吸聲。事實上，他們連續幾天狼吞虎嚥地大吃大喝後全都有點發胖了，但他們會隨著時間慢慢瘦回來；然而在這個節骨眼上，肥胖卻成了他們最主要的威脅。

印第安人就像剛剛來時一樣，如影子般無聲無息地消失了。過了不久，野獸便占據他們的位置；那是一支非常龐大、形色混雜的隊伍，裡面有獅子、老虎、熊，以及從牠們身邊四處竄逃、數都數不清的小野獸，因為每一種野獸——尤其是所有吃人的野獸，都在這得天獨厚的島上緊密地共生共存。今晚牠們的舌頭伸得好長好長，全都餓壞了。

等到獸群走過去之後，最後一個角色登場——一隻龐大無比的巨鱷。至於牠目前追逐的對象是誰，我們很快就會知道了。

大鱷魚緩緩爬過去。然而沒多久，男孩們又出現了。因為這串隊伍必須永無止盡地不斷行進，直到其中一隊停下來或改變步調為止；那樣的話，他們很快就會相互廝殺，彼此撞成一團。

所有隊伍都保持敏銳、密切注意前方動靜；但卻沒有一隊想到，危險或許會鬼鬼祟祟地從後方來襲。由此可見這座島是多麼真實了。

第一個退出這串行進迴圈的是迷失男孩。他們倒臥在草地上，靠近屬於自己的地下之家。

「我真的好希望彼得回來。」儘管這六個男孩無論是身高或體型都比隊長還要高壯，他們臉上仍寫滿不安，緊張兮兮地說。

「只有我一個人不怕海盜。」史萊特利說，就是這種自大的口氣讓他很不受歡迎；但或許遠方傳來什麼聲響嚇到他了吧，他急忙忙補充說：「不過我也希望他趕快回來，告訴我們他有沒有聽到更多灰姑娘的故事。」

於是他們聊起灰姑娘。托托相信他母親年輕時一定長得非常像她。

只有彼得不在的時候，他們才能提起有關母親的事。彼得禁止他們討論這個話題，因為他覺得很蠢。

「關於我媽媽，我只記得一件事，」尼布斯告訴其他男孩，「就是她經常對我爸說：『噢，我真希望能有一本屬於自己的支票簿！』我不知道支票簿是什麼，但我真的好想送她一本喔。」

他們在閒聊的時候，突然聽見遠方傳來一陣聲響。你我都不是生活在山野樹林間的傢伙，所以聽不到任何聲音；但他們聽到了，是那首令人毛骨悚然的歌：

喲嗬，喲嗬，海盜的生涯，
骷髏白骨旗飄揚，
快活一時，麻繩一根，
哈囉，深海閻王。

一轉眼，迷失男孩——咦，他們跑哪去了？他們已經不在這裡了，就連兔子也沒辦法溜得比他們快。

我來告訴你他們在哪裡吧。除了尼布斯飛也似地衝去偵察敵情外，其他人都已經回到地下之家了；那是一間非常可愛的住所，稍後我們會詳細說明。不過，他們到底是怎麼進去的呢？因為地面上根本看不到任何入口，連一塊大石頭也沒有——假如有的話，或許滾開石頭就會露出洞口了。然而仔細看看，你可能會注意到這裡有七棵大樹，每棵中空的樹幹上都有個男孩大小般的洞。這就是通往地下之家的七個入口，也是虎克這幾個月來始終遍尋不著的入口。今晚他會找到嗎？

當海盜繼續前進時，眼力過人的史塔奇瞥見尼布斯的身影消失在樹林裡，於是他立刻拔出手槍；但一隻鐵爪旋即攫住他的肩膀。

「船長，放開我！」尼布斯扭動著身體大喊。

現在，我們將首次聽見虎克的聲音，那是一種非常黑暗陰鬱的嗓音。「先把槍收起來。」那聲音語帶威脅地說。

「那是你最痛恨的男孩之一。我原本可以把他擊斃的。」

「是沒錯，不過槍聲會引來虎蓮公主的印第安人。你想丟了你的頭皮嗎？」

「那要我去追他嗎，船長？然後用強尼開瓶鑽給他搔搔癢？」可悲的史密眼巴巴地問道。他替每樣東西都取了有趣的名字，他的短彎刀就叫強尼開瓶鑽，因為他喜歡拿刀往傷口裡鑽來鑽去。史密還有許多討人喜歡的特點；例如他在殺人後擦的不是武器，而是眼鏡。

「強尼可是個無聲的傢伙喔。」他提醒虎克。

「時候未到，史密。」虎克陰沉地說。「他只是其中一個而已，我要把七個全部幹掉。趕快分頭去找。」

海盜們逐漸隱沒在樹林裡，轉眼間只剩下船長和史密兩人。虎克沉重地嘆了口氣。我不知道他為什麼要嘆氣，也許是因為這個夜晚柔和寧靜的美麗，讓他有股衝動想對他忠誠的水手長吐露自己的人生故事吧。虎克以非常熱切認真的態度講了很久，不過他到底在說什麼，愚蠢的史密一點也聽不懂。

突然，彼得這個名字竄進史密的耳朵裡。

「最重要的是，」虎克慷慨激昂地說，「我要逮到他們的隊長彼得潘。就是他砍掉我的手臂。」他威嚇地揮舞著鐵鉤。「我等著要用這玩意兒和他握手已經等很久了。我要把他開腸剖肚，徹底撕個粉碎！」

「可是我常常聽你說那鉤子抵得上二十隻手，既能梳頭髮，也能做其他的家務事。」史密說。

「是啊，」船長回答。「假如我是個母親，我會祈禱老天讓我的孩子一出生就長了這玩意兒，而不是那種普通的東西。」虎克驕傲地瞥了那隻鐵爪一眼，接著鄙夷地望著另一隻手，然後皺起眉頭。

「彼得把我的手臂扔給一隻當時正好路過的鱷魚。」虎克的臉扭曲成一團。

「我常注意到你對鱷魚有種莫名的恐懼。」史密說。

「我並不是所有鱷魚都怕，」虎克糾正他，「我只怕那隻而已。」他壓低聲音繼續說：「牠非常喜歡我的手臂，史密。從那之後，牠就一直跟著我，橫跨不同的海域，走遍每一塊陸地，對我身上的其他部位垂涎不已，想吃到直舔嘴唇。」

「從另一個角度來看，這其實算是種讚美耶。」史密說。

「我才不要這種讚美！」虎克沒好氣地大吼。「我要的是彼得潘，是他最先讓那隻畜生嘗到我的滋味。」

此時他在一顆大蘑菇上坐了下來，聲音流露出一絲顫抖，沙啞地說：「史密，其實那隻鱷魚本來早就能把我吃掉了，不過幸好牠吞了一個時鐘，時鐘在牠肚子裡滴答滴答響，所以我在牠靠近之前就能聽見滴答聲，然後迅速逃跑。」虎克哈哈大笑，但笑聲聽起來好空洞。

「時鐘總有一天會停擺，到時牠就會抓到你了。」史密說。

「是啊，我無時無刻提心吊膽的就是這個。」虎克舔舔乾澀的嘴唇。

自從坐下來後，他就覺得身體異常燥熱。「史密，這顆蘑菇好燙喔。」虎克猛然跳了起來。「見鬼了，我整個人都要燒起來啦！」

他們檢查了一下蘑菇，發現它的大小和硬度是在英國本土從未見過的品種。他們試著拔蘑菇，結果居然不費吹灰之力，一下子就拔起來了，因為這顆蘑菇沒有根；更奇怪的是，拔完的那一瞬間馬上就有煙飄了出來。虎克和史密面面相覷，兩人同時大聲驚呼：「煙囪！」

他們真的發現了地下之家的煙囪。這是男孩們的習慣——當敵人在附近時，就用蘑菇堵住煙囪。

煙囪口不僅有煙冒出來，就連孩子的聲音也傳上來了；因為男孩們覺得躲在這個深埋於地底之下的藏身處非常安全，所以大家正唧唧喳喳地開心聊天。兩名海盜神色猙獰、默默偷聽了一會，隨即便將蘑菇塞回原處。他們環顧四周，注意到七棵樹上的樹洞。

「你有聽到他們說彼得潘不在家嗎？」史密一邊低聲細語，一邊撥弄著強尼開瓶鑽。

虎克點點頭。他靜靜沉思了好長一段時間，最後，他那張黝黑的面孔上綻出一抹令人膽寒的笑容。史密等的就是這一刻，他急切地大喊：「快說出你的計畫吧，船長！」

「回船上去，」虎克慢條斯理地從牙縫中擠出答覆，「然後烤一個濃郁甜膩、又厚又紮實的大蛋糕，上面還要撒滿綠色的糖。這裡只有一根煙囪，所以底下一定只有一間屋子。那些笨鼴鼠真沒大腦，居然不知道他們根本沒必要一人一扇門，可見他們沒有母親。我們把蛋糕放在美人魚潟湖岸邊。這些男孩總是在那裡游泳、和美人魚一起玩。他們會發現蛋糕，接著狼吞虎嚥地把蛋糕吃光。因為他們沒有母親，所以並不知道吃甜膩又濕潤的蛋糕會有多危險。」他忍不住放聲大笑，這次不是空洞的乾笑，而是發自肺腑的開懷笑聲。「啊哈！他們這次死定啦！」

史密仔細聆聽船長的計畫，越聽越敬佩。

「這是我這輩子聽過最邪惡、最漂亮的策略了！」他高聲吶喊。

他們倆欣喜若狂、得意洋洋地唱歌跳舞：

注意，拉緊船繩，我一現身，
他們全都嚇得失了魂，
只要你跟虎克的鐵鉤握個手，
骨頭上再也不剩一丁點肉。

他們唱起了這節曲調，可是沒能唱完，因為另一個聲響突然冒出來打斷了他們，讓這兩名海盜閉上嘴巴。起初，那個聲音非常微弱，或許一片葉子落下就能掩蓋住那細小的聲響；然而隨著距離越來越近，聲音也越來越清楚。

滴答、滴答、滴答、滴答！

虎克僵硬地在原地、渾身發抖，一隻腳還懸在半空中。

「是那隻鱷魚！」他嚇得倒抽一口氣，立刻跳起來落荒而逃。水手長則緊跟在後。

真的是那隻鱷魚沒錯。印第安人現在跑去追蹤另一群海盜，而鱷魚超越了印第安人，慢慢跟在虎克後面。

男孩們再度出現在地面上；但今晚的危機還沒結束，因為就在這時，尼布斯氣喘吁吁地衝到他們中間，一群野狼在他後方窮追不捨；狼群吐著長長的舌頭，不斷發出恐怖的嗥叫。

「救我！救我！」尼布斯一不小心摔倒在地上，放聲大喊。

「可是我們能怎麼辦？能怎麼辦呢？」

在這千鈞一髮之際，男孩們不禁想起了彼得；這大概是對他最崇高的讚美吧。

「彼得會怎麼做呢？」他們不約而同地吶喊。

隨後他們幾乎異口同聲地說：「彼得會從兩腿間看著牠們。」

「那我們就照彼得的方法做吧。」

這的確是對抗狼群最有效的辦法。男孩們動作一致地彎下腰，從兩腿中間猛盯著狼群。接下來的那一刻感覺好漫長，不過勝利很快就來臨了；因為當男孩以這種恐怖的姿態步步進逼時，狼群馬上就夾著尾巴逃跑了。

尼布斯從地上爬起來、瞪大雙眼，其他人以為他還在望著那群狼。可是他看的不是狼。

「我看到了一個很奇妙的東西。」尼布斯大聲嚷嚷，男孩們全都急切地圍繞在他身邊。「一隻巨大的白鳥。正往這個方向飛過來。」

「你認為那是什麼鳥呢？」

「我不知道，」尼布斯滿心敬畏地說，「不過牠看起來非常疲憊，而且還一邊飛一邊呻吟：『可憐的溫蒂。』」

「可憐的溫蒂？」

「我想起來了，」史萊特利馬上插嘴，「有種鳥兒就叫溫蒂。」

「快看，牠來了！」捲毛放聲大叫，指向天上的溫蒂。

溫蒂現在幾乎就在男孩頭頂上方，他們能聽見她悲傷的呼喊，但更清晰的是叮噹尖銳刺耳的聲音。這個滿懷嫉妒的仙子此時已拋棄所有友善的偽裝，從四面八方猛撲向她的受害者，每碰到溫蒂的身體一次，就狠狠捏她一次。

「嘿，叮噹！」男孩們對眼前的景象感到非常驚訝，放聲大喊。

「彼得要你們射殺溫蒂。」叮噹用清脆嘹亮的聲音回答。

質疑彼得的命令不是他們的本性。「我們就照彼得的意思做吧！」單純的男孩們大喊，「快點，去拿弓箭！」

大家紛紛從自己的樹洞跳下去，只有隨身攜帶弓箭的托托還留在原地。叮噹注意到他，狡詐地搓搓兩隻小手。

「快，托托，快點，彼得一定會很高興的。」叮噹尖聲叫道。

托托興奮地把箭搭在弓上。「走開，叮噹！」他大喊一聲，接著把箭射出去。

溫蒂的胸口插了一支箭，搖搖晃晃地飄落到地面上。

❻ 溫蒂的小屋

其他男孩全副武裝從樹洞裡跳出來時，傻乎乎的托托正以征服者的勝利姿態站在溫蒂身邊。

「你們晚了一步，」他驕傲地大聲嚷嚷，「我已經把溫蒂射下來了。彼得一定會非常滿意我的表現。」

「大笨蛋！」叮噹在空中大喊，隨即一溜煙躲起來了。其他人都沒聽到她說什麼。男孩們圍繞在溫蒂四周呆呆望著她，一股可怕的寂靜籠罩著樹林。要是溫蒂的心臟還在撲通撲通跳的話，他們肯定聽得見。

史萊特利率先打破沉默。「這不是什麼鳥，我想這一定是位小姐。」他的語氣充滿驚恐。

「小姐？」托托開始全身發抖。

「而我們居然殺了她。」尼布斯嘶啞地說。

他們全都迅速摘下帽子。

「現在我明白了，她是彼得帶回來給我們的媽媽。」捲毛悲痛欲絕地撲倒在地。

「好不容易有一位能照顧我們的小姐，你卻把她給殺了！」雙胞胎之一說。

男孩們為托托感到難過，但更為自己感到悲哀。當托托緩緩踏出一步、靠近他們時，他們全都轉過身去不理他。

托托蒼白的臉上浮現出前所未見的莊重神情。

「是我幹的，」他若有所思地說。「以前小姐們來到我夢裡的時候，我總是說『美麗的媽媽，美麗的媽媽』。可是等到最後她真的來了，我卻用箭把她殺了。」

他拖著沉重的腳步慢慢離開。

「不要走！」他們語帶同情地喊道。

「我非走不可。我好怕彼得。」托托顫抖地說。

就在這悲慘的時刻，一陣聲音傳到他們耳朵裡，大家嚇得心臟都差點從嘴裡跳出來了。那是彼得的歡呼聲。

「是彼得！」男孩們大聲嚷嚷。歡呼聲是彼得宣告自己回來時的信號。

「把她藏起來。」他們一邊壓低聲音說，一邊慌慌張張地聚集在溫蒂四周。只有托托一個人站得遠遠的。

空中再度傳來一聲嘹亮的歡呼聲，接著彼得便降落在他們面前，大聲喊道：「打招呼啊小子們！」他們宛如機器般呆板地向隊長問好，然後又陷入沉默。

彼得皺起眉頭。

「我回來了，你們為什麼不歡呼？」他火爆地說。

他們張開嘴巴，但卻依然沒有發出任何歡叫聲。彼得急著告訴他們一個天大的好消息，完全沒注意到他們古怪的神色。

「好消息喔，小子們！」他高聲吶喊，「我終於幫你們大家帶回一位母親了。」

空氣中仍瀰漫著一片寂靜，只聽見托托跪倒在地的微弱撞擊聲。

「你們沒看到她嗎？」彼得開始不安起來。「她往這邊飛過來啊。」

「唉。」一個聲音冒出來。

「真是悲傷的一天哪。」另一個聲音接著說。

托托站了起來，平靜地輕聲說道：「彼得，我會讓你見到她的。」其他男孩仍試圖遮掩住溫蒂，於是他又說：「退後，雙胞胎，讓彼得看看吧。」

於是他們全都退到後面，讓彼得看看溫蒂的樣子。彼得仔細端詳了一會，不知道接下來該怎麼辦。

「她死了，」他不自在地說。「也許她正害怕死亡呢。」

彼得很想踩著滑稽的步伐快速離開現場，離得遠遠的，直到看不見溫蒂為止，然後再也不要靠近那個地方；假如他這麼做的話，男孩們全都會很樂意跟著他走。

可是溫蒂身上插著一支箭。彼得把箭從她胸口拔出來，望著男孩們。

「這是誰的箭？」他用命令的口氣厲聲喝道。

「是我的，彼得。」托托跪在地上說。

「噢，你這卑鄙的傢伙！」彼得把箭舉起來當成匕首。托托沒有退縮。他袒露胸膛，堅定地說：「刺下去吧，彼得。用力地刺下去。」

彼得舉起那支箭兩次，兩次都把手放下了。

「我刺不下去，」他敬畏地說，「有東西攔住我的手。」

所有人都驚訝地看著他，除了尼布斯之外；好險他此時正凝神望著溫蒂。

「是她，是溫蒂小姐！瞧，她的手臂！」尼布斯放聲大叫。說也奇妙，溫蒂竟然舉起了手臂。尼布斯彎下腰，神情恭敬地聽她說話。「我想她是說，『可憐的托托。』」他低聲表示。

「她還活著。」彼得簡短地說。

「溫蒂小姐還活著！」史萊特利立刻高喊。

彼得在溫蒂身邊跪下來，發現了他的鈕扣。你應該還記得溫蒂把彼得的橡實鈕扣串在項鍊上戴著吧？

「你們看，那支箭射中了這個東西。這是我送給他的吻。這個吻救了她一命。」他說。

「我記得吻，」史萊特利馬上插嘴，「讓我看看。哎，那的確是個吻沒錯。」

彼得沒有聽見史萊特利說的話。他正在乞求溫蒂趕快好起來，這樣他才能帶她去看美人魚。仍處於昏厥狀態的溫蒂當然沒辦法回答；然而就在這時，上方傳來一陣嗚嗚的哭泣聲。

「聽，是叮噹的聲音。她在哭，因為溫蒂還活著。」捲毛說。

男孩們不得不把叮噹的罪狀告訴彼得，他們幾乎從來沒看過他的表情這麼嚴峻。

「叮噹，妳給我聽好，我再也不跟妳做朋友了。妳永遠離開我吧。」彼得放聲大喊。

叮噹飛到他的肩膀上苦苦哀求，但他只是揮揮手把她趕走；直到溫蒂再次舉起手臂，彼得的態度才軟化下來說：「好吧，不必永遠，但至少要一整個星期。」

你以為叮噹會因此對溫蒂心懷感激嗎？噢，才不呢，她恨不得狠狠猛捏溫蒂一把。仙子的個性確實很詭異，所以最了解他們的彼得時常用手飛快地輕打他們幾下。

可是現在溫蒂身體這麼虛弱，該怎麼辦呢？

「我們把她抬到地下之家吧。」捲毛率先提出建議。

「是啊，我們是應該這樣對待小姐沒錯。」史萊特利附和道。

「不，不行，你們絕對不能碰她。那樣對她不夠尊重。」彼得說。

「那正是我考慮到的問題。」史萊特利說。

「可是如果躺在這裡的話，她會死掉耶。」托托說。

「是啊，她會死掉，」史萊特利承認，「可是沒辦法啊。」

「啊，有了！」彼得大叫。「我們圍著她蓋間小屋吧。」

一聽到這個點子，男孩們全都開心極了。「快點，」彼得命令他們，「每個人都把我們所有最好的東西拿來，把我們的屋子搬空。動作快！」

轉眼間，他們就像婚禮前夕的裁縫般忙得團團轉，不停東奔西走，衝下去拿寢具、跑上來拿木柴。正當他們忙得不可開交時，約翰和麥可出現了。他們兄弟倆拖著沉重的腳步慢慢走過來，一路上不時站著打瞌睡、停下腳步、醒來、再往前走一步，然後又睡著。

「約翰，約翰，」麥可放聲大喊，「醒醒啊！娜娜在哪裡？還有媽媽呢？」

約翰揉揉惺忪的睡眼，喃喃地說：「是真的，我們真的在飛。」

可想而知，他們一見到彼得，立刻大大鬆了口氣。

「哈囉，彼得。」他們說。

「哈囉。」雖然彼得已經把他們忘得差不多了，但他還是很友善地打了聲招呼。此時他正忙著用腳測量溫蒂的身材，看她需要多大的房子；當然，他還打算留些空間放桌椅。約翰和麥可在一旁看著他。

「溫蒂睡著了嗎？」他們問道。

「對。」

「約翰，我們把她叫醒，請她幫我們做晚餐吧。」麥可提議。就在他說話的時候，其他幾個男孩抱著蓋房子的樹枝匆匆趕來。「你看他們！」麥可大喊。

「捲毛，帶這兩個男孩一起幫忙蓋房子。」彼得以百分之百的隊長口吻命令道。

「是的，長官。」

「蓋房子？」約翰驚訝地大叫。

「給溫蒂住的。」捲毛說。

「給溫蒂住？為什麼？她只是個女孩子耶！」約翰嚇得目瞪口呆。

「就是因為那樣，所以我們是她的僕人啊。」捲毛解釋。

「你們？溫蒂的僕人！」

「沒錯，你們兩個也是。跟他們一起去吧。」彼得說。

震驚不已的兩兄弟被拉去幫忙砍樹和搬木頭。「先做椅子和壁爐，」彼得下令。「然後我們再圍繞著這些東西蓋房子。」

「是啊，房子就是這樣蓋的沒錯。我全都想起來了。」史萊特利說。

彼得心思很細膩，設想得非常周到。「史萊特利，去請醫生來。」他放聲大喊。

「是，是。」史萊特利馬上回應隊長，然後一邊搔著頭離開。他很明白，絕對不能違抗彼得的命令；因此過了不久，他便戴著約翰的高禮帽，一臉凝重地走回來。

「先生，請問您是醫生嗎？」彼得一邊說，一邊走向史萊特利。

在這種時刻，彼得與其他男孩之間的差別在於，男孩們知道這是假裝，但對彼得來說，假裝和真實完全是同一回事。這點有時會讓他們覺得很困擾，比方說，當他們不得不假裝已經吃過飯的時候。

如果他們假裝失敗，彼得就會敲打他們的指關節。

「是的，小伙子。」史萊特利焦慮地說。他已經有不少指節被敲裂了。

「先生，麻煩您了。有位小姐病得很重。」彼得解釋道。

溫蒂就躺在他們腳邊，不過史萊特利覺得應該要假裝沒看到她才對。

「嘖、嘖、嘖，病人躺在哪裡？」他說。

「在那邊，樹林間的草地上。」

「我現在要把一個玻璃器具放進她嘴裡。」史萊特利一邊說，一邊比手畫腳地假裝治療；彼得則在一旁等著。當玻璃器具從溫蒂嘴裡取出的那一刻，還真是令人不安。

「她怎麼樣了？」彼得問道。

「嘖、嘖、嘖，這東西已經治好她了。」史萊特利說。

「太好了，我好開心喔！」彼得高聲喊道。

「我今天晚上會再過來一趟。用有杯嘴的杯子餵她喝點牛肉湯。」史萊特利說。接著他把帽子還給約翰，大大吐了幾口氣；那是他逃離困境後的習慣動作。

與此同時，此起彼落的斧頭砍伐聲替樹林增添了一抹活潑的生氣；打造舒適家居所需的一切幾乎已經準備齊全，就擺在溫蒂腳邊。

「要是我們知道她最喜歡什麼樣的房子就好了。」其中一個男孩說。

「彼得，她在睡夢中動起來了！」另一個男孩大喊。

「她的嘴巴張開了，」第三個男孩一邊叫嚷，一邊尊敬地凝視溫蒂的小嘴。「噢，好可愛喔！」

「或許她是要在睡夢中唱歌呢，」彼得說。「溫蒂，唱出妳想要哪一種房子吧。」

仍舊緊閉雙眼的溫蒂立刻唱了起來：

我希望能有間漂亮的房子，
有生以來見過最小巧的房子，
四周環繞著好玩又有趣的小紅牆，
翠綠的苔蘚滿布在屋頂上。

男孩們一聽到這首歌，全都開心地咯咯笑；因為他們砍來的樹枝正好流著黏稠的紅色汁液，而地面上則鋪滿青苔，這真是再幸運不過了。他們一邊乒乒乓乓地建造小屋，一邊大聲哼起歌來：

我們蓋了小牆和屋頂，
還做了一扇可愛的小門，
溫蒂媽媽，告訴我們，
妳還想要什麼呢？

溫蒂貪心地回答：

噢，其實接下來我希望
四周裝上明亮歡快的窗，
你們知道，讓玫瑰可以窺探屋內，
小寶寶可以往外張望。

他們猛捶一下拳頭，裝上窗戶，並用寬闊的巨大黃色葉子當窗簾。可是玫瑰花呢——？
「玫瑰花！」彼得厲聲高喊。
男孩們立刻假裝沿著牆壁種植最可愛迷人的玫瑰花。
那小寶寶呢？
為了防止彼得下令要小寶寶，他們急忙再度唱起歌來：

我們已讓玫瑰綻放盛開，
小寶寶就在門邊徘徊，
你知道，我們無法自己創造寶寶，
因為我們從前曾是嬰孩。

彼得認為這個主意很棒，馬上假裝是他自己想出來的。小屋蓋得非常美麗；雖然他們已經看不見溫蒂了，但毫無疑問，她住在裡面一定覺得很舒服、很愜意。彼得昂首闊步地走來走去，指揮最後的裝飾工作。任何東西都逃不過他銳利的鷹眼。就在小屋看起來似乎徹底完工的時候，「門上沒有門環啊。」他說。

男孩們對這項疏漏感到非常慚愧，不過托托貢獻出他的鞋底，做成絕妙的門環。

他們心想，這下子一定全都完成了。

還差得遠呢。「沒有煙囪，」彼得說。「我們一定要有煙囪才行。」

「房子當然一定要有煙囪啊。」約翰自命不凡地說。這讓彼得想到了一個點子——他一把抓下約翰頭頂上的帽子，敲掉帽頂，然後將帽子安置在屋頂上。小屋非常高興自己得到了一座這麼棒的煙囪，立刻從帽子頂端飄出縷縷輕煙，彷彿是想表達感激似的。

現在溫蒂的小屋真的完工了，除了敲門之外，再也沒別的事可做了。

「你們全都得拿出最好的一面，」彼得警告他們。「第一印象可是非常重要的。」

他很慶幸沒人問他「第一印象」是什麼。男孩們全都忙著整理服裝儀容，想表現出最棒的自己。彼得有禮貌地敲敲門；此時樹林間就跟孩子們一樣寂靜，除了在樹梢上觀望的叮噹毫不掩飾地大聲譏笑之外，完全聽不見半點聲響。

男孩們心中不禁暗暗懷疑，真的會有人來應門嗎？如果是位小姐，那她又會是什麼模樣呢？門緩緩敞開，一位小姐走了出來。是溫蒂。他們全都脫下帽子。

溫蒂露出非常驚訝的表情。這正是他們期望看到的樣子。

「我在哪裡呀？」溫蒂說。

第一個搶先開口的當然是史萊特利，他連忙回答：「溫蒂小姐，我們為妳蓋了這間小屋。」

「噢，拜託說妳很喜歡吧！」尼布斯大叫。

「真是間可愛又迷人的房子。」溫蒂柔柔地說。這正是他們期望聽到的話。

「而且我們是妳的孩子喔。」雙胞胎說。

接著所有人都跪了下來，伸出雙臂吶喊：「噢，溫蒂小姐，請妳當我們的媽媽吧！」

「我行嗎？」溫蒂臉上閃閃發光，笑逐顏開地說。「這當然是非常令人心動的要求。可是你們看，我只是個小女孩，我沒有實際的經驗呀。」

「那不重要。」彼得的口氣彷彿他是在場唯一了解這些事的人，但其實他懂得最少。「我們需要的只是一個像母親那樣溫柔和藹的人。」

「噢，天哪！你們知道嗎，我覺得自己完全就是那樣的人呢。」溫蒂說。

「沒錯，沒錯，我們馬上就看出來了。」男孩們全都嚷了起來。

「非常好，我會盡我最大的努力做個好媽媽。快進來吧，你們這些頑皮的孩子，我敢說你們的腳一定濕答答的。在送你們上床睡覺前，我還來得及講完灰姑娘的故事。」溫蒂說。

於是男孩們全都走進屋子裡。我不知道小屋怎麼有空間容得下他們八個人，不過在永無島上你可以緊緊擠在一起。接下來他們將和溫蒂共度許多快樂的夜晚，這是第一夜。過了不久，溫蒂送他

守護小屋的彼得

們回地下之家的大床上睡覺、幫他們蓋被子；那天晚上她自己睡在小屋裡，彼得則拿著出鞘的劍守在屋外、不斷巡邏，因為他聽得見海盜正在遠處狂飲作樂，狼群正四處潛行覓食。窗簾後方透出明亮的光芒，煙囪冒出美麗的輕煙裊裊，還有彼得在門外守護，讓黑暗中的小屋看起來非常舒適安全。過了一會，彼得睡著了；有些到處遊蕩、恣意狂歡的仙子踩著搖搖晃晃的腳步回家時，不得不從他身上爬過去。假如是其他男孩在夜裡擋住仙子的路，絕對會被他們好好捉弄一番；但對於彼得，仙子們只是捏捏他的鼻子就走了。

7 地下之家

第二天，彼得做的第一件事就是測量溫蒂、約翰和麥可的身材，好為他們找尋合適的空心樹。你應該還記得虎克曾嘲笑男孩們居然認為每個人都需要一棵樹吧？然而這是他自己無知；因為除非那棵樹符合你的身材，否則要靈活地爬上爬下其實非常困難，況且從來沒有兩個孩子身材是一模一樣的。如果樹很合身，你只要深吸一口氣，就能以順暢的速度不疾不徐地往下滑；而上來的時候只需要輪流吸氣、吐氣，就能蠕動著身體往上爬。當然啦，等到你掌握箇中技巧、動作熟練之後，便能以極度優雅的姿態上下自如，無須耗費半點心力思考。

這一切的前提非常簡單，就是樹洞一定要合身。彼得在為你量身尋找專屬空心樹時總是很仔細，彷彿在訂做一套衣服似的；唯一的差別在於：衣服是按照你的身量剪裁，樹洞則得用你自己的身體去適應調整。這通常不難做到，只要多穿或少穿幾件衣服就行了；但假如你有某些尷尬部位特別臃腫、或唯一可用的樹木形狀非常詭異，彼得就會另外費點苦心，在你身上施加些小辦法，然後你就能跟樹洞相合了。一旦有了合適的樹洞後，就必須小心翼翼地維持身材；日後溫蒂會很開心地發現，原來這就是全家人之所以能保持完美體態的原因。

溫蒂和麥可在試他們的樹洞時，只試了一次就完全合身，但約翰則必須稍微改變一下。

經過幾天的練習後，他們不但已經能像井裡的水桶般輕巧地上上下下，對地下之家的喜愛也日趨熱烈，尤其是溫蒂！地下之家就跟其他房子一樣有間大廳，大廳地板上長滿色彩鮮豔迷人、能用來當小凳子的肥厚蘑菇，如果你想去釣魚的話，還可以直接挖開地板找蟲子。大廳中央則有棵永無樹試著拚命努力生長，可是男孩們每天早晨都會鋸斷樹幹，讓樹幹與地面齊平。每到茶點時間，樹又會長到差不多兩呎高，這時他們就會在樹頂上放片門板，讓整棵樹變成一張桌子；等吃完茶點、收拾乾淨後，又立刻把永無樹鋸掉，這樣就有更大更寬敞的空間可以玩耍。此外，那裡還有個巨大的壁爐，幾乎占據了房間裡每一個角落，你想在哪點火都可以；溫蒂在壁爐上牽了幾根纖維編成的繩子，用來晾洗好的衣服。白天時刻，男孩們的大床會斜靠在牆上，傍晚六點半才放下來，這時房子的一半空間都會被床塞滿；除了麥可之外，所有男孩都睡在這張大床上，就像躺在罐頭裡的沙丁魚一樣緊貼在一起，而且就連翻身的規定也很嚴格，要等到有人發出信號，大家才能同時翻身。其實麥可本來應該和其他男孩們一起睡在大床上，可是溫蒂想要有個寶寶，而他剛好是最小的男孩——女人嘛，你也知道——所以他只好睡在懸掛的籃子裡。

地下之家非常簡單粗糙，環境差不多就是像幼熊自己弄出來的地下小窩那樣。不過，地下之家牆上有個比鳥籠小一點的凹陷處，那是叮噹專屬的私人閨房。一片細膩小巧的帷幔將她的房間與其他地方區隔開來，而態度拘謹、事事講究的叮噹會在更衣時放下帷幔。無論身材大小，世界上沒有任何女人能擁有比這更精緻美麗的臥室兼更衣室了。那張她總是稱做臥榻的床有著梅花形的床腳，是貨真價實的瑪布仙后式；此外，她還會用當季果樹綻放出來的鮮花更換床單花樣。叮噹的鏡子是長靴貓用的那種，就仙子小販所知，現在市面上只剩下三面完好無損的長靴貓鏡；她的盥洗盆是派餅皮的樣式，兩面都可以翻過來使用；抽屜櫃是真正的迷人六世時期所留下來的物品，地毯和小踏墊則是瑪喬麗與羅賓巔峰時期（也就是早期）的產品。房間裡還有一盞以小亮片組成的枝形吊燈裝飾門面，不過當然她自己就能照亮住處了。叮噹非常瞧不起地下之家的其他地方——的確難免會有這種想法——雖然她的房間很漂亮，但看起來卻非常狂妄自負，就像是永遠往上翹的鼻子一樣。

我猜這一切對溫蒂來說特別迷人，因為這群橫衝直撞、吵吵鬧鬧的男孩讓她忙得團團轉。事實上，除了有時或許會在晚上回到自己的小屋去縫補襪子外，溫蒂有好幾個星期的時間都沒出現在地面上。就拿做飯來說好了，我可以告訴你，她總是離不開那口鍋子，即便鍋子裡完全沒東西，即便根本就沒有鍋子，她還是得一直小心留意鍋子是不是滾沸了。你永遠無法得知是否會有真正的食物，或者只是想像和假裝，一切全看彼得心情：如果吃東西屬於遊戲的一部分，那他就會吃，真的進食；但他不會只為了得到飽足感而暴飲暴食——那是大多數孩子最喜歡做的，第二喜歡的則是談論關於填飽肚子的事。對彼得來說，想像就跟真實一模一樣，所以你能在他假裝吃飯時看到他的身體越變越圓；當然，對其他孩子而言，要假裝吃飽不是件容易的事，但你也只能乖乖照做，除非你能向他證明自己的樹洞變寬鬆了，他才會允許你塞滿食物。

男孩們全都上床睡覺後，就是溫蒂最喜歡的縫補時間。依照她的說法，她只有在這個時刻才能稍作喘息，享受屬於自己的時光。溫蒂利用這段時間忙著幫他們製作新衣、在膝蓋處縫上雙層布，因為他們褲子的膝蓋部位總是磨損得非常厲害。

當她在一籃襪子旁邊坐下，並發現每隻襪子的後腳跟都破洞時，她會高舉雙手大聲哀嘆：「噢，天哪，我有時候真的很羨慕那些未婚的老姑娘呢！」

不過當她喊出這句話時，臉上總是洋溢著開心的笑容。

你還記得溫蒂養的那隻寵物狼吧？嗯，牠很快就發現溫蒂來到了永無島，最後終於找到她；他們倆一見到對方，立刻飛奔進彼此的懷抱裡。從此之後，小狼就和溫蒂形影不離了。

隨著時光飛逝，溫蒂是否曾經想念過家裡親愛的爸爸媽媽呢？這個問題很難回答。因為幾乎沒有辦法說明永無島上的時間到底是如何流逝的。島上的時間是用月亮和太陽來計算，可是這裡的月亮和太陽數量卻遠超過英國本土。不過我恐怕得說，溫蒂似乎並沒有很惦記她的父母；她很有自信，認為爸爸媽媽一定會永遠敞開窗戶等著她飛回去，這種想法讓她感到非常安心。偶爾會讓溫蒂煩惱的是，約翰對爸媽的記憶很模糊，只覺得他們是他曾經認識的人；而麥可則百分之百願意相信她真的就是他媽媽。這些狀況令溫蒂感到有點害怕，於是她帶著焦慮的心情，勇敢負起當姊姊的責任；為了將往日生活牢牢嵌在弟弟們心裡，溫蒂盡可能仿照自己以前在學校寫過的那種樣式做了一些考卷。其他男孩覺得很有趣，堅持要參加考試。他們各自做了用來寫字的石板，圍著桌子坐成一圈；溫蒂把題目寫在另一塊石板上傳下去給他們看。男孩們一邊努力地寫，一邊認真思考石板上的問題。這些問題都很稀鬆平常——「媽媽的眼睛是什麼顏色？爸爸或媽媽誰比較高？媽媽是金髮還是褐髮？可能的話，三題都作答。」、「（A）以『我如何度過上次的假期』或『比較父母親的個性』為題寫一篇四十字以上的文章。任選一題作答即可。」或是「（一）描寫媽媽的笑聲；（二）描寫富爸爸的笑聲；（三）描寫媽媽的派對禮服；（四）描寫狗屋和家裡的狗。」

石板上全都是像這樣的日常生活問題，如果答不出來的話就打個叉；就連約翰打叉的數量也多得嚇人。當然啦，史萊特利是唯一一個回答了所有問題的人，沒人比他更有希望拿第一名；然而他的答案非常荒謬可笑，所以實際上他是最後一名——可悲的小傢伙。

彼得沒有參加考試。一來，他鄙視除了溫蒂以外的所有母親；二來，他是島上唯一一個不會寫字或拼字的男孩，甚至連最短的字都不會。他才不屑這類拼寫的小事呢。

順帶一提，所有題目都是以過去式表示，例如「媽媽的眼睛『以前』是什麼顏色」等等。你看，就連溫蒂自己也逐漸遺忘了。

當然啦，我們之後將會看到，其實每天都有精采的冒險經歷；但約莫就在這個時候，彼得藉著溫蒂的協助發明了一種新遊戲，這個遊戲令他深深著迷，直到驟然失去興趣為止；就像我先前告訴過你的，他對遊戲向來都是這種三分鐘熱度的情況。這個新遊戲是假裝不去進行任何冒險，只做約翰和麥可以前整天在做的那些事，像是坐在凳子上把球拋到半空中、彼此互相推來推去、出去散步，連隻灰熊也沒殺就回來之類的。看到彼得無所事事地坐在凳子上真可說是難得一見的景象；這種時刻，他總是不由自主擺出正經嚴肅的表情，坐著不動對他來說似乎是件非常滑稽的事。他吹噓說自己曾為了有益身體健康而出去散過步。一連好幾天，這些對他而言就是最新奇的冒險；約翰和麥可也不得不假裝出一副高興的樣子，要不然彼得就會嚴厲地對待他們。

彼得經常單獨出門；當他回來時，你總是無法百分之百確定他到底有沒有去冒險。他有可能忘得一乾二淨，所以隻字未提，但你出門的時候卻會發現屍體；另一方面，他也可能滔滔不絕地大談自己的冒險經歷，可是你卻找不到半具屍體。有時彼得會頭上纏著繃帶回家，溫蒂會柔聲細語地對他說話，並用溫水幫他清洗傷口，這時他會講出一段令人大為驚嘆的精采故事。但是你也知道，溫蒂從來沒辦法完全確定彼得說的是不是真的；然而，她很清楚有許多冒險確實真真切切地發生過，因為她自己曾親身參與其中；另外還有更多冒險看起來至少有部分真實，因為其他男孩也參加了，而且信誓旦旦地說那些經驗都是真的。若要把所有冒險全數寫出來的話，大概會寫出一本像英文——拉丁文雙語字典那麼厚的書；我們最多只能舉一個實例，看看永無島上平均每小時的狀況。困難的地方在於：該選哪個冒險故事才好呢？我們該描述一下史萊特利在峽谷和印第安人發生的小衝突嗎？那是場血流成河的慘烈戰事，其中特別有意思的是，該場戰役突顯出彼得的某項特質——他在戰鬥過程中會突然改變立場。當時在這場峽谷之戰中勝負仍然未定，勝利女神有時傾向這方、有時傾向那方，沒想到彼得突然大喊：「我今天是印第安人。那你呢，托托？」

「印第安人。那你呢，尼布斯？」托托回答。

「印第安人。那你們呢，雙胞胎？」尼布斯說。

他們就這樣一個一個問下去，最後大家全都變成了印第安人。當然，如此一來，戰爭就結束了——但對真正的印第安人來說卻還沒結束，他們覺得彼得的方法很新鮮有趣，同意當一次迷失男孩，於是戰鬥又重新展開，甚至比先前還要猛烈。

這場戰役的驚人結局是——但我們還沒決定這就是我們要講的冒險故事呢！或許印第安人夜襲地下之家是更好的選擇；那一次有好幾個印第安人卡在空心樹裡，不得不像軟木塞一樣被硬生生拔出來。或者我們可以說說彼得是如何在美人魚潟湖救了虎蓮公主一命，雙方因而結為盟友的故事。

還是說，我們可以聊聊海盜為了要毒殺男孩而烤的那個蛋糕，以及他們是如何狡猾地將蛋糕放在一個又一個不同的絕妙地點；不過，溫蒂總是能一把從她的孩子們手中搶走蛋糕，因此蛋糕到後來便逐漸失去水分，硬得像石頭一樣，結果被用來當作飛彈；虎克在黑暗中還被蛋糕絆倒，摔了一跤。

要不然我們來講述一下彼得那群鳥兒朋友吧，特別是那隻永無鳥。永無鳥巢就築在一棵樹枝突出於潟湖上方的大樹上；有一天，鳥巢掉進了水裡，但永無鳥仍繼續孵著蛋，於是彼得便下令不准任何人去打擾牠。那是個美麗又溫馨的故事，結局顯示出鳥兒是多麼知恩圖報的生物；但如果我們要講這個故事的話，就必須連整個潟湖冒險故事一起講，這樣就變成說兩個故事，而不只有一個了。另外還有一則比較短的冒險故事，精采刺激的程度也跟其他經歷不相上下；那就是叮噹在一些流浪仙子的幫助下，把熟睡的溫蒂搬到一片漂浮在海面的巨大樹葉上，想讓她就這樣漂回英國本土；幸好葉子漂到最後沉了下去，驚醒睡夢中的溫蒂，她一時還以為自己是在洗澡呢！最後溫蒂平安地游回島上了。又或者我們可以選擇彼得挑戰獅子的故事，那次他用箭在地上畫了一個圈圍住自己，挑釁獅子跨進來，其他男孩和溫蒂則在樹上俯視，屏息旁觀；可是他等了好幾個小時，沒有一隻獅子敢接受他的挑戰。

這麼多冒險經歷，我們到底該選哪一個呢？最好的方法就是擲硬幣決定。

我已經擲了，勝出的是潟湖冒險故事。也許有人希望獲勝的是峽谷之戰、海盜的毒蛋糕，或是叮噹的葉子。當然我可以再擲，以三局決勝負；不過我想應該還是講潟湖的故事最公平了。

❽ 美人魚潟湖

如果你運氣好的話，闔上雙眼，有時會看到一汪顏色淺淡、沒有固定形狀的美麗池潭在深沉的黑暗中懸浮搖盪；要是眼睛閉緊一點，池塘就會開始成形，水色也逐漸變得飽和鮮豔；再閉得更緊一點，湖水顏色便彷彿著了火般眩目明亮——不過在那些色彩起火燃燒前，你就會看見潟湖了。這是你在英國本土所能見到最接近潟湖的景象，僅止於這宛如天堂般美妙的一瞬間；假如時間再長一點的話，或許你就能瞥見浪花，聽到美人魚的歌聲。

孩子們經常在潟湖消磨長長的夏日時光；他們多半都是去游泳或漂浮在湖面上，有時也會跑到水裡玩美人魚遊戲之類的。千萬不要因此而認為美人魚和孩子們的關係友好——事實上正好相反，溫蒂在島上時從來沒聽過美人魚對她說半句客氣話，而這也是她一生永遠的遺憾。每當她輕手輕腳地悄悄走到潟湖邊，成群的美人魚便映入眼簾，她們特別喜歡待在流囚岩上曬太陽、悠哉悠哉地梳理一頭秀髮，慵懶的神態讓溫蒂心煩意亂；或者有時她會靜靜地游過去，待在距離她們不到一碼遠的地方，但美人魚只要一看見溫蒂就會馬上潛入水裡，或許還會故意用尾巴拍打湖面，用水花濺得她一身濕。

美人魚也是用同樣的方式對待所有男孩；當然，彼得是唯一例外。他可以待在流囚岩上和她們閒聊好幾個小時，坐在她們的尾巴上嬉鬧，而且他還送了溫蒂一把美人魚的梳子。

月亮初升上夜空的那一刻，是觀賞美人魚最令人難忘的時機；這時她們會發出奇特的哭泣聲，不過此時人類接近潟湖也是很危險的事。直到我們現在要講述的那個夜晚之前，溫蒂從沒見過沐浴在月光下的潟湖；並不是因為她害怕——畢竟彼得會陪在她身邊——而是因為她嚴格規定每個人都要在七點前上床睡覺。不過她時常在雨過天晴的日子到潟湖漫步，這時會有特別多美人魚浮出水面玩泡泡。她們拿映照著彩虹的清澈湖水做出許多色彩繽紛的泡泡，然後像玩球一樣用尾巴輕巧地拍打，彼此互相傳來傳去，設法把泡泡留在彩虹裡，直到泡泡啵一聲破掉為止；球門則設在彩虹兩端，只有守門員可以用手。有時潟湖中會同時舉行十二場比賽，景色非常美麗壯觀。

然而，一旦孩子們想加入比賽，美人魚就會迅即消失無蹤，因此他們只好自己玩自己的。即便如此，我們有證據能證明她們會偷偷躲在一旁觀察這些不速之客，並從他們身上學些新花招；因為約翰發明了一種不用手而用頭拍打泡泡的新技巧，結果美人魚也採用了這個點子。這是約翰留在永無島上的一抹印記。

另外，孩子們會在午餐後到岩石上休息半小時，觀察這幅景象其實也很有趣。溫蒂堅持他們一定要這麼做，就算午餐是假裝的，還是必須要真的好好午休才行。男孩們躺在和煦的陽光下，身體閃閃發亮；溫蒂則坐在他們身邊，一臉得意的樣子。

那天正是這樣的一天，孩子們全都躺在流囚岩上。這塊岩石跟地下之家的大床差不多大，因此他們當然很清楚自己該怎麼躺才不會占太多空間；男孩們有的打瞌睡，或至少閉上眼睛躺著，偶爾趁正在忙針線活的溫蒂不注意時互相捏來捏去。

就在溫蒂埋頭縫補衣物時，潟湖開始起了變化。湖面上掠過陣陣輕微的顫動，太陽消失得無影無蹤，陰影悄悄籠罩著整座潟湖，讓湖水變得又冰又冷。昏暗的環境讓溫蒂沒辦法把線穿過縫針；她抬起頭環顧四周，總是充滿歡笑的潟湖此時此刻似乎散發出一股令人畏懼的強大力量，看起來非常不友善。

溫蒂知道這並非夜幕降臨，而是某種如黑夜般陰沉晦暗的東西。不，比那還要可怕。雖然它還沒來，但卻已經讓湖面激起陣陣顫慄，宣告它的步步進逼。這神祕的東西到底是什麼呢？

她腦海中頓時湧現出所有曾聽說有關流囚岩的故事。這塊石頭之所以被稱做「流囚岩」，是因為邪惡的船長把水手丟在岩石上等潮水上漲，讓他們活活淹死。

溫蒂當然應該立刻叫醒孩子們才對；不只是因為有未知的危險正鬼鬼祟祟朝他們逼近，同時也是因為睡在逐漸冰冷的岩石上對身體不好。但她還是個年輕的母親，不懂這個道理；她認為自己必須堅守午餐後休息半小時的規定。因此，雖然溫蒂心裡非常害怕，極度渴望聽見男性的聲音，但她依然沒有叫醒迷失男孩；甚至連她隱約聽到低沉的划槳聲，心臟都快跳出喉嚨了，她還是沒叫醒他們。溫蒂站在孩子們身旁，堅持要讓他們睡飽。她是不是很勇敢呢？

幸好，這群男孩裡有個人就算在睡夢中也能嗅到危險的氣息。彼得如彈簧般猛然躍起、挺直身體，像隻充滿警覺的狗一樣清醒；他發出一聲警告的呼喊，喚醒了其他孩子。

彼得一隻手放在耳朵旁邊，動也不動地站著。

「海盜！」他放聲大喊。其他人立刻聚集在他身邊。溫蒂看見彼得臉上揚起一抹詭異的微笑，不禁湧起一股顫慄。當他臉上出現那種笑容時，沒有人敢跟他說話；他們唯一能做的就只是站在一旁等候命令。彼得的命令既果斷又清晰——

「潛到水裡！」

只見幾雙腿瞬間快閃而逝，轉眼間，潟湖彷彿徹底被遺棄似的陷入一片淒涼；流囚岩孤單地矗立在令人生畏的冷冽湖水中，看起來好像被放逐了一樣。

這時，有艘船慢慢駛近，那是海盜的小艇，上面三個身影分別是史密、史塔奇和一名俘虜——不是別人，正是虎蓮公主。她的雙手和腳踝都被綑綁起來，心裡很清楚自己的命運將會如何。她會被丟棄在岩石上等死；對她部族的人來說，這種結局比受酷刑折磨或被火燒死還要悲慘，因為部落典籍不正明明白白寫著「水中並無通往幸福獵場之路」嗎？但虎蓮公主一臉漠然、面無表情，因為她是酋長的女兒，就算要死，也必須死得像個酋長的女兒，這樣就夠了。

虎蓮是在嘴裡銜著刀子登上海盜船的時候被他們逮個正著。因為虎克誇口說，光靠他自己的顯赫威名就能保衛方圓一英里內的船，所以那艘船上並沒有守衛。如今她的命運也將成為幫他守護海盜船的一員了。又有一聲悲泣會乘著夜風傳遍各地。

兩名海盜在伴隨自身而來的無盡幽暗中完全沒有看到那塊岩石，直到他們撞上去為止。

「逆風行駛啊，你這蠢蛋！」操著愛爾蘭口音的史密放聲大喊，「流囚岩到了。現在，我們得把這個印第安人扔到石頭上，讓她留在這裡等著被活活淹死。」

要將這麼美麗動人的女孩丟棄在岩石上是件很殘忍的事；然而虎蓮非常高傲，完全不做任何無謂的抵抗。

有兩顆小腦袋在距離流囚岩不遠處的海盜視線死角載浮載沉，那是彼得和溫蒂。溫蒂正在哭泣，因為這是她第一次親眼看到的慘劇。彼得看過許多悲慘事件，但他全都忘得一乾二淨；他其實並不像溫蒂那樣替虎蓮感到難過，可是海盜二打一的卑鄙行為讓他非常生氣，因此打算要營救虎蓮。最簡單的方法就是等到海盜離開；但彼得從來都不選擇簡單的方法。世界上幾乎沒有他辦不到的事。此時他開始模仿虎克的聲音——

「喂，你們這些蠢蛋！」彼得大喊，模仿得唯妙唯肖。

「是船長！」兩名海盜驚訝地面面相覷。

「他一定是朝我們游過來了。」史塔奇一邊說，一邊和史密兩人睜大眼睛努力尋找虎克的蹤影，不過一切都只是白費力氣罷了。

「我們正要把這印第安人扔到石頭上！」史密大聲地說。

「放了她。」湖面上傳來一個令人吃驚的回答。

「放了她！」

「對，割斷繩子，讓她走。」

「可是，船長——」

「馬上。聽到沒有？要不然我就用鐵鉤捅你們。」

「這未免太奇怪了！」史密喘著氣說。

「最好還是遵照船長的命令吧。」史塔奇戰戰兢兢地表示。

「哎，也是。」史密割斷了虎蓮身上的繩索。她立刻像條鰻魚一樣從史塔奇雙腿間滑進水裡。

看到彼得這麼機靈，溫蒂當然很開心；不過她知道，他自己一定也高興得不得了，甚至還可能得意到大聲歡呼，暴露自己的身分，因此她馬上伸出手想摀住彼得的嘴。這時，湖面上又傳來一聲「喲嗬，小艇！」——聽起來像是虎克的嗓音。溫蒂的手僵在半空中，因為這次說話的可不是彼得。

彼得可能正打算大聲歡呼，但最後卻只擠擠臉、噘起嘴，驚訝地吹了一聲口哨。

「喲嗬，小艇！」那個聲音再度傳來。

溫蒂現在總算明白了。真正的虎克也在潟湖裡。

虎克正朝著小艇游去，他的手下則用燈光指引他，因此他很快就游到小艇邊。透過提燈散發出來的亮光，溫蒂看見虎克的鐵鉤緊緊勾住船緣；當他全身濕淋淋地爬上小艇時，她瞥見了那張邪惡黝黑的臉。溫蒂嚇得全身發抖，很想趕快游走，但彼得卻不肯移動半步——他正因為救了虎蓮一命而激動不已，體內的自大狂妄膨脹到讓他整個人都輕飄飄的。「我真是個奇才，噢，我真是個奇才啊！」彼得悄聲對溫蒂說。雖然溫蒂也這麼認為，但為了彼得的名聲著想，她還是很慶幸除了自己以外沒有人聽到他說的話。

彼得向溫蒂打了個手勢，要她仔細聽。

那兩名海盜很想知道船長為什麼會到潟湖這裡來，不過虎克用鐵鉤托著頭靜靜坐在那，看起來似乎陷入了深沉的鬱悶狀態。

「船長，一切都還好嗎？」他們膽怯地問，但他只以一聲空洞的哀嘆回應。

「他嘆氣了。」史密說。

「他又嘆氣了。」史塔奇說。

「這已經是他第三次嘆氣了。」史密說。

「到底怎麼了，船長？」

「玩完了，計畫失敗了。那些男孩找到了一位母親。」沉默已久的虎克終於開口，情緒激動地大喊。

聽到這番話的溫蒂雖然很害怕，但內心也同時充滿了自豪感。

「唉，真是倒楣的一天！」史塔奇大聲嚷嚷。

「母親是什麼啊？」無知的史密疑惑地問道。

溫蒂驚訝到忍不住脫口大叫：「他居然不知道母親是什麼意思！」從此以後，溫蒂便覺得，如果能養個海盜當寵物的話，她想要養史密。

彼得以飛快的速度一把將溫蒂拉到水面下，因為此時虎克猛然跳起來大喊：「那是什麼？」

「我什麼都沒聽到啊。」史塔奇一邊說，一邊舉起提燈照向湖面。他們四處張望，結果看見了一個奇怪的景象——就是我先前說過的那個鳥巢，此刻正隨著瀉湖水波漂浮，上面則坐著永無鳥。

「你看，」虎克回答史密的問題，「那就是母親。多偉大的榜樣啊！那鳥巢一定是掉到水裡了，但母鳥有因此而拋棄她的蛋嗎？沒有。」

虎克的嗓音有點變調，彷彿這一刻讓他回憶起從前那段天真無邪的日子，不過他馬上用鐵鉤揮開那些軟弱的思緒。

深受感動的史密靜靜凝望著那隻鳥，目送鳥巢逐漸漂遠。

「如果她是位母親，或許她在這逗留是為了要幫助彼得。」生性多疑的史塔奇說。

「唉，那就是我一直在擔心的事啊。」虎克皺了皺眉頭。

此時，史密充滿渴望的熱切語調喚醒了情緒低落的虎克。

「船長，難道我們不能把這些男孩的母親擄來當我們的母親嗎？」

「這計畫太妙了！」虎克放聲高喊，他那偉大的腦子裡立刻浮現出具體的策略方案。「我們把那群男孩抓到船上，然後逼他們走跳板，這樣一來她就會變成我們的母親了。」

「絕不！」溫蒂忍不住把頭探出水面，再度失聲驚呼。

「那是什麼聲音？」

但海盜們什麼也看不見。他們以為那一定是風吹樹葉所發出的沙沙聲。

「夥伴們，你們贊成嗎？」

「我舉手贊成。」史密和史塔奇異口同聲地說。
「那我舉鉤子，以此為誓。」
於是三人全都立下誓約。此時他們攀上流囚岩，虎克突然想起了虎蓮。
「那個印第安女人跑哪去了？」他猛然一問。
虎克喜歡三不五時開點小玩笑，因此他們以為他又在耍幽默。
「放心吧，船長，」史密沾沾自喜地回答，「我們放她走了。」
「放她走了！」虎克大叫。
「那是你自己下的命令啊。」水手長史密顫抖地說。
「你在水裡大喊，要我們放她走。」史塔奇附和道。
「該死！」虎克暴跳如雷，「搞什麼鬼！」他的臉氣得發黑；但他發現兩名手下居然對自己所說的話深信不疑，不禁大為驚訝。「夥伴們，」他微微顫抖地說，「我沒有下這樣的命令。」
「這真的太詭異了。」史密說。這奇怪的事件弄得他們心煩意亂，坐立不安。
「今晚在這黑暗潟湖中遊蕩的靈魂啊，你能聽到我的聲音嗎？」虎克提高音量大喊，但語氣中仍透著一絲顫慄。
照理說彼得應該要保持沉默，可是他當然沒有，而且還立刻模仿虎克的聲音回答：「見鬼了，聽到啦！」
就算在這種緊要關頭，虎克也沒有嚇得臉色發白，倒是史密和史塔奇兩人怕到緊緊抱在一起。

「陌生人，你是誰？說話啊！」虎克厲聲質問。
「我是詹姆斯．虎克，歡樂羅傑號的船長。」那聲音回答。
「你不是，你才不是！」虎克用低沉嘶啞的嗓音大吼。
「該死！你敢再說一次，我就把船錨砸到你身上。」那聲音反駁道。
虎克決定試著改用一種奉承的語調，低聲下氣地說：「如果你是虎克，那你告訴我，我是誰？」
「一條鱈魚，你只是一條鱈魚而已。」那聲音回答。
「鱈魚！」虎克茫然地重複著神祕聲音所說的話；就在這個時候，他向來充滿傲氣的靈魂瞬間碎了一地。他看見他的手下往後退了幾步，企圖和他保持距離。
「難道我們一直以來都在擁戴一條鱈魚擔任船長嗎？這可真是貶低我們的身分了。」他們低聲咕噥道。
他們原先是他的狗，現在卻反咬他一口。然而，即便虎克落入如此悲慘的下場，他卻幾乎不理會手下們的反應。要反駁這麼恐怖的言論，他需要的不是他們對他的信賴感，而是他對自己的信念。虎克感覺到他的自我正從體內悄悄溜走。「夥伴們，別拋棄我。」他用沙啞的嗓音輕聲說道。
虎克和所有偉大的海盜一樣，在他黑暗陰險的天性中雜揉了些許陰柔特質，這些特質有時會帶給他敏銳的直覺與靈感——於是他突然想玩猜謎遊戲。
「虎克，你能發出別的聲音嗎？」虎克大聲地說。
彼得一直以來都無法抗拒玩遊戲的誘惑，因此他下意識用自己原來的嗓音快樂地回答：「當然可以啊。」

「那你有別的名字嗎？」

「有啊有啊。」

「是植物嗎？」虎克問。

「不是。」

「礦物？」

「不是。」

「動物？」

「對。」

「男人？」

「才不是呢！」彼得語氣輕蔑地大聲回答。

「男孩？」

「對。」

「普通的男孩？」

「不是！」

「與眾不同的男孩？」

「對。」這次彼得用嘹亮的嗓音喊出答案，溫蒂聽了大為苦惱。

「你住在英國嗎？」
「不是。」
「你住在這島上？」
「對。」
困惑的虎克完全摸不著頭緒，他一邊擦擦汗濕的額頭，一邊對兩名手下說：「你們問他幾個問題吧。」
史密想了一下，滿臉抱歉地說：「我想不到什麼問題耶。」
「猜不到，猜不到！」彼得大聲歡呼。「你們認輸了嗎？」
得意忘形的彼得一不小心玩過頭，讓這些海盜惡棍有機可趁。
「對啊對啊。」他們急切地回答。
「那好吧，答案揭曉，」彼得大喊，「我是彼得潘！」
彼得潘！
轉眼間，虎克又再度恢復信心，找回原本的自我；史密和史塔奇也變回他忠實的心腹。
「這下我們逮到他了！」虎克放聲大吼。「史密，潛進水裡。史塔奇，看好小艇。不管是死是活，一定要抓到他！」
虎克一邊說，一邊縱身躍入水中。就在同一時間，湖面上傳來彼得愉快的聲音。
「男孩們，準備好了嗎？」

「好了！好了！」從潟湖四面八方冒出許多回應。

「那就給海盜一點顏色瞧瞧吧！」

這是一場短暫又激烈的戰鬥。最先讓敵人見血的是約翰，他英勇地爬上小艇抓住史塔奇，兩人展開一番猛烈扭打，結果史塔奇手中的短彎刀掉了；他拚命掙扎著跳進水裡，約翰也緊追在後一起跳下去。小艇就這樣漂走了。

湖面各處不時會有腦袋冒出來，接著刀光一閃，一聲慘叫或歡呼便隨之而來。在這場混戰中，有些人不小心打到自己人；史密的開瓶鑽戳中了托托的第四根肋骨，但他自己又被捲毛刺傷；而在離岩石較遠的地方，史塔奇正以猛烈的攻勢步步進逼，企圖壓制雙胞胎和史萊特利。

彼得在這段期間究竟跑哪去了？原來他正在尋找更大的獵物呢。

其他男孩全都非常勇敢，而他們之所以躲開海盜船長完全無可厚非——虎克的鐵爪將圍繞在他四周的湖水變成死亡水域，讓男孩們宛如受驚嚇的魚群般迅速逃竄。

然而，有個人對虎克船長毫無畏懼之心，有個人正準備進入那片死亡水域。

奇怪的是，他們相遇的地點卻不在水裡。在虎克爬上流囚岩喘口氣的同時，彼得也從相反的一側爬上去。岩石表面像顆球般滑溜溜的，因此他們只能手腳並用地匍匐前進，沒辦法正常攀爬。他們都不知道對方也正一步步爬上岩塊；兩人在摸索著力點時碰到了彼此的手臂，隨即驚訝地抬起頭來，結果兩張臉差點貼在一起——他們就這樣相遇了。

有些最偉大的英雄曾坦承，自己在開始戰鬥前會感覺胃部一沉。假如彼得當時也有這種感覺，我一定會坦白地寫出來，畢竟虎克可是海盜頭子西爾弗唯一害怕的人；不過彼得完全沒有胃部一沉的感受，他唯一有的情緒是快樂。他開心地緊咬著那口如珍珠般漂亮的牙齒，然後以閃電般的速度一把奪走虎克佩在腰帶上的刀，準備直刺對方要害；就在這時，他發現自己在岩石上的位置比敵人還高，這樣的戰鬥太不公平了，於是他便伸出手拉海盜一把。

說時遲那時快，虎克狠狠咬了他一口。

彼得瞬間愣在原地，一臉茫然——不是因為疼痛，而是因為不公平的關係。這讓他感到非常無助，只能震驚地瞪大雙眼，不知所措。每個孩子第一次遭受不公平待遇時都會像這樣受到影響，陷入恍惚發呆的狀態。他真誠地與你交流，一心想著他有權得到公平的對待；就算你對他不公平，他仍然愛你，但從此以後他就再也不是原來的那個孩子了。任何人都無法對初次遭遇的不公平釋懷，任何人，除了彼得之外。他經常遭受不公平對待，但卻總是忘得一乾二淨。我想這就是他和別人真正不同的地方。

所以他現在遭受到不公平待遇的感覺就像第一次一樣；他只能無助地睜大眼睛凝視著空氣。虎克的鐵鉤又抓了他兩次。

過了一會，其他男孩看見虎克在水裡發瘋似地拚命游向海盜船；現在他那張討厭的臉上除了慘白的恐懼外，絲毫沒有任何喜悅，因為大鱷魚正在他身後窮追不捨。若是在平時，男孩們就會跟在旁邊游泳歡呼；然而他們現在卻感到非常不安，因為彼得和溫蒂不見了。他們一邊在潟湖裡大聲呼喊彼得和溫蒂的名字，一邊到處搜索兩人的蹤影。隨後男孩們發現了小艇；在乘著小艇回家的路上，他們仍高聲喊著：「彼得！溫蒂！」——可是除了美人魚嘲弄的笑聲外，完全沒有任何回應。

「他們一定是游回去或飛回去了。」男孩們推斷。他們對彼得很有信心，所以其實並不太擔憂。他們孩子氣地咯咯笑了起來，因為今天晚上可以晚點睡了，這全是溫蒂媽媽的錯！

男孩們的聲音逐漸遠去，潟湖上瀰漫著一片寂靜冷清。突然，一聲微弱的呼喊劃破沉默。

「救命啊，救命！」

兩個小小的身影正努力朝著岩石游去；男孩的臂彎裡躺著一個昏迷不醒的女孩。彼得用盡最後一絲力氣將她拉上岩石，隨後立刻在她身旁倒了下來。即使他自己也快暈厥過去，但仍敏銳地察覺到湖水正在上漲。彼得知道他們倆很快就會淹死，可是他實在無能為力了。

當他們並肩躺在那裡的時候，一條美人魚抓住溫蒂雙腳，開始輕輕地把她拖進水裡。彼得感覺到溫蒂正從他身邊滑走，猛然驚醒，及時把她拉了回來。他不得不告訴溫蒂事實的真相。

「溫蒂，我們現在被困在流囚岩上，」他說，「可是岩石變得越來越小。再過不久，湖水就會淹沒這塊石頭了。」

即便如此，溫蒂還是不明白。

「那我們得離開才行呀。」她幾乎是以輕鬆的口吻說出這句話。

「對。」彼得虛弱地回答。

「彼得，我們要游回去還是飛回去？」

他必須對她說實話。

「溫蒂，妳認為自己能在沒有我的幫助下游回或飛回島上嗎？」

溫蒂不得不承認自己已經筋疲力盡，沒辦法移動那麼遠了。

彼得發出一聲呻吟。

「怎麼了？」溫蒂很擔心他的狀況。

「溫蒂，我沒辦法幫妳。虎克抓傷了我。我飛不了，也游不動了。」

「你的意思是，我們兩個都會淹死嗎？」

「妳看，水都漲起來了。」

他們倆用手遮住眼睛，不敢直視湖水上漲的景象。他們以為自己的生命很快就要結束了。當他們這樣束手無策地乾坐在石頭上時，有個東西像吻一樣輕柔地拂過彼得，隨後便停留在原地，彷彿正害羞地詢問：「我能幫上什麼忙嗎？」

那是風箏的尾巴，是麥可前幾天做的風箏。它掙脫了麥可的控制，隨風飄走了。

「麥可的風箏。」彼得雖然興趣缺缺，但緊接著他突然抓住風箏尾巴，把它拉到身旁。

「這只風箏能把麥可拉到空中，」彼得大喊，「或許它可以帶妳走？」

「我們兩個一起走！」

「這只風箏沒辦法帶兩個人，麥可和捲毛試過了。」

「那我們抽籤決定。」溫蒂勇敢地說。

「絕對不行，妳是小姐耶。」彼得已經將風箏尾巴綁在她身上。溫蒂緊抱住彼得不放，拒絕丟下他一個人離開；但彼得只說了一句：「溫蒂，再見。」接著便把她從流囚岩上推出去。轉眼之間，溫蒂就隨著風箏飄走，飄出他的視線。彼得一個人孤零零地待在潟湖上。

現在露出水面的岩石只剩一小角，很快就會完全淹沒到湖裡。幽微的月光躡手躡腳地灑在湖面上，再過不久，就會聽見世界上最動人、也最憂傷的聲音——美人魚呼喚月亮的聲音。

雖然彼得和其他男孩不太一樣，但他終究還是感到害怕。他全身上下湧起一股顫慄，彷彿海面上激起的陣陣漣漪；只不過海水是一波接一波，直到堆起成千上百道浪濤，而彼得僅感受到一股震顫而已。一轉眼，他又昂然挺立地站在岩石上，臉上掛著微笑，內心深處的小鼓咚咚地敲，聲聲說道：「死亡是最偉大的冒險。」

9 永無鳥

在潟湖上完全只剩下彼得一人之前，他所聽見的最後聲響是美人魚逐一回到她們海底寢室的聲音。因為距離太遠，所以他聽不到關門聲；不過，美人魚居住的珊瑚洞穴門上都有個小鈴鐺，每當開關門時就會發出清脆的叮叮聲（就像所有英國本土最講究的住宅一樣），而彼得聽到的就是鈴聲。

潟湖海水逐漸上漲，開始一點一滴輕輕啃噬彼得的雙腳；在惡水將他整個吞沒之前，為了消磨時間，他便直盯著唯一一樣在潟湖上移動的東西——他以為那是一張漂浮的紙，或許是風箏的一部分吧；他百無聊賴地猜想那東西漂到岸邊需要花多久時間。

過了不久，他注意到一件怪事，那東西漂浮在潟湖上肯定有什麼明確的目的，因為它正努力地對抗潮汐，有時還戰勝了強壯的浪濤；當它贏的時候，向來總是同情弱勢的彼得忍不住拍手叫好；這張紙真的太勇敢了。

其實那並不是紙張，而是永無鳥。她坐在巢裡使盡全力地拚命划向彼得。自從鳥巢落入水中後，她就學會用翅膀划行，並得以勉強操縱這艘奇特的鳥巢小船；可是等到彼得認出她的時候，她已經徹底筋疲力竭了。她是來救他的；儘管鳥巢裡還有蛋，她仍想把自己的巢讓給他。我非常不能理解這隻鳥，因為彼得雖然對她不錯，但有時也會欺負她。我只能假設，這隻鳥大概就像達林太太和其他婦女一樣，因為他擁有一口可愛的乳牙就心軟融化了吧。

永無鳥大聲向彼得說明自己來這裡的目的，彼得也高聲問她在那裡做什麼；但他們彼此當然都聽不懂對方的語言。在幻想故事中，人類可以自由自在地和鳥類交談，我真希望能暫時假裝這個故事也是如此，讓彼得能聰明地與永無鳥溝通、對答如流；不過最好還是實話實說，我只想敘述實際發生的事。嗯，他們倆不但語言不通，而且連禮貌都忘了。

「我——要——你——到——巢——裡——來，」永無鳥大喊，盡可能說得慢一點、清楚一點。「這——樣——你——就——能——漂——回——岸——上，可——是——我——太——累——了，沒——辦——法——划——得——更——近，所——以——你——得——試——著——游——過——來——才——行。」

「妳在呱呱叫什麼啊？」彼得回答。「為什麼不讓鳥巢像平常一樣隨波漂流呢？」

「我——要——你——」永無鳥把剛才的話再重複一遍。

彼得也放慢速度，試著說清楚一點。

「妳——在——呱——呱——叫——什——麼——啊？」

永無鳥氣得火冒三丈；他們的性子非常急，脾氣不太好。

「你這個呆頭呆腦的小笨蛋，」她放聲尖叫，「為什麼不照我的吩咐去做？」

彼得覺得尖聲咆哮的永無鳥似乎是在罵他，因此氣沖沖地反擊回去：「妳才是呢！」

說也奇怪，他們倆接著居然以相同的詞彙破口大罵。

「閉嘴！」

「閉嘴！」

即便如此，永無鳥還是下定決心要救彼得，因此她做出最後一次努力，使勁把鳥巢推到岩石邊，隨後便展翅飛向天際，離棄了自己的蛋，藉此表明她的用意。

彼得終於明白了永無鳥的意思；他抓住鳥巢，向盤旋在頭頂上的永無鳥揮手致謝。然而，永無鳥之所以在空中徘徊並不是為了接收他的謝意，甚至也不是要看著他安全進入鳥巢，而是要看他如何處置鳥巢裡的蛋。

鳥巢中有兩顆白色大鳥蛋，彼得把蛋舉起來，仔細思忖著該怎麼辦。永無鳥用翅膀遮住臉，不敢看鳥蛋最後的下場；可是她還是忍不住從羽毛縫隙間偷瞄。

我忘了之前有沒有告訴過你，流囚岩上有根木棒，是很久以前由幾名海盜釘在那裡，用來標示埋藏財寶的地點。孩子們發現了閃閃發光的寶藏，有時會淘氣地抓起一把把葡萄牙金幣、鑽石、珍珠與西班牙銀幣，然後猛力扔向海鷗；誤以為是食物的海鷗就會撲過來猛啄，等到發現原來是孩子用來耍牠們的卑鄙把戲後便氣呼呼地飛走。那根木棒仍佇立在那，史塔奇把他的帽子掛在上面，是一頂高高的寬邊防水帆布帽。彼得把蛋放進帽子裡，然後小心翼翼地將帽子放到潟湖上。帽子以平穩美麗的姿態在水面上漂浮起來。

永無鳥立刻明白彼得在做什麼。她尖聲鳴叫，表達對他的敬慕之情，彼得也跟著歡呼應和。隨後他坐進鳥巢中，將木棒立起來當作桅杆，並把自己的襯衫掛起來當成船帆；與此同時，永無鳥拍著翅膀朝帽子飛去，再次安逸地貼伏在蛋上。她往這個方向漂，彼得則往那個方向漂，皆大歡喜。

當然啦，彼得在登陸後將這艘鳥巢小船拖上岸，置放在永無鳥容易發現的地方；可是那頂帽子太好用了，因此永無鳥反倒捨棄了原本的鳥巢。鳥巢就這樣漂來漂去，最後裂成碎片。後來，每當史塔奇來到潟湖岸邊，看見永無鳥坐在他的帽子上，內心都充滿了苦澀的怨懟。因為我們不會再見到她了，所以或許值得一提——現在所有永無鳥築的巢都是那種可以讓雛鳥在上頭蹓躂的寬邊形狀。

彼得回到地下之家時，被風箏拉著四處飄蕩的溫蒂也差不多同時抵達，大家都非常開心。每個男孩都有冒險故事可講，但或許其中最讓大家興奮的就是他們已經晚睡了好幾個小時。男孩們得意洋洋，使出各種像是要求包紮傷口等拖延招數，一直刻意推遲上床時間；雖然溫蒂非常高興他們全都平安地回到家裡，但看到時間這麼晚了，她還是非常震驚，於是便以一種讓人不得不服從的語氣大聲嚷嚷：「全都給我上床，全都給我上床！」不過到了第二天，溫蒂又變得異常溫柔，並將繃帶發給大家；於是他們有的跛著腳、有的用懸帶吊著手臂，一直玩到睡覺時間為止。

⑩ 快樂的家

那次在潟湖與海盜交鋒的重要結果就是——印第安人成了迷失男孩的朋友。彼得將虎蓮從可怕的悲慘命運中解救出來，因此她和她的勇士們願意為他做任何事。他們整晚坐在地面上，持續守護著地下之家，靜候海盜們大舉進攻，因為海盜的襲擊行動顯然近在眼前；即使在白晝，他們也到處閒晃，悠哉悠哉地抽著煙斗，看起來簡直就像在等待享用什麼精緻美食似的。

印第安人稱彼得為「偉大的白人父親」，並拜倒在他跟前；彼得非常喜歡這一套，這對他來說實在不是什麼好事。

當印第安人匍匐在他腳邊時，彼得會用頤指氣使的高傲態度對他們說：「偉大的白人父親很高興看到皮卡尼尼戰士保護他的家免於海盜侵襲。」

那位美麗的可人兒會回答：「我，虎蓮，彼得潘救了我，我是他的好朋友，絕不會讓海盜傷害他。」

虎蓮實在太美了，美到根本不適合這樣卑躬屈膝，可是彼得認為自己當之無愧，於是便用高高在上的口氣回應：「彼得潘說了，很好。」

每當他說「彼得潘說了」，就表示要他們立刻閉嘴，而印第安人也就心領神會，以謙卑順服的態度聽命；但他們對其他男孩可沒有這麼恭敬，他們只把其他孩子當成普通的勇士看待，說些像是「你好嗎？」之類的話；令男孩們惱怒的是，彼得似乎認為這種情況是理所當然的。

雖然溫蒂心裡暗暗同情他們，但她是個非常忠誠又賢慧的家庭主婦，因此任何抱怨父親的話她一概不聽。無論她自己的個人觀點為何，她總是說：「父親是對的。」至於她的個人觀點，則是那些印第安人不應該叫她「老婆」。

我們現在要講到他們稱為「夜中之夜」的一晚，因為這晚的冒險經歷和結果意義重大。當天白日時分幾乎平淡無事，彷彿是在靜靜地養精蓄銳；此時印第安人裹著毛毯在地面上站崗，地底下的孩子則正在吃晚餐，只有彼得不在，他去外面打聽時間了。在永無島上得知時間的方法是找到那隻鱷魚，然後待在附近等他肚子裡的時鐘發出報時聲響。

這頓飯恰巧是一餐假想的茶點，男孩們圍坐在桌子旁貪心地狼吞虎嚥；他們唧唧喳喳聊個不停、互相指責對方，正如溫蒂所形容的，那嘈雜的噪音「簡直震耳欲聾」。當然，她一點也不介意吵鬧的場面，她只是不希望男孩們爭先恐後地搶東西，然後再為自己辯解，說托托推了他們手肘之類的。地下之家有一條既定的規矩：吃飯時若發生爭執，應該要禮貌地舉起右手向溫蒂報告說「我要投訴某某人」，絕對不能直接反擊；但他們實際上經常忘記這麼做，要不然就是一個接一個不停投訴。

「安靜！」溫蒂放聲大喊，這已經是她第二十次告訴他們不要同時講話了。「史萊特利，親愛的，你的杯子空了嗎？」

史萊特利瞄了一下想像的杯子，然後說：「還有一些，媽咪。」

「他根本還沒開始喝牛奶呢。」尼布斯插嘴。

尼布斯這樣就是在告狀，史萊特利立刻抓緊機會大聲說：「我要投訴尼布斯。」

不過約翰已經搶先一步舉起手來。

「怎麼了約翰？」

「既然彼得不在這，那我可以坐他的椅子嗎？」

「坐父親的椅子，約翰！」溫蒂大吃一驚。「當然不行！」

「他又不是我們真正的父親，」約翰回答。「一直到我教他之前，他甚至還不知道怎麼當父親呢。」

約翰這樣就是在發牢騷，於是雙胞胎大喊：「我們要投訴約翰。」

這時，托托舉起手。他是這群男孩中最謙卑的一個；事實上，他是唯一謙卑的孩子，因此溫蒂對他特別溫柔。

「我想，」缺乏自信的托托羞怯地說，「我沒辦法當個父親。」

「是不行啊，托托。」

托托很難得發表意見，不過他一旦開口，就會傻傻說個不停。

「既然我沒辦法當父親，」他語氣沉重地說，「麥可，我想你應該也不願意讓我當嬰兒吧？」

「不，我才不要。」已經鑽進嬰兒籃裡的麥可大聲說。

「既然我不能當嬰兒，」托托的語氣越來越沉重，「那你們覺得我能當雙胞胎嗎？」

「不，當然不行，」雙胞胎回答，「當雙胞胎是非常困難的事。」

「既然我扮演不了任何重要的角色，那你們有誰願意看我變把戲嗎？」托托說。

「沒有。」其他人全都這麼回答。

最後托托只好就此打住，陰鬱地說：「我真的沒希望了。」

討人厭的告狀又突然冒出來。

「史萊特利在桌子上咳嗽。」

「雙胞胎開始吃起司蛋糕了。」

「捲毛吃了奶油又吃蜂蜜。」

「尼布斯嘴裡塞滿食物還說話。」

「我要投訴雙胞胎。」

「我要投訴捲毛。」

「我要投訴尼布斯。」

「噢，天哪！噢，天哪！我有時覺得未婚老姑娘真令人羨慕呢。」

溫蒂吩咐他們把餐桌收拾乾淨，自己則在塞滿長襪的針線籃旁邊坐了下來。一如往常，每隻長襪的膝蓋處都有破洞。

「溫蒂，」麥可抱怨道，「我太大了，不能再睡搖籃了。」

「一定要有人睡在搖籃裡，」溫蒂以近乎刻薄的語氣說，「而你就是最小的孩子。搖籃是整間屋子裡最舒適、最像家的東西了。」

溫蒂縫補衣物的時候，男孩們就在她周圍玩耍；浪漫的爐火照亮了一張張快樂的小臉及舞動的四肢——這已經成為地下之家常見的一幕，不過，這也將是我們最後一次看到這種溫馨景象了。

此時，上面傳來陣陣腳步聲，而溫蒂當然是第一個注意到聲響的人。

「孩子們，我聽見你們父親的腳步聲囉。他喜歡你們到門口迎接他。」

地面上，印第安人正蹲伏在彼得前方。

「勇士們，我已經說過了，好好看守。」

接著，孩子們就像以前常做的那樣，開開心心地將彼得從他的樹洞拽下來——就像他們以前常做的那樣，只是以後再也沒機會了。

彼得帶了些堅果給孩子們，並把正確的時間告訴溫蒂。

「彼得，你知道嗎？你會把他們給寵壞的。」溫蒂傻笑著說。

「啊，老太婆。」彼得一邊說，一邊把槍掛起來。

「是我告訴他媽媽們都叫做老太婆的。」麥可悄聲對捲毛說。

「我要投訴麥可。」捲毛立刻表示。

雙胞胎裡的其中一個走向彼得說：「爸爸，我們想跳舞。」

「那就跳吧，我的小傢伙。」彼得愉快地回答，他的心情很好。

「可是我們想跟你一起跳。」

彼得其實是他們裡面最會跳舞的，但他假裝一臉震驚地說：「我！我一把老骨頭會喀啦喀啦響呢！」

「還有媽咪也要一起跳。」

「什麼！」溫蒂大叫，「我都已經是這一大群搗蛋鬼的媽媽了，還要跳舞！」

「可是今天是星期六晚上呀。」史萊特利巧妙地暗示。

事實上，那並不是星期六晚上，至少有可能不是，因為他們早就不知道確切的日子了；不過，每次只要想做些特別活動時，他們總會說當下是星期六晚上，這樣大家就會做了。

「今天當然是星期六晚上啦，彼得。」溫蒂的態度逐漸軟化。

「溫蒂，我們都已經為人父母了！」

「只不過是跟我們的孩子一起跳嘛。」

「說得也是。」

於是他們告訴孩子，大家可以一起跳舞，不過得先換上睡衣才行。

「啊，老太婆，」彼得在火爐旁取暖，低頭望著正在縫補襪子腳跟處的溫蒂，並在她耳邊低聲說，「辛苦了一整天後，妳和我坐在火爐邊休息，身邊圍繞著這些小傢伙，再也沒有比這更愉快的夜晚了。」

「這樣真的很幸福，對不對？」溫蒂心滿意足地說。「彼得，我覺得捲毛的鼻子像你。」

「麥可長得像妳。」

溫蒂走到彼得身邊，把手搭在他肩膀上。

「親愛的彼得，生養了這麼一個大家庭，當然，我已經年華老去，但你應該不會想拋棄我，再換一個老婆吧？」

「絕對不會，溫蒂。」彼得當然不想換老婆，可是他仍不自在地凝視著溫蒂，雙眼眨呀眨的，你知道，就好像不確定自己到底是清醒還是睡著。

「怎麼了，彼得？」

「我只是在想，」彼得有點害怕地說。「我是他們的父親這件事……這只是假裝而已，對不對？」

「對呀。」溫蒂拘謹地回答。

「妳看，」他帶著歉意繼續說，「如果我真的是他們的父親，那就會顯得我很老了。」

「但他們是我們的孩子呀，彼得，你和我的孩子。」

「可是並不是真的吧，溫蒂？」彼得焦慮地問道。

「如果你不希望是真的，那就不是。」溫蒂回答，隨後清楚聽見彼得鬆了一口氣。「彼得，」

她努力用鎮定的語氣問道，「你對我究竟懷著什麼樣的感情呢？」
「就是孝順兒子對媽媽的那種感情，溫蒂。」
「我想也是。」溫蒂走到房間最遠的角落，獨自一人坐在那裡。
「妳好奇怪，」彼得完全摸不著頭緒。「虎蓮也一樣。她想當我的什麼人，但又說不是要當我媽媽。」
「不，的確不是。」溫蒂特別加重語氣回答。現在我們明白她為什麼對印第安人有偏見了。
「那到底是什麼呢？」
「這不是一位淑女該說的話。」
「喔，那好吧，」彼得有點惱火。「或許叮噹會告訴我。」
這時，待在自己房間裡偷聽的叮噹尖聲說了些無禮又粗魯的話。
「她說她以放蕩為榮。」彼得翻譯道。
霎時之間，他突然有個點子。「或許叮噹想當我的母親？」
「你這個大笨蛋！」叮噹憤怒地放聲大叫。
她常常說這句話，所以溫蒂不需要翻譯也聽得懂。
「我幾乎同意她的看法。」溫蒂氣沖沖地說。想想看，淑女溫蒂居然氣沖沖地說話耶！不過她已經受夠了，而且也不知道在夜幕降臨前會發生大事；如果她知道的話，她就不會發脾氣了。
他們沒有一個人知道。或許不知道最好。他們之所以能再多擁有一個小時的歡樂，就是因為他們的懵懂無知；既然這是他們在永無島上的最後一小時，那就讓我們歡慶這快樂的六十分鐘吧。他們穿著睡衣唱歌跳舞——那是一首有趣又詭異的歌，他們在歌曲中假裝被自己的影子嚇到，完全不曉得陰影正步步逼近，很快就會籠罩他們，到時他們會害怕地縮成一團、體驗真切的恐懼。他們開心地手舞足蹈、大聲喧譁，在床上床下相互追逐打鬧，結果最後從跳舞演變成一場枕頭大戰；結束這場枕頭戰後，他們還堅持再戰一回合，彷彿知道彼此可能像永不復相見的夥伴一樣。他們在溫蒂講她的床邊故事之前，早已說了無數個故事呢！那天晚上，就連史萊特利也試著想分享故事，可是開頭實在太枯燥乏味，包含他自己在內的所有人都覺得很無趣，於是他便順水推舟地說：「對啊，這開頭好無聊喔，我們就假裝這是故事的結尾吧。」

最後，他們全都乖乖上床，聽溫蒂講故事。這是他們最愛聽的故事，但卻是彼得最討厭的故事。通常當溫蒂開始講這個故事的時候，彼得就會離開房間，或是用雙手摀住耳朵；假如他這次也按慣例那麼做，他們或許還有可能繼續待在永無島，然而今晚，他卻仍坐在自己的凳子上。

我們就來看看到底發生了什麼事吧。

⓫ 溫蒂的故事

「好吧，聽我說，」溫蒂開始全神貫注地講故事；麥可待在她腳邊，其他七個男孩則躺在床上。

「從前從前，有一位紳士——」

「我寧願他是位女士。」捲毛說。

「我希望他是一隻白老鼠。」尼布斯說。

「安靜，」溫蒂媽媽輕柔地責備他們。「還有位女士，而且——」

「噢，媽咪，」雙胞胎搶先插嘴喊道，「妳的意思是故事裡還有位女士，對嗎？她沒死，對不對？」

「噢，對呀，她還活著呢。」

「我真高興她還活著。你高興嗎，約翰？」托托說。

「我當然高興啊。」

「你高興嗎，尼布斯？」

「那還用說。」

「你們高興嗎，雙胞胎？」

「我們很高興呀。」

「噢，天哪。」溫蒂嘆了口氣。

「別吵了！」彼得放聲大喊。他堅決認為，無論他個人有多討厭這個故事，都應該讓溫蒂順利講完才公平。

「那位紳士名叫達林先生，女士則是達林太太。」溫蒂繼續說。

「我認識他們喔。」約翰故意說出來想惹惱其他人。

「我想我好像也認識他們。」麥可沒什麼把握地附和道。

「達林先生和達林太太結婚了，這你們應該知道吧。」溫蒂解釋。「那你們覺得他們後來有了什麼呢？」

「白老鼠！」尼布斯靈機一動，大聲回答。

「不是白老鼠。」

「好難猜喔。」雖然托托這麼說，但其實這故事他早就會背了。

「安靜點，托托。達林先生和達林太太有三個後嗣。」

「什麼是後嗣？」

溫蒂的故事

「嗯，你就是後嗣之一呀，雙胞胎。」

「你聽到了嗎，約翰？我是後嗣耶。」

「後嗣就是小孩子的意思。」約翰說。

「噢，天哪！噢，天哪！」溫蒂發出一聲嘆息。「這三個孩子有個忠心耿耿的保母，名叫娜娜；可是達林先生生娜娜的氣，用鍊子把她綁在院子裡，所以孩子們全都飛走了。」

「這故事真的太棒了。」尼布斯說。

「他們飛得好遠好遠，」溫蒂繼續說。「最後來到了永無島，也就是那些迷失孩子所在之處。」

「我剛剛就在想他們一定會飛到永無島上，」捲毛興奮地插嘴。「不曉得是怎麼回事，但我就是覺得他們會去那裡！」

「噢，溫蒂，」托托大聲嚷嚷，「迷失的孩子裡是不是有個人叫托托？」

「沒錯，是有個叫托托的男孩。」

「我在故事裡了，萬歲！我在故事裡了，尼布斯！」

「噓。現在我要你們想一想，那對不幸的父母發現自己的孩子們飛走了，會是什麼樣的心情。」

「唉……」其實男孩們一點都不關心那對不幸父母的感受，但他們還是全都哀怨地呻吟起來。

「想想那些空蕩蕩的床！」

「唉……」

「好慘喔。」雙胞胎哥哥愉快地說。

「我看這故事應該不會有什麼快樂的結局，」雙胞胎弟弟接著表示。「尼布斯，你覺得呢？」

「我好緊張，也好擔心喔。」

「要是你們知道母親的愛有多偉大，就不會害怕了。」溫蒂得意地告訴他們。現在她要講到彼得最討厭的情節了。

「我喜歡母親的愛，」托托一邊說，一邊拿枕頭打了尼布斯一下。「尼布斯，你喜歡母親的愛嗎？」

「當然喜歡啊。」尼布斯也用枕頭反擊回去。

「你們看，」溫蒂志得意滿地說，「我們的女主角知道母親會永遠敞開窗戶等著孩子們飛回去，所以他們就離家好幾年，在外面大玩特玩，享受美好時光。」

「那他們後來有沒有回家呢？」

「現在，」溫蒂打起精神，努力以最佳狀態詮釋故事的精采段落，「讓我們來偷看一下未來吧。」孩子們全都扭動一下身子，這樣就能更容易窺見未來了。「過了許多年之後，有位看不出年紀、氣質優雅的小姐在倫敦火車站下了車，她究竟是誰呢？」

「噢，溫蒂，她是誰呀？」尼布斯興奮地大叫，彷彿他不知道答案似的。

「會不會是——是的——不是——正是——美麗的溫蒂！」

「哇！」

「陪在她身邊那兩位舉止高貴、相貌堂堂的男子又是誰呢？會是約翰和麥可嗎？沒錯，就是他們！」

「『親愛的弟弟，你們看，』」溫蒂指著上方說，「『那扇窗還開著呢。啊，因為我們對母親的愛懷有崇高的信念，所以現在終於得到回報了。』於是他們姊弟三人便飛回爸媽身邊。這幸福快樂的一幕是筆墨無法形容的，我們就不多說了。」

這就是溫蒂的故事，而聽眾都和美麗的說書人一樣開心。你看，一切都非常合情合理。有時我們宛如世界上最狠心的事物──也就是那些無情卻又討人喜愛的孩子一樣，說走就走；我們全然自私地享受個人時光，等到需要特別關注的時候，就理直氣壯地回頭索討，同時還很有自信地認為自己非但不會受罰，反而還能得到獎賞。

事實上，正是因為他們對母親的愛深信不疑，所以才覺得自己能繼續保持冷漠，多花點時間在外流連玩耍。

然而，這裡有個人懂得更多。當溫蒂講完故事時，他便發出空洞的呻吟。

「怎麼了，彼得？」溫蒂邊喊邊跑向彼得，以為他生病了。她焦急地摸摸他，一直摸到胸口以下。「你哪裡痛？」

「不是那種痛。」彼得的口氣非常鬱悶。

「那是哪種痛呢？」

「溫蒂，妳對母親的看法是錯的。」

其他人聽到這話全都嚇了一跳，連忙聚集在彼得身旁，大家都對他的激動情緒感到驚慌；於是他便非常坦率地說出自己一直隱瞞的事。

「很久很久以前，我也跟你們一樣，認為我媽媽會永遠敞開窗戶等我回家，所以我在外遊蕩了好幾個月、接著又好幾個月，然後才飛回去；可是窗戶已經緊緊閂上了，因為媽媽早就完全忘了我，而且還有另一個小男孩睡在我床上。」

我不確定這是不是真的，但彼得認為這是真的；這把大家全嚇壞了。

「你確定母親全都是那樣嗎？」

「確定。」

關於母親的真相原來是這樣子。真可惡！

不過最好還是小心點；沒有人能像小孩子一樣反應敏銳、很快就知道自己什麼時候該妥協認輸。「溫蒂，我們回家吧！」約翰和麥可同聲大喊。

「好，我們回家。」溫蒂緊緊摟住兩個弟弟。

「你們不會是今晚就要走吧？」迷失男孩困惑地問。他們內心深處清楚知道，一個人就算沒有母親也能過得很好，只有母親才會認為孩子沒有媽媽就活不下去。

「我們馬上就走。」溫蒂的口氣非常堅決，因為她腦海中突然浮現出一個恐怖的想法：「或許媽媽現在已經脫下整身黑衣，換上半喪服[3]了呢。」

這股恐懼讓溫蒂忽略了彼得的心情；她用非常尖銳的口吻對他說：「彼得，你能做些必要安排嗎？」

「如妳所願。」彼得的回應冷淡到彷彿溫蒂只是請他幫忙遞堅果一樣。

他們倆甚至連一句惜別的話也沒說！要是溫蒂不在乎分離，那彼得也要表現得滿不在乎。可是，彼得當然非常在乎。他對成年人懷著滿腹盛怒沸騰的怨氣，那些大人就像往常一樣毀了一切；因此他一鑽進自己的樹洞裡，便立刻故意急促地呼吸，大概一秒鐘呼吸五次。他這麼做是因為在永無島上有種說法——你每呼吸一次，就會有個成年人死去；懷恨在心、渴望報復的彼得想盡快殺光他們。

彼得對印第安人下了必要的指示，然後返回地下之家。在他離開期間，地下之家裡居然上演了卑劣的一幕——迷失男孩想到他們即將失去溫蒂，隨即爆出一陣恐慌，後來竟然以威脅的方式逼迫她。

「這樣情況會比她來之前還要糟！」他們大聲吵嚷。

「我們不能讓她走。」

「我們把她囚禁起來吧。」

「對，用鍊子綁住她。」

面對如此絕境，溫蒂的直覺告訴她自己應該向誰求助。

3 「半喪期」為二十世紀初英國服喪期的第二階段，此時人們可以換下一開始的全黑哀悼服，改穿灰色、藍色或薰衣草色的單色服裝。

「托托，我求求你！」溫蒂大喊。

這不是很奇怪嗎？她居然求助於那個最傻的男孩托托。

然而，托托的回應非常了不起。那一刻，他拋下自己的愚笨和傻氣，帶著尊嚴說：「我只不過是托托罷了，沒有人在意我。但要是誰敢不以英國紳士的行為舉止對待溫蒂，我就會狠狠地讓他濺血。」

托托拔出佩在腰上的短劍；那一瞬間，他的氣勢如日中天。其他人不安地往後退卻，瑟縮不前。這時，彼得回來了，男孩們立刻明白他絕對不會支持他們。彼得不會違背任何一個女孩的意願，將她強行留在永無島。

「溫蒂，」彼得一邊說，一邊來回踱步，「因為飛行會讓你們筋疲力竭，所以我請印第安人帶你們穿越樹林。」

「謝謝你，彼得。」

「然後，」彼得擺出他慣常的那種命令態度，用尖銳短促的聲音繼續說，「叮噹會帶你們飛越大海。尼布斯，去把叮噹叫醒。」

雖然叮噹其實已經坐在床上偷聽了好一陣子，但尼布斯卻還是敲了兩次帷幔才得到她的回應。

「你是誰啊？你好大的膽子！給我滾！」叮噹大叫。

「該起床了，叮噹，」尼布斯喊道，「帶溫蒂回家吧。」

聽到溫蒂要離開，叮噹自然非常高興，但她下定決心絕對不當她的嚮導；她用更粗魯無禮的字眼表達自己的想法，接著再度裝睡。

「她說她絕對不要！」尼布斯大聲嚷嚷；叮噹如此公然抗命讓他嚇得目瞪口呆。彼得一臉嚴肅地走向那位精靈少女的小閨房。

「叮噹，」彼得厲聲大喊，「妳要是不馬上起床換衣服，我就要拉開帷幔，到時候我們全部的人都會看見妳穿睡衣的樣子。」

此話一出，叮噹立刻飛也似地跳到地板上大叫：「誰說我還沒起床？」

與此同時，男孩們可憐兮兮地望著溫蒂，她、約翰和麥可已經準備好要踏上回家的路了。這一刻，男孩們個個垂頭喪氣、情緒低落，不僅是因為他們即將失去溫蒂，同時也是因為她將前往一個美好世界，一個他們並沒有受邀進入的世界。對他們來說，新奇的事物一向都很有吸引力；然而，溫蒂卻將他們的反應解讀成更崇高的情感，因此她心軟了。

「親愛的孩子，如果你們全都跟我一起走，我幾乎能百分之百肯定，絕對可以說服我爸媽領養你們。」她說。

這個邀請其實是特別說給彼得聽的；不過每個男孩都只想到自己，立刻開心地跳了起來。

「可是他們不會覺得我們人太多、太難管了嗎？」尼布斯邊跳邊問。

「噢，不會啦，」溫蒂快速地想了一下，「只是需要在客廳多加幾張床而已。雖然每個月的第一個星期四是招待客人的日子，但那時可以把床藏在屏風後面沒關係。」

「彼得，我們可以去嗎？」男孩們全都苦苦哀求。他們理所當然地認為，只要他們去，彼得也會一起去；不過其實他們並不太在意彼得去不去。孩子們就是這樣，一有新奇好玩的事物出現，隨時都準備拋棄他們最親愛的人。

「好吧。」彼得苦笑著回答。男孩們立刻衝去收拾行李。

「那現在，彼得，」溫蒂以為自己已經安排好一切，「在離開之前，我要先餵你們吃藥。」她很喜歡餵大家吃藥，而且一定會餵過量。當然啦，所謂的藥其實只是從瓶子裡倒出來的清水而已；溫蒂總是會搖搖瓶子，算一下有幾滴藥水，這樣水就能產生療效。然而這一次，她並沒有把藥給彼得，因為就在她準備藥水的時候，她瞥見了彼得臉上的表情，而那個表情讓溫蒂的心往下沉。

「去收拾你的東西吧，彼得。」溫蒂全身顫抖，大聲喊道。

「不了，溫蒂，」彼得裝出一副淡漠的樣子，「我不跟你們去。」

「走嘛，彼得。」

「不要。」

為了表現出自己對她的離開無動於衷，彼得在房間裡輕快地踮著腳跳來跳去，甚至還快樂地吹起他那支無情的笛子。儘管有失體統，但溫蒂仍不得不追著他跑。

「去找你媽媽吧。」溫蒂連哄帶勸地說。

就算彼得確實曾是個有母親的孩子，他現在也不再想念她了。他沒有媽媽也能過得很好。雖然他仔細地想了又想，但只記得母親的缺點而已。

「不，我不要。」彼得果斷地告訴溫蒂。「或許她會說我已經長大了，可是我只想永遠當個小男孩，永遠開開心心地玩。」

「可是，彼得——」

「我說不要。」

於是溫蒂不得不告訴其他人這個消息。

「彼得不去。」

彼得不去！男孩們茫然地望著他；他們每個人肩上都挑著一根木棍，上面綁著小包袱。他們腦海中冒出的第一個念頭是：假如彼得不一起走，那他很可能會改變心意，不讓他們離開。

可是彼得太驕傲了，說不出那樣的話。他陰鬱地說：「如果你們找到了自己的媽媽，我希望你們會喜歡她們。」

這句可怕又憤世嫉俗的嘲諷讓男孩們感到非常不安，大多數人臉上甚至開始露出懷疑的表情，像是在說：想去的人是不是很笨呢？

「好啦，」彼得放聲大喊，「別大驚小怪，也別哭哭啼啼的。再見，溫蒂。」彼得爽朗地伸出手，好像他們現在真的非走不可，因為他有重要的事情要做。

由於彼得並沒有表示他比較想要「頂針」，因此溫蒂不得不握握他的手。

「你會記得換法蘭絨衣服吧，彼得？」溫蒂試著拖延離別的時間，依依不捨地叮嚀他。她總是格外講究他們的法蘭絨衣服。

「會。」

「那你會乖乖吃藥嗎？」

「會。」

該說的似乎都已經說完了，一陣尷尬的沉默隨之而來。然而彼得並不是那種會在別人面前崩潰痛哭的人。他高聲喊道：「叮噹，妳準備好了嗎？」

「嗯，好了！」

「那就帶路吧。」

叮噹鑽進最近的樹洞飛快往上衝，但沒有人跟著她；因為就在這時，海盜正猛烈襲擊印第安人。地面上，尖叫聲及刀劍碰撞的鏗鏘聲劃破了原本寧靜安和的空氣；地底下，一片死寂。孩子們嚇得嘴巴都合不攏，只能呆呆地愣在原地。溫蒂跪了下來，朝彼得伸出雙手。大家全都朝彼得伸出雙手，彷彿突然有陣風把他們的手臂往那個方向吹似的；他們正無聲地哀求彼得不要離棄他們。至於彼得呢，他迅速抓起了劍，那把他以為自己用來殺死巴比克的劍，眼中閃著渴望戰鬥的光芒。

⓬ 孩子們被抓走了

海盜的進攻完全是一場出其不意的偷襲，在在證明了無恥的虎克是以不正當的手段指揮作戰；因為光憑白人的智慧，要成功奇襲印第安人簡直就是不可能的任務。

根據所有與野蠻人交戰的不成文法規定，發動攻勢的向來都是印第安人。他們非常狡詐，詭計多端，總是在白人士氣最低落的破曉時分進行突襲；與此同時，白人在遠方高低起伏的山勢頂峰築起簡陋的柵欄，山腳下則有條潺潺小溪流過，因為如果離水源太遠就會無法生存、導致毀滅。白人們在那裡等待印第安人來襲，沒經驗的菜鳥緊緊握住左輪手槍，踩著小樹枝不斷來回踱步，而資深老手則平靜地進入夢鄉，直到黎明來臨之前。野蠻人偵察兵於漫漫長夜裡像蛇一樣蜿蜒地在草叢中潛行，完全沒擾動到半片枝葉；灌木叢在他們身後靜靜歸攏在一起，彷彿鼴鼠鑽入沙地後再度聚集的沙礫。除了他們有時會傳神地模仿土狼發出寂寞的嗥叫外，絲毫聽不見任何聲響；其他勇士也會回應他們的狼嗥，有些人甚至吼得比那些不擅長嗥叫的土狼還要好。清冷的夜色就這樣緩緩流逝，對初次經歷這種狀況的白人來說，長時間提心吊膽真的是非常恐怖的煎熬；但對訓練有素的老鳥而言，那些可怕的嗥叫以及比嗥叫還要駭人的沉默，都只不過是夜晚持續推移的徵兆罷了。

這是虎克非常熟悉的慣常步驟；如果他忽略了這個規則，實在無法用「不知道」來當藉口請求原諒。

另一方面，皮卡尼尼族不僅深信虎克絕對會遵守道義，而且他們當晚的所有行動更與虎克的策略形成強烈對比。皮卡尼尼族所做的一切完全符合部落名聲，他們靈敏的感官知覺讓文明人大為驚豔，望塵莫及。他們從海盜踩到枯枝的那一刻起，就知道這幫惡徒已經踏上了永無島，並在短到不可思議的時間內立刻開始模仿狼嗥。穿著軟皮鞋的印第安勇士暗中跟隨著前方足跡，徹底勘查自虎克軍隊登陸地點到地下之家這段路上的每一寸土地；他們發現唯有一座小山丘的山腳下有溪流，所以虎克絕對別無選擇，只能在這裡駐紮，等待黎明時分。印第安人以幾近惡毒的狡黠靈巧將一切仔細安排好後，充滿男子氣概的主力菁英部隊便裹起毛毯，冷靜地蹲伏在地下之家上方，等候那個得以絕殺白人的冷峻時刻降臨。

這群信心滿滿的野蠻人雖然非常清醒，但腦袋中卻夢想著破曉時要如何嚴刑拷打虎克；與此同時，奸險狡詐的虎克發現了他們的蹤跡。根據逃離這場大屠殺的偵察兵於事後所做的描述判斷，雖然虎克一定有看到矗立在灰暗微光中的小山丘，但他似乎根本沒有停下腳步駐紮：他那狡猾的腦子裡自始至終從來沒想過要等候印第安人出擊，甚至不願拖延到黑夜將盡時才行動；他的策略就是立刻開戰，沒有其他選擇。這些困惑的印第安偵察兵能怎麼辦呢？儘管他們精通各式各樣的戰爭謀略，卻沒料到虎克還有這招，因此只能無奈地尾隨在他身後，發出可悲的狼嗥，致命性地暴露出自己的位置。

勇敢的虎蓮公主身邊圍繞著十二位最驍勇頑強的戰士。他們突然發現那些背信棄義的海盜正快速逼近、猛烈來襲，原本守護著勝利的那層夢想薄膜瞬間瓦解，他們再也別想把虎克綁在火刑柱上嚴加拷問了。對他們來說，幸福獵場近在眼前；這點他們心裡很清楚，但仍表現出身為印第安人子孫應有的氣度。事實上，假如他們起身的速度夠快，應該有時間聚集成敵人難以攻破的方陣，但部族傳統卻明文禁止他們這麼做──「高貴的野蠻人絕不可在白人面前驚慌失色。」因此，就算驟然現身的海盜確實令人大為驚駭，但他們仍暫時保持靜止，連一寸肌肉都沒動，彷彿敵方是應邀前來似的。他們勇敢地維護部族傳統，接著才抓起武器，用聲聲戰吼撕裂天空；不過一切都已經太遲了。

這根本不是什麼戰鬥，而是一場血淋淋的大屠殺──關於這部分我們就不細說了。許多皮卡尼尼族菁英分子就這樣靈消魂逝。然而他們並非白白送死，因為隨著海盜「瘦狼」命喪黃泉，艾爾夫．梅森也跟著倒下，再也無法滋擾西班牙大陸美洲；其他丟了性命的還有喬治．史庫利、查爾斯．特里，以及亞爾薩斯人弗格帝。特里死在恐怖的印第安人「黑豹」的戰斧下，最後黑豹帶著虎蓮公主及少數倖存的族人在海盜中殺出一條血路，逃出戰場。

關於虎克應當為了他在這場戰役中所運用的戰術被指責到什麼程度，就留給歷史學家來評斷吧。倘若他留在山丘上等待適當的時機，那他和手下們很有可能會慘遭屠殺；所以要論斷他的話，就必須把這點考慮進去才公平。或許他應該做的是告知對手、提議採取新的作戰方式，可是這樣一來就失去了出其不意的偷襲效果，他的策略就會徒勞無功；因此這個問題其實很難下結論。不過，儘管有點心不甘情不願，但我們還是不得不佩服他的聰明才智能構想出如此大膽的計畫，而他實行計畫的本領也令人激賞。

獲勝的那一刻，虎克對自己的看法又是什麼呢？他的手下應該很樂意一探究竟吧。海盜們一邊發出濁重的喘息，一邊擦拭短劍和彎刀，小心翼翼地聚集在遠離船長鐵鉤的地方，並瞟著眼睛探索這個不同凡響的男人。虎克心裡一定很得意，但他臉上並沒有顯露出任何表情。無論在精神或物質層面，虎克都超然於他的屬下之上，他是個黑暗、孤獨又難以捉摸的謎。

今晚的任務尚未結束，因為虎克前來的目的並不是為了消滅印第安人；印第安人只不過是被煙薰走的蜜蜂，好讓他能得到蜂蜜罷了。他真正想要的是彼得潘、溫蒂和那些孩子，但最主要的目標還是彼得潘。

虎克這麼痛恨彼得實在很令人不解，他只是個小男孩啊！沒錯，彼得確實曾經把虎克的手臂丟給鱷魚吃，導致鱷魚對虎克窮追不捨，害他的生活一天比一天還要不安；然而即便如此，也很難解釋虎克的報復心為什麼這麼惡毒無情。真相其實是：彼得身上有某種特質，惹得這位海盜船長氣到抓狂。這個特質並不是他的勇氣，也不是他迷人的外表，更不是——。我們沒必要拐彎抹角了，因為大家都很清楚那特質究竟是什麼，而且還得說出來才行——那就是彼得自大狂妄的傲氣。

這點讓虎克感到非常煩躁不安，不僅讓他氣到鐵爪陣陣抽搐，還在午夜夢迴時分像隻討厭的蟲子一樣不斷騷擾他。只要彼得還活著，這個飽受折磨的男人就覺得自己宛如被關在籠中的猛獅，然後有隻小麻雀飛進了籠子裡。
現在的問題是：要怎麼樣才能從樹洞中鑽下去呢？或者說，該如何讓他的手下進入地下之家？虎克用貪婪的雙眼掃視著他們，想尋找身材最瘦小的人；海盜們不安地扭動身子，因為大家都很清楚，虎克絕對會毫不猶豫地用竿子把他們硬塞下去。
與此同時，男孩們的情況又是如何？我們已經看到一開始地面上傳來武器碰撞的鏗鏘聲時，孩子們全都嚇得張大嘴巴，像石雕一樣愣在原地動也不動，伸出雙手懇求彼得；現在我們回到地下之家看看吧——男孩們闔上嘴巴，手臂也垂落在身體兩側。地面上的混亂與嘈雜驟然停止，幾乎就和爆發時一樣突然，彷彿一陣猛烈的狂風瞬間呼嘯而過。孩子們心裡很清楚，狂風掠過的同時，也決定了他們的命運。
到底哪一邊贏了呢？
海盜在樹洞口熱切地豎起耳朵，聽見了每個男孩所提出的問題——當然，唉，也聽見了彼得的回應。
「要是印第安人贏了，他們一定會敲戰鼓。那一直都是他們獲勝的信號。」彼得說。
此時，早已找到戰鼓的史密正坐在鼓上，「你們永遠都不會再聽到鼓聲了。」他喃喃地說。當然，他的聲音低到聽不見，因為虎克嚴格禁止他們出聲。然而史密驚訝的是，虎克竟然比手勢要他擊鼓；這時他才意識到這個命令有多邪惡恐怖。頭腦簡單的史密大概從沒這麼欽佩過虎克吧。
史密敲了兩下鼓，接著停下來側耳傾聽，一臉幸災樂禍的樣子。

「是鼓聲！」這群惡徒聽見彼得大喊，「印第安人贏了！」

注定在劫難逃的孩子們大聲歡呼，他們的嬉笑聲對地面上那些黑心海盜來說宛如美妙的天籟；接著，孩子們幾乎是立刻再次向彼得道別。雖然海盜們聽得一頭霧水，但那種卑劣的欣喜仍吞沒了其他情緒和疑惑，因為敵人馬上就要從空心樹爬上來了。他們個個摩拳擦掌，得意地相視而笑；虎克如閃電般飛快地下了無聲的命令：一個海盜守一棵樹，其餘的人排成一排，每隔兩碼站一個人。

⑬ 你相信有仙子嗎？

這段恐怖的故事還是越快講完越好。

第一個鑽出樹洞的是捲毛。他一探出頭，就立刻落入伽可手中，然後伽可把他扔給史密，史密把他扔給史塔奇，史塔奇再把他扔給比爾．朱克斯，比爾．朱克斯又把他扔給努德勒；捲毛就這樣被海盜們拋來拋去，從這個人手中丟給另外一個人，直到他落到那個膚色黑亮的海盜腳邊。所有男孩都被海盜以殘暴無情的手段從空心樹中拽了出來，而且一次都有好幾個孩子同時被拋向空中，彷彿在傳遞一包包貨物似的。

最後一個爬上來的是溫蒂，她受到的待遇截然不同。虎克表現出一副充滿嘲諷意味的有禮態度，不僅脫帽向溫蒂致敬，而且還向她伸出手臂，親自護送她到囚禁其他男孩的地方，海盜們正在那忙著用布塞住這些小俘虜的嘴巴。虎克矯情的舉止看起來高尚尊貴、風度翩翩，令溫蒂著迷到忘了大聲呼救。畢竟她只是個小女孩嘛。

或許揭露虎克迷住溫蒂的那瞬間有點像是在打小報告，但我們之所以揭穿這件事，單純是因為她的一時失神導致了意想不到的奇特結果。假若溫蒂傲慢地拒絕挽住虎克的手（我們當然很樂意這樣描述她），她就會跟其他人一樣被扔到空中拋來拋去，那虎克可能就不會出現在綑綁孩子們的地方；假如他不在場，就不會發現史萊特利的祕密；要是不知道那個祕密，他就無法在不久後懷著邪惡的企圖，不擇手段地奪取彼得的性命。

為了防止孩子們飛走，海盜便要他們彎曲身體、膝蓋貼近耳朵蜷成一團，接著那個膚色黑亮的海盜將繩索切割成九等份，把孩子們綑起來。一切都進行得非常順利。然而，輪到史萊特利時，海盜們卻發現他宛如那些令人惱火的包裹，光是綑起來就耗盡了所有繩子，剩下的繩頭長度完全不夠用來打結。怒火中燒的海盜氣得猛踢史萊特利，就像你踢包裹一樣（雖然憑良心說，你該踢的其實是繩子）；說也奇怪，這時虎克居然下令要他們停止暴行。他的嘴角緩緩上揚，露出邪惡的勝利微笑。每當他的手下拚命想綁好這個不幸的小傢伙時，只要緊緊綑住他身體的某一部分，另一部分就會凸出來，搞得他們滿身大汗；虎克精明老練的頭腦與思維看透了史萊特利的表象，並渴望探究箇中原因，而非結果——他那興高采烈的得意神情證明他已經找到答案了。史萊特利的臉一片慘白，因為他知道虎克已經無意中發現了自己的祕密：沒有一個身材如此飽滿的男孩能順利鑽進一般人需要用棍子硬塞才有辦法擠進去的樹洞。可憐的史萊特利現在是所有孩子裡最悲慘的一個，因為他為彼得感到恐慌，而且非常後悔自己所做的事——他以前只要覺得熱，就會拚命地瘋狂灌水，因此目前的腰身才會腫脹成這樣；然而他並沒有想辦法縮減腰圍來配合樹洞，反而瞞著其他人把樹洞削大，好符合他自己的身材。

虎克內心所猜想的情況足以說服他自己，彼得的小命終於可以任他擺布了。他在腦海深處的祕密洞穴中偷偷構思了邪惡的黑暗計畫，但卻一個字也沒說，只是打個手勢命令其他人將俘虜押到船上，他想獨自一個人留在這裡。

要用什麼方法將孩子們押上船呢？他們被繩索綑成一團，或許可以像滾桶子一樣讓他們滾下山坡；可是這條路上布滿了許多沼澤，該怎麼辦呢？虎克的聰明才智再度成功解決了眼前的難題。他指示手下利用溫蒂小屋當搬運工具，把孩子們全都扔進小屋，再由四名強壯的海盜扛在肩上，其他人則跟在後頭。這支奇怪的隊伍一邊高聲唱著可恨的海盜歌謠，一邊啟程出發，穿越繁茂的樹林。我不知道是否有孩子在尖叫或哭泣，就算有，海盜歌聲也淹沒了他們的聲音；不過，當小屋消失在森林時，一縷細微的輕煙勇敢地從煙囪裡飄了出來，彷彿在反抗虎克一樣。

虎克看見了那幅景象，這讓彼得的處境變得非常不利。原本海盜憤怒狂暴的心中可能還殘留一點對彼得的憐憫與同情，此刻卻已隨著那縷輕煙消散殆盡。

夜幕如閃電般快速降臨。虎克發現只剩他自己一個人後，他所做的第一件事就是踮起腳尖，鬼鬼祟祟地走到史萊特利的空心樹旁，確認自己是否能從那個樹洞下去。接著他沉思了好一陣子；那頂屬於他的不祥徵兆之帽此時正放在草地上，因此微風得以清爽地拂過他的頭髮。雖然他腦海中不停轉著邪惡的念頭，但他那雙藍眼睛卻溫柔得像長春花。虎克聚精會神地聆聽地底世界所傳出的任何動靜，可是地下和地上一樣沉寂，杳然無聲；地下之家感覺起來似乎只是另一間廢棄的空屋罷了。那個男孩究竟是墜入夢鄉，還是手拿匕首站在史萊特利的空心樹底部等候呢？

除非爬下去，否則永遠無法得到解答。虎克脫下斗篷輕輕丟到地上，並緊咬嘴唇，直到滲出了一點流下的汙血，然後大步踏進樹洞。儘管他是個勇敢的人，這一刻卻也不得不暫時停下腳步，抹去額頭上如蠟燭燃燒時的蠟油般不斷滴落的汗珠，接著便悄然無聲地鑽進了未知的地下世界。

虎克順利抵達空心樹幹底部，幾乎快喘不過氣的他再次站在原地不動，努力調整呼吸節奏。等雙眼適應了昏暗微弱的光線後，他才逐漸看清楚地下之家裡所擺設的各種物品；不過，他貪婪的視線只停留在其中一樣東西，一樣他找了好久才終於找到的東西，也就是那張大床——彼得正躺在大床上熟睡呢。

彼得完全沒有察覺到地面上發生的悲劇。他在孩子們離開後繼續玩了一會，開心地吹著笛子：其實他真的很寂寞、很孤單，這麼做只是想向自己證明他一點也不在乎罷了。為了讓溫蒂傷心難過，他決定不乖乖吃藥；然後他躺到床上故意不蓋被子，也是希望惹溫蒂生氣，因為她總是會幫他們蓋好被子，畢竟你永遠不知道夜裡會不會變冷。想到這裡，彼得差點哭了出來；但他腦海中又突然閃過一個念頭：假如他不但沒哭，反而還哈哈大笑的話，溫蒂一定會氣憤難平；於是他高傲地放聲大笑，笑著、笑著，就睡著了。

雖然彼得不常做夢，但有時他的夢境比其他男孩的夢還要痛苦。他常在夢裡可憐兮兮地嚎啕大哭，一連好幾個小時都被困在夢境中逃不出去。我想那些夢一定和他謎樣的存在有關。遇到這種情況，溫蒂的習慣是把彼得從床上抱起來，讓他坐在自己的大腿上，並用她發明的方法充滿愛意地安撫他，等他慢慢平靜下來，然後再趁他尚未完全清醒時把他放回床上，這樣他就不會知道溫蒂做過有損他自尊的事。不過這一次，彼得馬上就睡著了，而且完全沒有做夢。他一隻手臂垂落在床沿外，一條腿拱了起來，嘴角還殘留著一抹微笑，張開的嘴巴露出如珍珠般小巧可愛的牙齒。

虎克發現他時，他就是處於這樣毫無防備的狀態。虎克靜靜地站在樹幹底部，望著躺在房間另一端的敵人。他灰暗陰沉的內心難道沒有激起一絲同情嗎？這個男人並非從頭到腳都是邪惡的化身；他喜歡各式各樣的花卉（我聽說的）及美妙動人的音樂（他自己本身就是一位不錯的大鍵琴家）；坦白說，眼前這幅宛如大自然田園風光的景象深深打動了他。假如此時主宰虎克的是他良善的自我，那他應該就會心不甘情不願地鑽進樹洞、爬回地面；然而，有樣事物攔住了他的腳步。

攔下虎克的是彼得粗魯又狂妄的睡姿──嘴巴張開、手臂下垂、膝蓋拱起，這些姿勢加起來無疑就是驕傲自大的化身，看在虎克纖細敏感的眼裡真是再討厭不過了。因此，虎克鐵了心，假若怒火將他炸裂成上百片碎屑的話，每一片都會不顧一切地迅速射向熟睡的彼得。

雖然有盞幽微昏暗的燈照著大床，但虎克仍獨自一人站在黑暗裡；他才偷偷摸摸地向前踏出第一步，就立刻發現障礙物──原來是嵌在史萊特利樹上的門。因為門和洞口並不完全吻合，所以他剛才是從門上方往裡面看的。虎克伸手摸索門閂想開門，卻火大地發現門閂的位置太低了，他搆不到；這時在他混亂的腦子裡，彼得的神情和姿態似乎顯然令人更加惱怒；他使勁搖晃著那道門，甚至還用身體猛撞。虎克的敵人究竟能不能逃出他的魔掌呢？

等等，那是什麼？虎克發紅的雙眼瞥見了彼得的藥，就擺在他觸手可及的壁架上。他立刻明白那是什麼東西，也知道這個睡著的孩子逃不出他的手掌心了。

由於虎克擔心自己會被活捉，所以他總是隨身攜帶自己親手調製的恐怖毒藥。這毒藥是他用各種能找到的致命草葉熬煮而成的黃色液體，甚至連科學界都沒見識過，大概是世界上現有的毒性最強的毒藥了。

虎克在彼得的杯子裡滴了五滴毒藥。他的手不停顫抖，然而是因為喜悅，而非羞愧。他在滴藥的時候將視線從熟睡的彼得身上移開，不是怕自己會心軟、下不了手，只是為了避免毒藥灑出來而已。完成後，他花了好一段時間幸災樂禍地注視著他的小小受害者，接著才轉過身，吃力地沿著空心樹慢慢蠕動身體爬上去。當虎克從樹頂探出頭時，看起來就像是猛然竄出洞穴的惡靈一樣。他以最瀟灑的角度戴上帽子，並將斗篷圍在身上，抓住一邊衣角遮在前方，彷彿想把自己隱藏起來，不讓黑夜看見他的存在——他是這一夜中最黑暗、最陰沉的東西。接著他奇怪地喃喃自語，悄悄穿越樹林離開。

彼得仍在酣睡。那盞微弱的燈光搖曳不定，忽地熄滅了，屋裡頓時陷入一片漆黑；但彼得依然熟睡不醒。當彼得不曉得被什麼驚醒，突然從床上坐起來時，鱷魚肚子裡的時鐘肯定已經超過十點了。他的樹正傳出一陣聽起來小心翼翼的微弱敲門聲。

儘管那輕柔的聲響中帶有謹慎的意味，但在一片寂靜裡仍流露出某種不祥的感覺。彼得摸索著他的匕首，緊緊抓在手中，接著開口：「是誰？」

有好長一段時間，門外都沒有任何回應。然後又是一陣敲門聲。

「你到底是誰？」

還是沒有回應。

彼得不禁毛骨悚然，不過他喜歡這種刺激的感覺。他跨出兩大步走到門邊；他的門和樹洞的大小相符，跟史萊特利的門不一樣，因此他看不到門外的人，敲門的人也看不見他。

「你不說話，我就不開門。」彼得大喊。

最後那位神祕訪客終於開口，發出宛如銀鈴般清脆可愛的聲音。

「彼得，讓我進去。」

是叮噹！彼得迅速打開樹門；叮噹激動地飛進屋內，小小臉蛋漲得通紅，衣服上沾滿了泥巴。

「怎麼回事？」

「噢，你絕對猜不到的！」叮噹尖聲叫嚷，並給彼得三次機會，要他猜猜到底發生了什麼事。

「快點講！」彼得大吼。

於是叮噹用一個不合文法、長到就像魔術師從嘴裡抽出的緞帶一樣長的句子，說出了溫蒂與男孩們被抓走的經過。

彼得一邊聽，他的心一邊撲通撲通地狂跳。溫蒂不但被綁起來，而且還被押到海盜船上；溫柔善良、熱愛所有事物的她竟然落得如此下場！

「我要去救她！」彼得放聲大叫，急忙跳起來去拿他的武器。當他跳起來的時候，他想到自己可以先做一件讓溫蒂開心的事——他可以先吃藥啊。

彼得伸出手，準備拿那杯致命的藥水。

「不要喝！」叮噹放聲尖叫。虎克快步穿越森林時，她聽見了他喃喃自語地說著自己幹的好事。

「為什麼不要？」

「藥裡有毒。」

「有毒？誰有辦法下毒呢？」

「虎克。」

「別傻了，虎克怎麼可能下來這裡呢？」

唉，叮噹無法解釋這點，因為就連她也不知道隱藏在史萊特利樹洞裡的黑暗祕密。儘管如此，虎克的話卻是不容置疑，杯子裡確實有毒。

「更何況，」彼得非常有自信地說，「我根本沒睡著。」

彼得舉起杯子。現在用說的已經來不及了，必須直接採取行動才行——叮噹如閃電般迅速飛到彼得嘴唇和藥水中間，把藥喝得一乾二淨。

「哎，叮噹！妳竟然敢喝我的藥？」

可是叮噹沒有回答。她已經搖搖晃晃地在半空中亂轉了。

「妳怎麼了？」看到這一幕的彼得突然覺得很害怕，放聲大喊。

「藥水裡有毒，彼得，」叮噹輕聲告訴他。「現在我快要死了。」

「噢，叮噹，妳是為了救我才喝的嗎？」

「對。」

「可是為什麼妳要這麼做呢，叮噹？」

此時，叮噹的翅膀幾乎已經沒辦法支撐她了。她飛落到彼得肩膀上，充滿愛意地輕咬了他鼻子一口作為回應，並在他耳邊悄聲說：「你這個笨蛋。」話一說完，叮噹便搖搖欲墜地飛回自己的臥室，咕咚一聲倒在床上。

彼得悲痛地跪在她身旁，他的頭幾乎塞滿了那間小巧可愛的寢室。隨著時間一點一滴流逝，叮噹身上的亮光也變得越來越微弱；他知道，一旦亮光熄滅，她便不復存在了。叮噹非常喜歡彼得的眼淚，於是她伸出美麗纖長的手指，讓淚珠從手指上滾過。

叮噹的聲音很輕很細，一開始彼得還聽不清楚她在說什麼；後來他聽懂了。叮噹說，她認為假如孩子們相信仙子的存在，她就能再度好起來。

於是彼得飛快地伸出雙臂。縱使那裡現在沒有孩子，而且還是深夜時分，但他仍對穿著睡衣的男孩和女孩，以及睡在懸掛於樹上搖籃中、光著身子的印第安寶寶等所有可能夢見永無島的孩子們說話。這些孩子其實都離他很近，沒有你想像的那麼遠。

「你們相信嗎？」彼得高聲吶喊。

叮噹以一種近乎輕快活潑的方式迅速在床上坐起來，靜靜聆聽著自己的命運。

她覺得自己彷彿聽見了肯定的答案，但又不是非常確定。

「你覺得呢？」她問彼得。

「你們要是相信的話，就拍拍手吧，別讓叮噹死了。」彼得對孩子們大喊。

許多孩子拍手了。有些孩子沒拍。

少數幾個搗蛋鬼發出陣陣噓聲。

鼓掌聲驟然停止，彷彿有數不清的母親正急忙趕到兒童房查看到底發生了什麼事；不過叮噹已經得救了。她的聲音開始逐漸變得嘹亮，接著她跳下床，如閃電般在屋子裡到處飛來飛去，看起來比以前更加快活、更加放肆。她完全沒想到要謝謝那些相信仙子的小孩，一心只想對付那幾個剛才發出噓聲的孩子。

「現在該去救溫蒂了！」

皎潔的月亮正懸浮在雲層密布的天空中。彼得沿著空心樹爬到地面上，身上除了武器外沒有其他東西；他準備動身執行危險的搜索任務了。如果能選的話，這並非彼得會挑選的夜晚。他本來希望能飛得離地近一點，這樣任何異常的事物都逃不過他的雙眼；可是在忽隱忽現的月光下低空飛行，會讓他的影子映射在樹林間，進而驚動鳥兒，這樣警戒中的敵人就會發現他的行動。

彼得現在很後悔自己替永無島上的鳥取了奇怪的名字，使牠們變得非常桀驁不馴、難以接近。事到如今沒有別的辦法了，只能以印第安人的方式匍匐前進；幸好彼得在這方面是個技巧純熟的高手。然而他卻不知道該往哪個方向爬，因為他無法確定孩子們是不是已經被帶到船上去了。一場小雪徹底湮沒了所有足跡，整座島上瀰漫著死亡般的寂靜，彷彿大自然一時之間仍被剛才那場大屠殺嚇得動彈不得。彼得曾從虎蓮和叮噹那裡學到一些有關森林的知識，並把那些學問傳授給孩子們，他相信，他們在這種恐怖的危急時刻一定不會忘記他的教導；例如，史萊特利只要有機會就會在樹上刻記號、捲毛會沿路撒種子、溫蒂會把手帕丟在某個重要地點等；然而要尋找這些指引記號，必須要等到天亮才行。彼得已經沒辦法再等了。這個地上世界召喚了他，卻完全不肯伸出任何援手。

那隻大鱷魚從彼得身旁經過，除此之外沒有其他生物，沒有一點聲響，沒有絲毫動靜；但他心裡很清楚，突如其來的死亡可能正從背後悄悄逼近，或者就在下一棵樹那裡等著他。

彼得立下一個可怕的誓言：「這次我一定要跟虎克決一死戰。」

他像條蛇一樣蜿蜒地往前爬，接著再度挺起身子，以迅雷不及掩耳的速度飛快跑過一片籠罩在月光下的空地，一手握著匕首備戰，另一手則伸出一根指頭按在嘴唇上。

彼得開心得不得了。

⑭ 海盜船

一盞透著慘綠微光的燈斜照在靠近海盜河口的基德小灣上，表示那艘雙桅横帆船——歡樂羅傑號就停泊在淺水處。這艘船的外觀瀟灑、放蕩不羈，但船身從頭到尾都骯髒透頂，透出一股汙穢的氣息，而且每根船舷看起來都像支離破碎的羽毛散落一地那樣令人心生厭惡。這艘船是大海上的食人魔，令人聞之喪膽的臭名早已隨風遠播，根本就不需要那盞宛如警戒之眼的綠燈，也能在浪濤上暢行無阻。

夜色如毛毯般圍裹住歡樂羅傑號，岸邊完全聽不見船上的動靜。海盜船上除了史密用的那台縫紉機嘎嘎轉動的聲音外，本來就沒什麼聲響。這個平庸又可悲的史密總是勤奮不懈、樂於助人，我不知道他為什麼會這麼可悲，或許正是因為他並不覺得自己可悲吧。然而，就連堅強的硬漢都得連忙別過頭去，不忍看他；炎炎的夏日夜晚，史密不只一次觸動了虎克的淚腺，讓他潸然淚下。對此，史密渾然不知，就像他對其他事物一樣。

有幾個海盜倚著舷牆，在黑夜的瘴氣中大口喝酒；其他人則伸展四肢、懶洋洋地在木桶旁或坐或躺，玩起擲骰子和紙牌遊戲；那四個負責扛溫蒂小屋的海盜早已筋疲力盡，趴在甲板上鼾聲大作，而且即便在睡夢中，他們也能巧妙地翻來翻去、避開虎克，免得他在經過時像機械一樣無意識地用鐵鉤抓他們一把。

虎克在甲板上漫步沉思。噢，這男人真是高深莫測啊。這是屬於他的勝利時刻，彼得已經被除掉了，永遠不會再擋他的路，而其他男孩也都被押到海盜船上等著走跳板。自從他制伏海盜頭子巴比克以來，這是他最輝煌、最駭人的戰績了。我們都知道，人類是多麼愛慕虛榮；假如虎克現在因為勝利而趾高氣昂、大搖大擺地在甲板上踱步的話，那也沒什麼好驚訝的。

然而，虎克走路的姿態完全沒有興高采烈的樣子；相反地，他的步伐與內在灰暗陰鬱的心情相呼應。他覺得好沮喪。

每當夜深人靜時，虎克經常像這樣在船上和自己對話。他非常非常孤獨。手下越是圍繞在他身邊，這個難以捉摸的神祕男人就越是感到寂寞，因為他們的社會地位比他低太多了。

其實虎克並非他的真名。倘若揭露了他的真實身分，即使在今日也會轟動全國；不過那些領悟字裡行間意義的讀者想必已經猜到了，虎克曾在英格蘭一間非常有名的男子公學就讀，而該校傳統至今仍像服裝一樣緊貼著他；但說實在的，與該校風格最相關的也就是衣著了。因此即便到現在，如果他還穿著當初奪取這艘船的衣裳登船的話，他就會有種被冒犯的討厭感覺。此外，他走路時依然保持當初在學校裡那種氣質非凡的慵懶姿態；不過最要緊的是，他仍保有對優雅禮儀的熱愛。

禮儀！無論虎克再怎麼墮落，他還是堅守禮儀的重要性。

虎克聽見自己內心深處迴盪著宛如好幾扇生鏽大門所發出的嘎吱聲，而一陣嚴厲的咚——咚——咚聲響透過那些門傳了出來，彷彿夜裡失眠時聽見的鐵鎚敲打聲；那些聲音永遠問他同樣的問題：「你今天保持良好禮儀了嗎？」

「名聲，名聲，那閃閃發光的小玩意兒，現在是我的了！」虎克放聲大喊。

「在一切事物上都想功成名遂，這符合良好的禮儀嗎？」來自學校的咚咚聲反問他。

「我是巴比克唯一害怕的人，」虎克竭力強調，「而且弗林特船長還怕巴比克呢。」

「巴比克、弗林特，他們是哪個學院宿舍的啊？」那聲音尖刻地反駁。

最令人不安的反思是：一心只講究良好的禮儀，不正違反了禮儀嗎？

這個問題狠狠折磨著虎克的五臟六腑，就像爪子一樣在他體內瘋狂肆虐，而且這隻爪子比他那隻鐵爪還要銳利，猛烈撕扯他的內心；汗水順著他油膩的臉龐流淌而下，在緊身短衣上畫下一道道汗漬。他不時用袖子抹臉，可是卻止不住那不斷滴落的汗水。

哎，別羨慕虎克啊。

虎克隱隱約約有種自己會早逝的預感，彷彿彼得的恐怖詛咒登上了他的船。他突然有種悲觀的情緒，覺得應該趁現在說幾句臨終遺言，以免再過不久就來不及說了。

「虎克啊！要是他的野心再小一點就好了！」他高聲吶喊。唯有在他最陰鬱黑暗的時刻，他才會用第三人稱來稱呼自己。

「沒有一個小孩愛我！」

說也奇怪，虎克居然想到了這點，他以前從沒煩惱過這件事，或許是縫紉機讓他想起來的吧。虎克喃喃自語了很久，瞪大眼睛呆呆望著史密；史密正靜靜縫著衣服褶邊，深信所有孩子都很怕他。怕他！怕史密！那晚被抓到船上的孩子現在已經沒有一個不愛史密了。雖然他對他們說了很多討厭又嚇人的話，而且還用手掌打他們（因為他不能用拳頭揍人），但孩子只是更纏著他不放。麥可甚至還試戴了他的眼鏡呢。

虎克恨不得告訴可憐的史密，孩子們其實覺得他很可愛，可是這樣似乎太殘忍了。他在心裡反覆思考這個謎團：為什麼孩子們會覺得史密很可愛呢？虎克像隻獵犬般仔細追查這個問題。史密若是可愛的話，又是哪裡可愛呢？一個可怕的答案突然冒出來——「是良好的禮儀嗎？」

難道水手長史密在不知不覺中表現出良好的禮儀，才是所謂的最佳禮儀嗎？

虎克想起來了，你必須先證明你不知道自己擁有良好的禮儀，才有資格獲選為「明日之星」，進入伊頓公學學生會，成為菁英中的菁英。

虎克發出一聲怒吼，舉起鐵鉤準備朝史密的頭揮去；就在他想把史密撕得四分五裂時，有個念頭跳出來阻止了他：「因為一個人表現出良好禮儀而用鐵爪攻擊他，算什麼呢？」

「失禮！」

鬱鬱寡歡的虎克汗流浹背、垂頭喪氣，接著像朵被折斷的花一樣往前撲倒在地。

虎克的手下以為他暫時不會來管他們，立刻將紀律拋在腦後，鬆懈下來；他們開始狂歡暢飲，像醉漢一樣東倒西歪地手舞足蹈；這幅混亂景象讓虎克迅速起身，彷彿一桶水潑在他身上似的，將所有人性的軟弱全都沖洗乾淨。

「安靜，你們這群廢物，」虎克放聲大吼，「要不然我就把錨砸在你們身上。」嘈雜的喧鬧聲立刻歸於平靜。「所有孩子都已經上好鎖鏈，免得他們飛走嗎？」

「是的，是的。」

「把他們帶上來。」

除了溫蒂，那些可憐又悲慘的小俘虜全都被海盜從船艙裡拖了出來，並在虎克面前排成一排。虎克似乎一度沒意識到他們的存在。他一派輕鬆懶洋洋地坐著，嘴裡哼著幾句不難聽但歌詞粗鄙的曲子，同時用手指撥弄一副紙牌；嘴上的雪茄不時閃爍著點點火光，替他的臉增添了幾抹顏色。

「喂，小子們，」虎克爽快地說，「今晚你們裡面有六個人要走跳板，不過我可以留兩個在船上當小弟。要留哪兩個好呢？」

「除非必要，否則千萬別惹惱他。」溫蒂先前曾在船艙裡這樣叮嚀他們；因此托托很有禮貌地往前跨了一步。托托討厭在這男人手下做事，不過直覺告訴他，把責任推給不在場的人可謂明智之舉；雖然他有點傻裡傻氣，但他知道做母親的總是願意扮演居中緩衝、承擔罪名的角色。所有孩子都很明白這一點，並因而鄙視母親，可是卻又不斷利用這一點。

於是托托很謹慎地解釋：「先生，我想我媽媽一定不希望我當海盜。史萊特利，你媽媽會希望你當海盜嗎？」

托托對史萊特利眨眨眼。「我想她一定不會。」史萊特利悲傷地回答，彷彿他希望事情並非如此。「雙胞胎，你們的媽媽會希望你們當海盜嗎？」

「我想她應該不希望。」雙胞胎哥哥像其他人一樣聰明地說。「尼布斯，你媽媽——」

「廢話少說！」虎克大聲咆哮，剛才說話的孩子全被硬生生拽回隊伍裡。「你，孩子，」他對約翰說，「你看起來似乎有點膽識。從來沒想過要當海盜嗎，我親愛的夥伴？」

約翰曾在做數學習題時，體驗過這種想被指定回答的渴望；現在虎克居然挑中了他，令他受寵若驚。

「我以前曾想過要幫自己取名為紅手傑克。」約翰羞怯地說。

「這名字不賴啊。小子，你要是加入的話，我們就那樣叫你。」

「麥可，你覺得怎麼樣？」約翰問道。

「如果我加入的話，你們要怎麼稱呼我啊？」麥可用質問的語氣說。

「黑鬍子喬。」

這個稱號自然讓麥可印象深刻。「約翰，你覺得呢？」麥可想讓約翰來決定，而約翰則希望由麥可來決定。

「我們加入以後，還會是恭敬效忠國王的好子民嗎？」約翰問。

「你們必須宣誓要『打倒國王』。」虎克從齒縫間硬擠出答案。

或許約翰的表現到目前為止都不是很好，不過這一次他可是光芒四射，大放異彩。

「那我拒絕！」約翰大喊，重重捶了一下虎克面前的木桶。

「我也拒絕！」麥可跟著大聲附和。

「不列顛帝國萬歲！」捲毛扯著嗓子尖聲嚷嚷。

勃然大怒的海盜不斷猛烈抽打他們的嘴巴；虎克惡狠狠地咆哮：「這決定了你們的命運。把他們的母親帶上來。準備跳板。」

他們不過就是一群小男孩而已，所以一看到朱克斯和伽可正在準備奪命跳板，立刻嚇得臉色發白；不過當海盜把溫蒂從船艙帶上來時，他們卻試著裝出一副勇敢無畏的樣子。

我無法用文字描述溫蒂有多瞧不起那些海盜。對男孩們來說，當海盜至少還有些迷人的吸引力；然而溫蒂只看到這艘船有好幾年都沒打掃了，不僅每扇玻璃舷窗都沾滿灰塵和汙垢，甚至還髒到能用手指寫上「髒豬」二字；她都已經寫了好幾扇窗了。不過當男孩們圍繞在她身邊時，她的心思自然都放在他們身上。

「好啦，我的小美人，」虎克用宛如沾滿糖漿的甜蜜口吻說，「妳就要看著孩子走跳板啦。」

雖然虎克是個得體的紳士，但他說話時太過激動，口水噴髒了環狀皺褶領。他猛然發現溫蒂正盯著他的衣領看，急急忙忙想遮掩起來，可惜已經太遲了。

「他們要死了嗎？」溫蒂帶著極度輕蔑的表情問道。虎克氣得快暈過去了。

「沒錯！」虎克齜牙咧嘴地吼，還得意地大喊：「全都給我閉嘴，聽聽母親和孩子們訣別吧。」

這一刻，溫蒂臉上的神情非常莊嚴肅穆，她堅定地說：「親愛的孩子，這是我要對你們說的最後幾句話。我覺得你們的親生母親有個訊息要我傳達給你們，那就是『希望我們的兒子就算死，也要死得像個英國紳士』。」

這句話連海盜聽了也肅然起敬。托托歇斯底里地哭喊：「我要達成我媽媽的期望。尼布斯，你呢？」

「遵照我媽媽的期望。雙胞胎，你們打算怎麼做？」

「照我媽媽希望的去做。約翰，你——」

此時虎克從敬畏的情境中甦醒，再度恢復了說話的能力。

「把她綁起來！」虎克大喊。

史密一邊將溫蒂綑綁在桅杆上，一邊在她耳邊悄聲說：「聽我說，親愛的，要是妳答應當我的母親，我就救妳一命。」

然而就算是史密，溫蒂也不肯答應。她不屑地說：「我寧願一個孩子都沒有。」

令人難過的是，當史密把她綁在桅杆上時，沒有一個男孩看著她；他們的眼睛全都緊盯著即將步上的最後一小段路，也就是跳板。他們已經不敢再指望自己能充滿男子氣概地走完跳板，因為他們已經喪失了思考能力，只能呆滯地望著前方發抖而已。

虎克咬牙切齒地對他們微笑，接著走向溫蒂想把她的臉轉過來，讓她看著男孩們一個接一個走跳板。然而，他永遠沒機會走到溫蒂身邊，也沒辦法聽見他期待中那種極端痛苦的哭喊，因為他聽到了別的聲音。

是鱷魚可怕的滴答聲。

他們——海盜、男孩和溫蒂全都聽到了。剎那間，所有人的頭立刻朝同一個方向轉過去；不是轉向傳出聲音的水裡，而是望向虎克。大家心裡很明白，即將發生的事只和他一人有關，因此這群演戲的人突然變成看戲的人了。

目睹虎克轉變的那一幕實在駭人。他彷彿全身關節都被剪去了一小段，整個人跌坐在地縮成一團。滴答聲逐步逼近；有個駭人念頭在聲音抵達前搶先一步：「鱷魚就快要爬到船上來了！」

此時此刻，就連虎克的鐵鉤也無力地下垂，彷彿知道自己本身並非攻擊方想要的目標。要是換作其他男人落入如此孤立無援的恐怖境地，肯定會直接閉上眼睛倒地等死；然而，虎克強而有力的大腦仍持續運轉，並指引他跪下來沿著甲板往前爬，盡可能逃離那個滴答聲。海盜們畢恭畢敬地讓出一條通道。虎克拚命爬，一直爬到船舷邊才聲嘶力竭地大喊：「快把我藏起來！」

海盜們將他團團圍住，大家的眼神都在閃避那個正爬到船上的東西。他們並不想跟牠搏鬥。這一切都是命啊。

虎克躲起來後，男孩們僵硬麻木的四肢才因著好奇心而有所放鬆、得以活動，他們衝到了船邊看鱷魚往上爬。接著，看見了這「夜中之夜」最離奇、最驚人的景象——爬上來的竟然不是鱷魚，是彼得。

彼得打了個手勢，要男孩們千萬別發出任何讚嘆的叫喊，以免引起懷疑。然後他繼續一邊模仿滴答聲，一邊爬上海盜船。

⑮ 一決生死

每個人一生中都會遇見某些奇特的事，但當下卻毫無察覺。比方說，突然發現自己有隻耳朵聽不見，卻搞不清楚到底是什麼時候聾的，就說已經聾了半小時好了。那個晚上，彼得所經歷的就是這種情況。那時他一手握著匕首備戰、另一手則伸出一根指頭按在嘴唇上，躡手躡腳地悄聲穿越小島。當鱷魚經過時，他完全沒注意到任何異狀；隨後才意會過來，鱷魚身上的滴答聲消失了。雖然彼得一開始覺得這狀況很怪、有點嚇人，不過他馬上做出了結論——一定是時鐘停擺不動了。

驟然失去自己最親密的夥伴，鱷魚的感覺應該不好受吧？但彼得可沒那個閒工夫去考慮鱷魚的心情，反倒開始思索著該如何好好利用這場意外。最後他決定模仿時鐘的滴答聲，讓野獸們誤以為是鱷魚來了，這樣應該就能毫髮無傷地穿越牠們的棲息地。於是彼得開始發出滴答滴答的聲音，卻沒想到自己逼真的模仿功力竟帶來意料之外的結果——鱷魚也聽見了這個滴答聲，並悄悄地尾隨在後。由於這隻鱷魚是個有點愚蠢、不知變通的老頑固，因此牠究竟是想奪回失去的東西、還是單純像個老友般相信自己的時鐘夥伴又開始再次運轉，答案永遠是個謎。

過了一會兒，彼得終於順利抵達岸邊，直接朝海洋走去。他大步邁開雙腿涉入水中，態度就像水陸兩棲動物般自然，渾然不知自己已經踏進了一個全新的環境；我還沒看過有哪個人類能跟他一樣的。他邊游邊想：「這次我一定要跟虎克決一死戰！」

一路上不斷模仿時鐘的彼得完全沒察覺自己仍無意識地發出滴答聲，要不然他大概早就停止模仿，更不會誤打誤撞、發生「利用滴答聲成功溜上海盜船」這個絕妙又美好的意外了。相反地，他以為自己就像老鼠般無聲無息地爬上船側，驚訝地發現海盜們滿臉恐懼、畏畏縮縮地閃到一旁，而虎克正躲在他們中間嚇得魂飛魄散、彷彿聽見最怕的鱷魚一樣。

鱷魚！彼得在聽到滴答聲當下立刻想起這隻野獸。起初他還以為那個聲音真的是從鱷魚身上傳來的，於是便迅速轉身查看，接著才意識到，正在滴答作響的其實是他自己。眼前的情況頓時真相大白。「我真是太聰明了！」彼得一邊沾沾自喜，一邊打手勢要雀躍的男孩們保持安靜，別開心到鼓掌叫好了。

就在這個時候，掌舵手艾德．坦特步出前艙，沿著甲板走來。親愛的讀者們，現在請用手錶計時，看看接下來發生的事花了多少時間吧！彼得舉起匕首衝向坦特、發動猛烈攻勢，每一擊都快、狠、準，而約翰則用手摀住這個倒楣海盜的嘴巴，免得他發出痛苦的垂死呻吟；當慘遭襲擊的坦特不支倒下時，四個男孩趕緊上前托住他，成功避開落地的碰撞巨響。彼得打了個暗號，男孩們便把這具骯髒的屍體扔進海裡。海面上激起一陣水花，旋即歸於平靜。這場打鬥花了多久時間呢？

「解決了一個！」（史萊特利開始計算人數。）

這時，有幾個海盜鼓起勇氣四處張望。彼得如閃電般飛快地躲進船艙。恐怖的滴答聲響消失了，只剩下海盜們充滿不安的濃濁喘息聲迴盪在甲板上。

「消失了，船長，」史密擦擦眼鏡說，「沒聲音了。」

虎克從環狀皺褶領中緩緩探出頭，全神貫注地豎起耳朵聆聽，想確認還有沒有滴答滴答的回音。嗯，外頭很安靜。於是他打起精神、挺直腰桿站了起來，「好啦，走跳板的時候到啦！」虎克暴躁地大吼。想到剛剛這些男孩全都目睹了自己的狼狽樣，他對他們的厭惡之情頓時升到最高點。他扯開嗓門，大聲唱起邪惡的海盜歌謠：

喲嗬，喲嗬，搖晃的跳板喲，
快快走向盡頭，
和跳板一起落入海裡，
深海閻王正在那裡等著你！

為了要好好嚇唬這些小囚犯，虎克不顧自己身為船長的尊嚴，開始沿著想像出來的空氣跳板手舞足蹈，一邊滑稽地唱唱跳跳，一邊朝男孩們做鬼臉。「想不想在走跳板前，嘗嘗九尾鞭[4]的滋味

4 原文為cat，指一種名為「九尾鞭」的刑具cat-o'-nine-tails，字意為「九尾貓」。

呀？」他唱完後大聲說道。

「不，不要！」男孩們嚇得雙腿發軟，跪倒在甲板上可憐兮兮地哭求。海盜們全都放聲大笑起來。

「朱克斯，去給我把鞭子拿來，」虎克說，「就在船艙裡。」

船艙！彼得正躲在船艙裡啊！孩子們面面相覷，不知道該怎麼辦才好。

「是，船長！」朱克斯開心地應著，大步走向船艙。男孩們的目光緊跟著他，完全沒注意到虎克和手下們又開始哼哼唱唱了：

喲嗬，喲嗬，爪子銳利的貓喲，
牠有九條粗粗的尾巴，
當那九尾落到你背上——

船艙裡突然傳來一聲淒厲的慘叫，打斷了海盜的歌聲（所以永遠沒人知道最後一句歌詞到底是什麼）。那可怕的哀號響徹整艘船，接著逐漸消逝，取而代之的是一聲得意的歡呼。男孩們瞬間明白是怎麼回事了；但對海盜們來說，這聲詭異的歡呼比剛才的慘叫還要恐怖。

「什麼聲音？」虎克大吼。

「兩個了。」史萊特利認真地數著。

義大利人伽可猶豫了一下，迅速轉身走進船艙，緊接著卻踉踉蹌蹌地跑出來，臉色慘白。

「你這混帳，比爾．朱克斯怎麼啦？」虎克低頭看著伽可、壓低嗓門，惡狠狠地怒斥道。

「怎麼了？死了……被刺死了。」伽可的聲音聽起來既空洞又無力。

「比爾．朱克斯掛啦！」海盜們大驚失色。

「船艙黑得跟地洞一樣，」伽可嚇得連話都說不清楚，「可是裡面有個恐怖的東西，就是你們聽見發出歡呼聲的那個東西。」

男孩們欣喜的表情及海盜們愁雲慘霧的神色，虎克全都看在眼裡。

「伽可，」虎克用最強硬冷酷的語調說，「去船艙把那鬼吼鬼叫的東西給我抓來。」

最勇敢的勇士伽可在船長面前瑟縮成一團，大聲喊著：「不，不！」

但虎克發出低沉的咆哮，舉起鐵爪，若有所思地說：「你是說你會去嗎，伽可？」

伽可絕望地甩甩手臂，走進船艙。這一次沒有人唱歌了，大家都屏氣凝神地仔細聆聽——象徵死亡的慘叫再度傳來，緊接著又是一聲歡呼。

一股無聲的沉默籠罩著所有人，只有史萊特利數道：「三個。」

虎克比比手勢，將手下全都召集過來。「可惡，豈有此理！」他暴跳如雷，「誰去把那個鬼東西給我抓來？」

「等伽可出來再說吧。」史塔奇憤憤不平地說，其他海盜也跟著附和。

「我想我聽見你自告奮勇了喔，史塔奇。」虎克再度低聲咆哮。

「我對天發誓，絕對沒有！」史塔奇連忙大喊。

「但我的鉤子認為你有，」虎克一邊說，一邊朝他走去。「我想你還是遷就一下鉤子比較明智吧，史塔奇？」

「我寧願被吊死也不要進去。」史塔奇固執地回答，其他海盜又一面倒地支持他。

「這是叛變嗎？」虎克的語氣變得特別和藹可親。「哇！史塔奇帶頭叛變啦！」

「船長，求求你大發慈悲吧！」渾身顫抖的史塔奇嗚嗚咽咽地說。

「來握個手吧，史塔奇。」虎克伸出了他的鐵爪。

史塔奇環顧四周，想向他人求援，但所有人都背棄了他。他不斷往後退，虎克則步步進逼，原本湛藍的雙眼此時冒出了紅色火花。史塔奇絕望地放聲吶喊，跳上長腳湯姆，縱身躍入海中。

「四個。」史萊特利說。

「現在，」虎克彬彬有禮地說，「還有哪位紳士要叛變嗎？」他一把抓起提燈，高舉著鐵鉤作勢威脅，「我自己去把那個鬼東西帶出來。」話一說完，他便快步走進船艙。

「五個。」史萊特利多麼渴望能說出這兩個字。他舔濕嘴唇、做好準備，然而虎克卻提著熄滅的燈，腳步蹣跚地走出來。

「有某個東西把燈吹熄了。」虎克的聲音流露出一絲顫抖。

「某個東西！」穆林斯喃喃複述。

「伽可怎麼樣了？」努德勒問道。

「和朱克斯一樣，死了。」虎克簡短地說。

虎克百般遲疑，不願再回到船艙，讓海盜心中留下了不好的印象，於是造反的聲浪再度爆發。所有的海盜都很迷信；庫克森大聲嚷嚷：「人們都說，一艘船受詛咒的確切徵兆就是船上多了來歷不明的鬼東西。」

「我也聽說過。」穆林斯嘀咕著，「而且那東西最後一定會登上海盜船。船長，他有尾巴嗎？」

「人們還說，」另一位海盜不懷好意地看著虎克，「那東西來的時候，外表看起來會跟船上最邪惡的人很像。」

「他有鐵鉤嗎，船長？」庫克森粗魯地問；隨後海盜們一個接一個放聲大喊：「這艘船注定要完蛋啦！」聽到這裡，孩子們忍不住高聲歡呼。虎克先前幾乎完全忘了這些小囚犯的存在，不過這時他轉身看見他們，陰沉的臉再度亮了起來。

「夥伴們，」虎克對他的船員喊道，「我有個主意。打開艙門，把男孩們丟進去，讓他們和那個鬼東西搏鬥。假如他們能除掉他，那就再好不過；要是他把孩子們全殺了，我們也沒什麼損失。」

虎克的手下忠誠地遵照他的命令，這是他們最後一次敬佩他了。男孩們裝出一副拚命掙扎的樣子，被海盜硬生生推進船艙，接著艙門砰一聲關上。

「現在，聽好了！」虎克放聲大喊，大家都豎起耳朵仔細聆聽，可是卻沒有一個人敢面向那扇艙門——喔，不對，是有那麼一個，就是這段期間一直被綁在桅杆上的溫蒂；她等待的不是尖叫或歡呼，而是彼得再次現身的那一刻。

溫蒂並不需要等太久，因為彼得在船艙裡找到了他一直在找的東西：能解開鐐銬、讓孩子們重獲自由的鑰匙。現在所有男孩都拿著他們能找到的各種武器，躡手躡腳地跑出船艙。彼得先用手勢示意他們躲起來，接著割斷溫蒂身上的繩索；對他們來說，此時此刻要一起飛走簡直輕而易舉，然而有件事阻擋了他們的路，那就是彼得的誓言——「這次我一定要跟虎克決一死戰。」因此，彼得替溫蒂鬆綁後，便輕聲吩咐她和其他孩子躲在一起，他自己則披上溫蒂的斗篷假扮她，代替她站在桅杆前，然後深吸一口氣，發出響徹雲霄的歡呼聲。

海盜們聽見這聲歡叫，以為所有男孩都在船艙裡被殺死了，個個嚇得驚慌失措。虎克試著想叫手下振作一點，但他們就像他訓練出來的狗一樣對他齜牙咧嘴；他知道，只要自己一移開視線，他們就會立刻朝他撲過來。

「夥伴們，」虎克已經準備好哄騙那些船員，必要時就算發動攻擊也在所不惜，但絕不能表現出一絲膽怯。「我仔細想過了，一定是我們船上有個掃把星。」

「沒錯，」他們怒氣沖沖地咆哮，「就是那個裝了鐵鉤的傢伙。」

「不，不，夥伴們，是那個女孩。海盜船上只要有女人就會走霉運。只要她一走，我們的船就會恢復正常了。」

有些人想起弗林特船長也曾這麼說過，於是便語帶懷疑地表示：「好吧，值得一試。」

「把那個女孩扔進海裡！」虎克放聲大喊；他們立刻衝向那個披著斗篷的小身影。

「小姐，現在沒有人能救妳囉。」穆林斯嘲弄地發出嘶嘶聲。

「有一個人可以。」那人影回答。

「是誰？」

「復仇者彼得潘！」一個恐怖的答案隨之降臨；彼得一邊說，一邊甩開斗篷。這下他們終於明白在船艙裡搗亂的鬼東西是誰。虎克有兩次都試著想開口說話，但兩次都失敗了。我想，在那驚人的一刻，他凶猛殘暴的心都碎了。

最後他用力大吼：「劈開他的胸膛！」但他的口氣已經沒什麼信心了。

「衝啊孩子，打倒他們！」彼得用嘹亮的聲音喊道。一轉眼，整艘船上迴盪著武器碰撞的鏗鏘聲。倘若海盜們全都聚集在一起，一定會大獲全勝；然而這場突襲發生時，海盜仍處於驚魂未定的景況，因此殺得他們措手不及，個個東奔西逃、亂殺亂砍，每個人都以為自己是自家陣營最後一個倖存者。假如一對一單挑的話，海盜絕對是比較強的一方，但他們卻只一味採取防守，讓迷失男孩得以兩人一組聯手追擊、挑選獵物。這群惡徒有的跳進海裡，有的則躲在陰暗的隱蔽處，最後被史萊特利發現；史萊特利沒參加戰鬥，而是提著燈跑來跑去，用強光閃射海盜的臉，讓他們陷入一種半盲狀態，成為其他男孩那些惡臭血劍下唾手可得的受害者。船上幾乎沒有其他聲響，只有武器互砍的鏗鏘聲、偶爾的尖叫或水花聲，以及史萊特利單調的計數聲——五個、六個、七個、八個、九個、十個、十一個。

我想，當這群殘暴的男孩團團圍住虎克時，其他的海盜全死光了。虎克看起來似乎有如神助，彷彿有道烈焰光圈保護著他的身體，不讓孩子們靠近。雖然迷失男孩把他的手下殺得片甲不留，但這個男人好像一個人就能對付他們所有人。孩子們一次又一次地逼近他，而他一次又一次地殺出一條血路。他用鐵鉤挑起一個男孩當人肉盾牌；這時，另一個剛才用劍刺死穆林斯的男孩也迅速跳進來加入戰局。

「收起你們的劍吧，孩子們，」這個新加入的男孩大聲吶喊，「這個人是我的。」

虎克猛然發現自己正與彼得面對面。其他人往後退，在他們兩人四周圍成一圈。

兩個仇敵對視了好長一段時間；虎克微微顫抖，彼得臉上則露出一抹詭異的笑容。

「看樣子，彼得潘，這些全是你幹的好事。」虎克終於開口。

「是啊，詹姆斯·虎克，全是我幹的。」彼得的語氣非常堅定。

「傲慢無禮的年輕人，準備迎接你的厄運吧。」虎克說。

「陰險邪惡的男人，受死吧。」彼得回答。

於是兩人不再多言，直接展開對決。有段時間，雙方勢均力敵。彼得的劍法高超，閃躲速度快到令人眼花撩亂；他三不五時虛晃一招，趁機向前猛刺突破敵人防線，可惜較為短小的手臂對他不利，讓他很難刺中對方。虎克的身手也毫不遜色，只是手腕的動作不太靈活；他靠著進攻的力量壓制敵人，希望能用多年前巴比克在里約教他的那招劍法，瞬間結束對手的性命；然而令他驚訝的是，彼得一次又一次順利閃開他的攻擊，因此他一邊逼近，一邊高舉著爪子在空中揮舞，想用鐵鉤置敵人於死地；彼得彎下身子閃過鐵爪，接著猛力一刺，刺進了虎克的肋骨。虎克看見自己的血汩汩流出——你應該還記得他很討厭那血的古怪顏色吧，手裡的劍頓時滑落到地上，他現在只能任

「這個人是我的。」

憑彼得擺布了。

「好啊！」在周圍觀戰的男孩們異口同聲地大喊。然而，彼得擺出高尚的姿態，請對手把劍撿起來。虎克立刻照做，不過心裡卻湧起一股悲哀，覺得彼得表現出非常良好的禮儀和風度。

到目前為止，他一直認為和自己對戰的是個惡魔；可是現在，他的疑心變得更加陰沉晦暗。

「彼得潘，你是誰？你到底是什麼？」虎克沙啞地喊道。

「我是青春，我是喜悅，」彼得大膽地隨便瞎掰，「我是剛破殼而出的雛鳥。」

這些當然都是胡說八道；然而對不幸的虎克來說，這證明了彼得完全不知道自己是誰、自己究竟是什麼，而這正是良好禮儀的巔峰。

「給我納命來！」虎克絕望地吶喊。

他現在就像用來打穀的人體連枷，一股腦地瘋狂亂揮劍，任何擋路的男人或男孩都會被這把橫掃而過的可怕利劍砍成兩半；雖然彼得在虎克周圍飛來飛去，但揮劍所產生的風似乎把他吹出了危險地帶，因此他便不時趁隙猛衝進去刺虎克一劍。

虎克現在完全不抱任何希望。他那滿腔激情的胸膛不再懇求活命，只盼著能得到一個恩賜——在他的心永遠冰冷之前，看見彼得失態。

虎克放棄對決，衝進火藥庫點燃引信，放聲大喊：「再過兩分鐘，這艘船就會炸得粉碎！」

他心想，這下子，大家的真面目就會露出來了。

可是彼得卻雙手捧著砲彈，從火藥庫跑了出來，然後冷靜地把砲彈丟到海裡。

虎克表現出來的態度又是如何呢？雖然他是個誤入歧途的人，我們並不同情他，但我們很樂意看到他最後仍忠於自身的貴族傳統。其他男孩現在正繞著他飛來飛去，輕蔑地嘲笑他。

他步履蹣跚地在甲板上走著，有氣無力地反擊回去；他的心思已經不在那些男孩身上，而是無精打采地飛回自己多年前站在運動場上的情景、被校長召見，或是站在伊頓公學著名的牆頭上欣賞牆球比賽。他的鞋子很整齊，背心很整齊，領結很整齊，襪子也很整齊。

詹姆斯．虎克，你確實是個英雄人物，這點無可否認。永別了。

他的最後一刻已然降臨。

看見彼得姿態優雅地舉起匕首，緩緩朝他飛過來，虎克如閃電般快速跳上船舷，縱身躍入浩瀚無垠的大海。他不知道鱷魚正在等著他；因為我們故意讓時鐘停擺，以免讓他知道這個可怕的真相，也算是我們對他表示的最後一點敬意吧。

虎克在臨終前獲得了最終一次勝利，這點我想我們也無需懷恨在心。當他站在船舷上回頭望著彼得在空中滑翔時，他擺出挑釁的姿勢慫恿彼得用腳攻擊他；於是彼得沒有用匕首刺他，反而一腳踢過去。

虎克終於得到了他所渴盼的恩賜。

「你失態了。」虎克嘲弄地大喊，隨後便心滿意足地落入鱷魚口中。

詹姆斯．虎克就這樣殞沒了。

「十七個。」史萊特利愉快地高喊；不過他算出來的數字並不是非常正確。那晚有十五名海盜為他們的罪愆付出生命的代價，可是還有兩個游到岸上：史塔奇不但被印第安人抓起來，而且他們還命令他照顧所有印第安寶寶；對海盜來說，這下場真是無比淒涼。另一個則是史密，他從此戴著眼鏡漫無目的地在世界上遊蕩，到處跟別人說自己是虎克唯一害怕的人，過著有一餐沒一餐的飄搖生活。

當然，溫蒂只在一旁觀戰，沒有加入打鬥，不過她始終睜著閃閃發亮的大眼睛望著彼得；現在一切都劃下句點，她又變回最重要的核心人物了。她毫不偏頗地讚揚男孩們的表現，當麥可將自己殺死一名海盜的地方指給她看時，她甚至還高興到發抖；之後她帶著孩子們進入虎克的船艙，指著他掛在釘子上的手錶，上面顯示：「一點半！」

時間居然已經這麼晚了，這可以說是最嚴重的一件事。當然啦，溫蒂以敏捷的手腳迅速安頓所有孩子上海盜的床睡覺，只有彼得例外；他正趾高氣昂地在甲板上走來走去，最後躺在長腳湯姆旁邊睡著了。那一晚，他做了個夢，而且在睡夢中哭了好久好久。溫蒂緊緊抱著他。

⑯ 回家

第二天清晨，海面上捲起了陣陣巨浪；他們不得不在時鐘敲了三下前立刻起身、東奔西忙應付眼前波濤洶湧的景況。水手長托托嘴裡嚼著菸草，緊抓住船繩；他們全都穿著裁掉半截、衣長至膝的海盜服，鬍子刮得很乾淨，一邊拉拉褲頭一邊忙著自己的工作，舉手投足就跟真正的水手一樣。

尼布斯和約翰分別擔任大副、二副的角色，而除了溫蒂外，其他人都是住在前艙的普通水手；至於船長是誰應該很明顯了——彼得已經穩穩地掌著船舵，並召集全體船員發表了一段簡短的演說，表示自己希望他們能像勇敢又充滿熱誠的水手一樣盡忠職守；不過，他同時也很清楚他們是一群來自里約及黃金海岸的敗類，要是有人敢對他不敬的話，他絕對會把那人撕得粉身碎骨。大家都聽懂了這番充滿恫嚇語氣的強硬聲明，起勁地為船長歡呼叫好。彼得下了幾道嚴格的命令，接著他們便將船掉頭，航向英國本土。

彼得船長仔細地查看航海圖，預計假如天氣變化不大，應該就能在六月二十一日左右抵達亞速群島；從那邊起飛的話可以省下不少時間。有些船員希望能就這樣安穩朝目的地前進，有些則想讓這艘船保持桀驁不馴的海盜本色；然而，船長只把他們當成地位低賤的小嘍囉，呼之即來、揮之即去，他們根本不敢表達自己的意見和想法，也沒膽呈上一份揪不出帶頭者的環形聯名請願書[5]。保全自身的唯一方法，就是「毫不猶豫、絕對服從」。有一次，史萊特利被指派去探測水深，他不過是在接到命令時露出了一點困惑的表情，就被狠狠揍了十二下。男孩們都認為，彼得現在一派誠懇的模樣只是為了要消除溫蒂的疑心，等他換上船長的新衣後，態度或許就會有所轉變。那件新衣是溫蒂在心不甘、情不願的狀況下，用虎克最邪惡的服裝裁製而成的；在彼得穿上船長服的頭一個晚上，大家私底下議論紛紛，說是看到他叼著虎克的雪茄菸嘴坐在船艙裡好久，而且還高舉著一隻手握拳、伸出食指彎曲成鉤狀，擺出威嚇的姿態。

不過，現在先把船上的事放一邊，回頭看看寂寞又冷清的達林家吧！說也慚愧，自從三位小主角無情地離家出走後，十四號住宅已經被我們忽略很久了；但能確定的是，達林太太絕對不會見怪。要是我們帶著充滿悲傷的同情眼光提早回來探望她，她可能還會大聲地說：「別傻了，擔心我幹嘛？快回去照顧孩子們吧！」這就是母親一心以孩子為重的天性，而孩子們卻往往會利用這點、恣意去做自己想做的事；或許也正是溫蒂姊弟選擇在外流連、遲遲不回家的原因吧。

現在之所以冒險踏入那間熟悉的兒童房，單純是因為房間真正的主人就要回家了；我們只是扮演僕人的角色，搶先一步幫他們看看被子曬好了沒、確認達林夫婦那天晚上不會出門。但仔細想想，這些孩子當初連一句謝謝也沒說就這樣匆忙離家、丟下父母不管，達林夫婦何必要幫他們曬棉被呢？假如他們回家時發現爸媽都到鄉下度週末了，不也是他們活該嗎？自從認識這三個孩子以來，這的確是他們必須好好學習的品德教訓；不過，要是真的故意這樣安排，那達林太太永遠都不會原諒我們的。

我真的非常想做一件事，那就是用作者的口吻告訴達林太太，孩子們下週四就會到家，但這樣一來就會完全破壞溫蒂、約翰和麥可期待帶給大家的祕密驚喜；他們早就在船上精心策劃好了：欣喜若狂的媽媽、開心到大叫的爸爸、搶先飛撲過來緊抱住他們的娜娜——要是提前把消息洩漏出去、打亂他們的計畫，那場面一定會很妙：當三個孩子神氣活現地走進家門時，達林太太甚至懶得上前親吻溫蒂；而達林先生大概會惱怒地咕噥著：「真煩，這些小子又回來了。」不過這樣做其實也沒什麼好處。我們已經知道達林太太的個性了，她一定會責備我們剝奪了孩子的小樂趣。

「可是，親愛的夫人，離下週四還有十天呢。我們先把真相告訴妳，妳可以少煩惱十天啊。」

「話是沒錯，不過這樣就剝奪了孩子們十分鐘的歡樂，代價實在太大了！」

「喔，如果你用這種角度看的話，那就沒辦法了。」

「要不然還能用什麼角度看呢？」

你看，這女人的心境和態度完全不恰當。我本來想描述一些關於她特別美好的事，但現在我有

5 round robin，起源於法語中的 ruban（帶子、緞帶）一詞，久而被訛用為 robin。

點瞧不起她，所以什麼也不說了。其實我根本不需要通知她做好準備，因為一切早就準備得妥妥貼貼。所有的被子都曬好了，而且她從不出門；另外，請仔細看，窗戶也是開著的。我們不如回船上去吧，因為對達林太太來說，我們根本派不上用場。不過，既然已經來到這裡，不妨留下來看看，反正我們本來就是旁觀者嘛。大家都不需要我們。所以我們就在一旁觀望，說些尖銳刺耳的話，希望他們有人聽了會受傷。

兒童房裡唯一看得見的轉變是：從六點到九點，房間裡再也沒有狗窩了。孩子們飛走後，達林先生打從骨子裡覺得，錯就錯在他把娜娜拴起來，而且娜娜自始至終都比他聰明多了。當然，正如我們所看到的，達林先生是個非常單純的男人；假如他可以把禿頭拿掉的話，真的很有可能被誤認成小男孩；不過他同時也具有崇高的正義感及獅子般的勇氣，只要他認為是對的事，他都會勇敢去做。孩子們飛走後，他帶著焦慮的心仔細思考這整件事，最後跪下來爬進了狗窩。達林太太用和藹的語氣百般請他出來，他都難過但堅決地回答：「不，親愛的，這才是我該待的地方。」

達林先生在悔恨所帶來的痛苦與煎熬中發誓，除非孩子們平安回家，否則他絕不會離開狗窩。這當然是個令人遺憾的決定；但達林先生無論做什麼事都非走極端路線不可，要不然他很快就會放棄了。當他晚上坐在狗窩裡和妻子談論他們的孩子，以及孩子們可愛漂亮的模樣時，從前驕傲自大的喬治・達林變得再謙卑不過了。

達林先生對娜娜的尊重非常感人。他除了不准她進狗窩之外，在其他方面都百分之百完全順從她的心意。

每天早上，坐在狗窩裡的達林先生會請人把狗窩搬到馬車上，然後載他到辦公室上班，直到傍晚六點再用同樣的方式回家。如果我們還記得達林先生對鄰居的看法有多敏感的話，就能發現這個男人的毅力有多堅強，因為現在他的一舉一動都會引起出乎意料的關注。達林先生心裡想必承受了不少痛苦和折磨；然而，即使年輕人批評他的小屋，他還是努力維持表面鎮定；假如有女士往裡頭東張西望，他總是禮貌地舉起帽子致意。

達林先生的行為或許就像唐吉訶德一樣荒謬又不切實際，但同時卻也非常高尚。過了不久，他坐在狗窩裡的內情意外洩漏出去，深深感動了偉大的公眾之心。人們成群結隊跟在他的馬車後面熱烈歡呼；迷人的女孩攀上車向他要簽名；等級較高的各大報刊登了他的採訪新聞，就連社會名流也邀請他參加晚宴，並補上一句：「請務必坐在狗窩裡光臨。」

在那個至關重要、豐富多采的星期四，達林太太在兒童房裡等喬治回家。她的眼神充滿悲傷。現在我們靠近一點、仔細端詳，回想她過去神采飛揚的樣子——如今那些快樂全都消失了，正因為她失去了三個寶貝。我覺得我終究還是沒辦法說達林太太的壞話；如果她過分溺愛那些糟糕的孩子，想必也是身不由己吧。看看她現在坐在椅子上睡著的模樣。她的嘴角原本是最吸引目光的地方，如今卻近乎枯萎，變得乾乾癟癟，同時她的手不斷撫著胸口，好像很痛的樣子。有些人最喜歡彼得，有些人最喜歡溫蒂，但我最喜歡的是她。為了讓她開心起來，我們要不要趁她睡著時悄悄告訴她，那幾個小頑皮就要回來了？他們現在離家中窗戶不到兩英里，而且飛得正起勁呢。我們只要輕聲說，他們已經在回家的路上就好。我們就告訴她吧。

遺憾的是，我們真的說了。達林太太從椅子上跳起來，大聲呼喊他們的名字；但房間裡除了娜娜以外，沒有任何人。

「噢，娜娜，我夢到我親愛的寶貝們回來了。」

娜娜睡眼惺忪，然而她唯一能做的只有輕輕把腳掌搭在女主人膝上。她們倆就這樣一起坐著；這時，狗窩運回來了。當達林先生探出頭來親吻妻子時，我們發現他的臉看起來比以往還要憔悴，但表情卻柔和許多。

達林先生把帽子遞給女僕莉莎，莉莎輕蔑地接下帽子。她缺乏想像力，無法理解這個男人所作所為的用意何在。跟著馬車回到十四號住宅的群眾仍在屋外大聲歡呼，達林先生自然深受感動。

「聽聽他們的聲音，真令人欣慰。」他說。

「一群毛頭小子。」莉莎語帶譏笑地說。

「今天裡面有好幾個成年人。」達林先生雙頰微微漲紅，肯定地告訴莉莎；莉莎毫不在乎地甩甩頭，但達林先生並沒有譴責她半句。社交上的成功並沒有寵壞他，反而讓他變得更加親切善良。他坐在狗窩裡把頭伸出來，花了點時間和達林太太談論這次出名的事；當達林太太說希望他不會被名聲沖昏頭時，他緊握著她的手要她放心。

「好險我不是一個軟弱的男人。」他說。「天啊，萬一我是個軟弱的男人就糟了！」

「喬治，」達林太太膽怯地說，「你還是像之前一樣滿心悔恨，對吧？」

「親愛的，我當然還是自責不已！看看我對自己的懲罰——住在狗窩裡！」

「但這真的是懲罰沒錯吧，喬治？你確定你不是樂在其中嗎？」

「親愛的，妳這什麼話！」

當然，達林太太懇求他原諒；過了不久，達林先生覺得睏了，於是便蜷起身子在狗窩裡躺下。

「妳能不能去遊戲室彈鋼琴助我入眠呢？」達林先生問道。當達林太太走去遊戲室的時候，他又不經思考地隨口加了一句：「順便把窗戶關上。我覺得有風。」

「噢，喬治，千萬別叫我關上窗。那扇窗必須永遠為他們開著，永遠、永遠。」

這次輪到達林先生懇求妻子原諒了。達林太太走進遊戲室彈琴，而達林先生很快就進入夢鄉。在他熟睡的時候，溫蒂、約翰和麥可飛進房裡。

喔，不對。我們會這樣寫，是因為在我們離開船上來到十四號住宅前，孩子們原定的迷人計畫就是這樣；可是在那之後一定發生了什麼事，因為飛進房間的並不是他們，而是彼得和叮噹。

彼得開口的第一句話說明了一切。

「快點，叮噹，」他壓低聲音說，「快把窗子關上，記得閂起來！就是那樣沒錯。現在我們得從門口出去。等溫蒂回來時，就會以為她媽媽把她關在外面，那她就只能跟我一起回去了。」

此時此刻，我總算解開了一直以來縈繞在心頭的疑惑：為什麼彼得徹底消滅海盜後，並沒有回到永無島上，只派叮噹護送孩子們回家。原來他的小腦袋裡一直藏著這個詭計。

彼得完全不覺得自己的行為很糟糕，反而還愉快地跳起舞來；然後他偷窺了一下遊戲室，想看看是誰在彈琴。他悄聲對叮噹說：「那就是溫蒂的媽媽喔！她是位漂亮的女士，不過沒有我媽媽那麼漂亮。她的嘴巴上都是頂針，可是沒有我媽媽嘴巴上那麼多。」

當然，他完全不清楚自己母親的狀況，但有時他會自豪地炫耀一些有關媽媽的事。

彼得不知道溫蒂母親彈的是什麼曲子，其實是〈甜蜜的家庭〉，可是他明白那首歌唱的是「回來吧，溫蒂，溫蒂，溫蒂」。他興高采烈地大喊：「妳再也見不到溫蒂了，夫人，因為窗子閂上了！」

他再度往遊戲室裡窺探，想看看音樂為什麼停下來了；只見達林太太把頭靠在鋼琴上，眼眶裡含著兩顆淚珠。

「她希望我把窗子打開，」彼得心想，「可是我才不要，絕對不要！」

他又往房裡偷瞄；那兩顆眼淚還留在原地，又或者是另外兩顆取代了原本的淚珠。

「她真的很愛溫蒂呢。」彼得對自己說。他現在很氣達林太太為何就是不明白她不能擁有溫蒂。理由很簡單：「我也很喜歡她。夫人，我們倆不可能同時擁有她呀。」

可是這位女士不肯接受這點，因此彼得非常不高興，不再盯著她看；即便如此，她仍緊揪著他不放。彼得一邊做鬼臉，一邊蹦蹦跳跳，不過只要他一停下來，達林太太彷彿就在他心裡敲呀敲的。

「唉，好吧。」彼得深吸了一口氣，接著打開窗戶。「走吧，叮噹，我們才不需要什麼笨蛋媽媽呢。」他放聲大喊，狠狠嘲弄了自然法則一番，然後就飛走了。

於是溫蒂、約翰和麥可發現，家裡的窗終究還是為他們開著；那當然是他們不配得到的待遇。他們降落在地板上，對自己的所作所為完全不感到慚愧，年紀最小的麥可甚至早就忘了這個家了。

「約翰，」麥可四處張望，滿臉疑惑地說，「我想我以前有來過這裡耶。」

「傻瓜，你當然來過啊。那張是你的舊床啊。」
「原來如此。」麥可的語氣還是有點懷疑。
「哎，狗窩！」約翰一邊大叫，一邊快步跑過去往裡頭看。
「或許娜娜在裡面喔。」溫蒂說。
不過，約翰卻吹了聲口哨說：「喂，裡面有個男人耶。」
「是爸爸！」溫蒂驚訝地大叫。
「讓我看一下爸爸！」麥可急切地哀求，接著仔細看了一眼。「他的個子還沒有我殺死的那個海盜高大呢。」他坦率地說，絲毫不掩飾自己的失望。我很慶幸達林先生睡著了；假如這是他聽見小麥可回來後所說的第一句話，他一定會很難過。
突然發現自己的父親蜷曲在狗窩裡，溫蒂和約翰都有點嚇到。
「他以前該不是睡在狗窩裡吧？」約翰的口氣聽起來就像對自我記憶失去信心的人一樣。
「約翰，」溫蒂支支吾吾地說，「也許我們對過往生活的記憶並不像自己所想的那麼清晰吧。」
一股寒意瞬間籠罩在他們身上——活該！
「媽媽也太粗心大意了，」約翰這個年紀輕輕的小壞蛋說，「我們回來的時候她居然不在這裡。」
就在這時，達林太太又開始彈奏鋼琴。
「是媽媽！」溫蒂大叫，偷偷瞄了一眼。

「真的是耶！」約翰說。

「所以妳不是我們真正的媽媽囉，溫蒂？」麥可問道；他一定是想睡覺了。

「噢，天哪！」溫蒂忍不住驚呼，心裡第一次湧起一股真切的懊悔與愧疚，「我們的確是該回來了。」

「我們偷偷溜進去吧，然後用手遮住她的眼睛。」約翰提議道。

不過溫蒂認為他們必須用更溫柔的方式來宣布這個快樂的消息，她手上有更好的計畫。

「我們全都溜到床上去，躺在那等她進來，就好像我們從沒離開過一樣。」

於是，當達林太太回到兒童房查看丈夫是否入睡時，每張床上都已經躺了一個孩子。他們等著媽媽開心大叫，可是卻一直沒聽到聲音。達林太太確實看到了孩子，但她不相信他們真的在那裡。原來，她經常在夢裡看見孩子們躺在床上，因此她以為這只是一場纏著她不放的夢境。

她在爐火旁的椅子上坐下；她以前總是坐在那餵孩子們喝奶。

一股冷冽的恐懼在三個孩子體內流竄；他們完全搞不懂到底是怎麼回事。

「媽媽！」溫蒂放聲大喊。

「那是溫蒂！」達林太太說。不過她很確定這依然只是場夢而已。

「媽媽！」

「那是約翰。」

「媽媽！」麥可大叫。他現在認出媽媽了。

「那是麥可。」達林太太伸出雙臂擁抱那三個自私的孩子。她以為自己再也抱不到他們了，可是這一次，她的手臂緊緊環住從床上溜下來飛奔向她的溫蒂、約翰和麥可。這一次她真的抱到了。

等到自己終於有辦法開口說話時，達林太太放聲大喊：「喬治！喬治！」

達林先生從睡夢中醒來，和達林太太一同分享她的幸福與狂喜；娜娜也急忙衝進房間裡團聚。沒有什麼景象比這更美麗、更動人了。可是，沒有人看到有個小男孩在窗邊凝視著屋內；他擁有其他孩子永遠無法知曉、數也數不清的快樂，然而他卻透過窗戶靜靜望著那個將他隔絕在外的喜悅，那個他永遠無法得到的喜悅。

⑰ 溫蒂長大以後

我希望你想知道其他男孩後來怎麼樣了。他們都在下面等著，好讓溫蒂有時間向爸媽說明關於他們的事。男孩們在數到五百後便走上樓；他們是從樓梯上去的，認為這樣給別人的第一印象會比較好。男孩們在達林太太面前站成一排，脫下帽子，心裡暗暗希望自己身上穿的不是海盜服。他們什麼也沒說，只是默默用眼神請求她收留他們。他們應該也要看著達林先生才對，可是他們完全忘了他的存在。

當然啦，達林太太立刻答應說要收留他們，不過達林先生面有難色；他們看得出來，他覺得六個孩子太多了。

「我得先說，」達林先生轉向溫蒂，「妳做事情可不要半途而廢。」他的語氣中流露出一絲怨懟，雙胞胎認為這句話是衝著他們來的。

雙胞胎哥哥是個自尊心很強的人，他漲紅著臉問道：「先生，你是不是覺得我們人數太多了？

如果是的話，我們可以離開。」

「爸爸！」溫蒂嚇得大叫，可是達林先生仍一臉陰鬱。他知道自己的表現有失體統，但他就是忍不住。

「我們可以擠在一起睡。」尼布斯說。

「我一直以來都是自己幫他們剪頭髮的。」溫蒂補充。

「喬治！」達林太太驚訝地喊道。看到自己親愛的丈夫表現得這麼沒氣度，她心中湧起一陣痛楚。

就在這時，達林先生突然流下眼淚，真相也跟著水落石出。他說，他和達林太太一樣很樂意收留他們，可是他覺得他們在懇求她時也應該要徵求他的同意，而不是身在他家，卻把他當成一個可有可無的人。

「我不認為他是一個可有可無的人，」托托馬上大聲表示。「捲毛，你覺得他是個可有可無的人嗎？」

「不，我不覺得啊。史萊特利，你覺得他是個無關緊要的人嗎？」

「當然不是。雙胞胎，你們覺得呢？」

結果沒有一個孩子認為他是個可有可無的人；離譜的是，達林先生竟然這樣就滿足了，而且還說如果擠得下的話，他會設法挪出空間把他們安置在客廳裡。

「我們一定擠得下的，先生。」男孩們向他保證。

「那就跟我來吧！」他愉快地喊道。「聽著，我不太確定我們有沒有客廳，不過就假裝我們有吧，反正都一樣。哇哈！」

達林先生踩著輕快的舞步在屋子裡轉來轉去，孩子們也喊了一聲：「哇哈！」接著手舞足蹈地跟在他後面尋找客廳。我忘記他們究竟找到了沒有；不過無論如何，他們都找到了一些小角落安頓下來。

至於彼得，他在飛走之前又見了溫蒂一面。他並沒有來到窗邊，而是在飛過的時候輕拂了一下窗子，如果溫蒂願意的話，可以打開窗戶呼喚他。溫蒂真的這麼做了。

「哈囉，溫蒂，再見了。」彼得說。

「噢，親愛的，你要走了嗎？」

「對呀。」

「彼得，你難道不想跟我爸媽談談那件甜蜜的事嗎？」溫蒂支支吾吾地說。

「不了。」

「關於我的事啊，彼得？」

「不。」

這時，達林太太來到窗邊；她現在非常注意溫蒂的一舉一動。她告訴彼得，她已經收養了所有迷失男孩，也非常願意收養他。

「妳會送我去上學嗎？」彼得狡黠地問。

「會呀。」

「然後再讓我去辦公室上班？」

「我想是吧。」

「我很快就會變成大人？」

「非常快。」

「我不想去學校學那些嚴肅的東西，」彼得激動地告訴達林太太。「我也不想變成大人。噢，溫蒂的媽媽，要是我一覺醒來摸到自己長了鬍子，那該有多可怕啊！」

「彼得，就算你長了鬍子，我還是愛你啊。」溫蒂溫柔地安慰他。達林太太向彼得伸出雙臂，可是他斷然拒絕。

「別靠近我，夫人。沒有人能抓住我，逼我變成大人。」

「但你要住在哪裡呢？」

「和叮噹一起住在我們幫溫蒂蓋的小屋裡。仙子們會把小屋搬到高高的樹梢上，那是他們晚上睡覺的地方。」

「好可愛喔！」溫蒂滿心嚮往地喊道。

達林太太連忙緊緊抓住溫蒂，接著說：「我以為所有的仙子都死了。」

「還是會有很多年輕的仙子啊，」溫蒂向媽媽解釋，她現在可是這方面的權威了。「因為每個新生兒第一次笑的時候，就會有個新的小仙子誕生。既然世界上永遠都有新生兒，那就永遠都會有新生的仙子。他們住在樹梢上的小窩裡，淡紫色的是男仙子，白色的是女仙子，藍色的則是一些不確定自己性別的小傻瓜。」

「我能找的樂子可多了。」彼得瞄了溫蒂一眼。

「晚上一個人坐在爐火旁會很寂寞吧。」溫蒂說。

「叮噹會陪我。」

「但叮噹有很多事情做不來啊。」溫蒂用有點尖酸刻薄的語氣提醒他。

「在背後說別人壞話的傢伙！」叮噹從某個角落竄出來大叫。

「那不重要。」彼得說。

「噢，彼得，你明明知道那很重要。」

「嗯，那不然妳跟我一起回小屋吧。」

「媽咪，我可以去嗎？」

「當然不行。妳好不容易才回家，我絕不會再讓妳離開了。」

「可是他真的很需要一個媽媽呀。」

「妳也是啊，寶貝。」

「好吧，那就算了。」彼得一副不在乎的口吻，彷彿他只是出於禮貌才邀請溫蒂；不過達林太太看到他嘴角抽動了一下，於是便慷慨地提議：讓溫蒂每年都去他那裡住一個星期，幫他做春季大掃除。溫蒂暗自希望能有個更長遠的安排，因為她覺得春天似乎還要很久才會來。不過，這個承諾卻輕輕鬆鬆打發了彼得，讓他再度恢復以往開心的模樣。他不但沒有時間觀念，而且還有一大堆精采的冒險活動可以做，我先前告訴你的那些故事只不過是九牛一毛罷了。我想溫蒂非常清楚這點，因此她最後對他說的話非常哀傷：

「你不會忘了我吧？彼得，在春季大掃除來臨前，你會忘了我嗎？」

當然，彼得答應溫蒂絕對不會忘記她；話一說完，他就飛走了。除此之外，他還帶走了達林太太的吻。一直以來都沒有人能得到那個吻，但彼得倒是很輕易就得手了。真有趣。不過她看起來好像很滿足的樣子。

當然啦，所有男孩都要去上學。最高的級別是第一級，而他們大部分的人都進入第三級，不過史萊特利先是被安排在第四級，然後又改到第五級。他們才開始上學不到一個星期，就發現自己當初離開永無島真是愚蠢的選擇，可是現在一切都太遲了。他們很快就安定下來，像你、我或小詹金斯一樣，過著平凡又普通的日子。說來令人遺憾，他們逐漸喪失了飛行的能力。一開始，娜娜把孩子的腳綁在床柱上，以免他們在夜裡飛走；此外，他們白天的消遣之一是假裝從雙層巴士上摔下來。然而，他們漸漸不再拉扯那些將自己束縛在床上的綁帶，也發現從巴士上跌下去的時候真的會受傷。到後來，他們就連帽子被風吹走了也沒辦法飛過去追。他們說是因為缺乏練習，但實際上這表示他們再也不相信過去的一切了。

即使備受嘲弄，但麥可還是相信得比其他男孩久一點；因此彼得在第一年年末來接溫蒂時，他還陪在溫蒂身邊。溫蒂跟彼得一起飛走的時候，身上穿著她當初在永無島上用樹葉和漿果編織成的連身裙。她唯一擔心的是，彼得可能會注意到裙子變得太短了；然而他光顧著說自己的事都說不完了，根本沒注意到這件事。

溫蒂滿心期待，想和彼得聊聊過去那些緊張刺激的冒險，可是新的冒險卻已經將往事擠出他的腦海了。

「虎克船長是誰啊？」當溫蒂提起那個死對頭時，彼得興致勃勃地問。

「你不記得你當初是怎麼殺了他，還救了我們所有人的命嗎？」溫蒂大為吃驚。

「我殺了人以後就會把他們給忘了。」彼得漠不關心地回答。

當溫蒂用懷疑的口氣表達自己希望叮噹看到她會很高興時，彼得居然問說：「叮噹是誰啊？」

「噢，彼得！」溫蒂對他的反應驚詫不已；但就算她詳細解釋，彼得還是記不起來。

「像她這樣的仙子多得數不清，」彼得說，「我想她大概已經不在了吧。」

我想他說得對，因為仙子的壽命並不長；不過因為他們很小，所以短暫的時光在他們看來就已經很長了。

另外，溫蒂發現過去那一年對彼得來說不過就像是昨天罷了，這點也讓她覺得很難過，因為對她來說，這一年的等待非常漫長。不過彼得還是跟以前一樣迷人。他們在樹梢上的小屋裡度過了一個相當美好的春季大掃除。

第二年，彼得沒有來接溫蒂。她穿上新的連身裙殷殷期盼，因為舊的那件已經穿不下了。可是彼得卻始終沒有出現。

「也許他生病了。」麥可說。

「你知道他從來不生病的。」

麥可走到溫蒂身旁，用顫抖的聲音喃喃細語：「溫蒂，也許根本就沒有這麼一個人吧！」要不是麥可話一說完就哭了起來，溫蒂一定也會哭的。

隔年春季大掃除的時候，彼得來了；奇怪的是，他完全不知道自己錯過了整整一年。

那是小女孩溫蒂最後一次見到彼得。為了他，溫蒂努力地延後長大的時間；當她在常識競賽中獲獎時，她覺得自己背叛了彼得。然而，一年又一年過去了，那個漫不經心的男孩再也沒有現身。等他們倆再次相見時，溫蒂已經是個已婚婦女，而彼得對她來說不過是玩具箱裡的一小粒塵埃罷了。溫蒂長大了。你不需要為她感到難過或遺憾。她是屬於願意成長的那種人。最後她出於自我意志，心甘情願地比其他女孩長得還要快一點。

到了這時，所有男孩都已經長大了，沒什麼特別的地方，所以關於他們的事幾乎可以說完全不值得一提。你隨便哪一天都可以看見雙胞胎、尼布斯與捲毛手裡提著小公事包和雨傘去辦公室上班；麥可成為一位火車司機；史萊特利娶了一位有頭銜的貴族千金，因此躋身為勛爵。你有看到那個從鐵門走出來、頭戴假髮的法官嗎？他就是過去的托托；而那個從不講故事給孩子聽的蓄鬍男子則是約翰。

結婚當天，溫蒂身穿一襲白色禮服，搭配粉紅色腰帶。想來也有點奇怪，彼得竟然沒有飛進教堂阻止這樁婚事。

隨著歲月不停流轉，溫蒂生了一個女兒。這件事不應該用墨水來寫，而是要用金粉盡情揮灑、大書特書才對。

溫蒂的女兒名叫珍，臉上總是掛著古怪又好奇的表情，彷彿打從她來到世上那一刻就想不斷發問似的。等她長到真的會問問題的年紀時，問的大多是有關彼得潘的事。珍很愛聽彼得潘的故事，於是溫蒂便在那間發生了著名飛行事件的兒童房裡，將自己能記得的所有事物全部說給女兒聽。那間兒童房現在是珍的兒童房，因為她爸爸以百分之三的低廉價格向溫蒂父親買下這棟房子；達林先生不再喜歡爬樓梯了，而達林太太也已經離開人世，逐漸被遺忘了。

現在兒童房裡只有兩張床，一張是珍的，另一張是她保母的；房間裡不再有狗窩，因為娜娜也死了。她是自然老死的。娜娜在生前最後幾年變得很難相處，非常堅信除了自己以外，沒有人知道該怎麼照顧孩子。

珍的保母每星期會休假一晚，這時就由溫蒂負責送珍上床睡覺，同時也是講故事的時間。珍發明了一個小遊戲，就是把床單蓋在媽媽和自己頭上當成帳篷，然後在一片徹底的黑暗中輕聲說——

「我們現在看到了什麼？」

「我想我今晚什麼也看不見。」溫蒂一邊說，一邊覺得：假如娜娜在場的話，一定會反對她們繼續說下去。

「不，妳看得見，」珍說。「在妳還是小女孩的時候就看見了。」

「那是很久很久以前的事了，寶貝，」溫蒂說。「唉，時間飛得好快啊。」

「時間會飛？就像妳小時候那樣飛嗎？」這個古靈精怪的小女孩問道。

「像我小時候那樣飛？珍，妳知道嗎，媽媽有時候會懷疑自己是不是真的飛過呢。」

「真的，妳真的飛過啦！」

「以前能飛的日子多美好啊！」

「媽媽，為什麼妳現在不能飛了呢？」

「因為我長大了呀，我最親愛的寶貝。人只要一長大，就會忘記怎麼飛。」

「為什麼他們會忘記怎麼飛呢？」

「因為他們不再快樂、純真、無情了。只有快樂、純真、無情的人才會飛。」

「什麼是快樂、純真和無情呢？我真希望自己也是快樂、純真又無情的人。」

或許此刻溫蒂承認她看到了什麼。她說：「我相信，是因為這間兒童房的關係。」

「我也相信是這樣！」珍說。「繼續說下去嘛。」

於是她們從那場大冒險的開端——也就是彼得飛進來尋找影子的那一夜講起。

「那個笨蛋，」溫蒂說，「試著想用肥皂把影子黏回去，結果發現辦不到的時候就大哭起來，把我吵醒了，於是我就幫他把影子縫回去。」

「妳漏了一小段，」珍連忙插嘴，她現在比媽媽還要熟悉這個故事。「妳看到他坐在地板上哭的時候，妳說了什麼？」

「我在床上坐起來說：『小男孩，你為什麼在哭呢？』」

「沒錯，就是這句話。」珍大大鬆了一口氣。

「然後他帶著我們一路飛到永無島上，那裡有仙子、海盜、印第安人、美人魚潟湖、地下之家，還有小屋。」

「對！這裡面妳最喜歡的是哪一個呢？」

「我想我最喜歡的是地下之家。」

「我也是耶！那彼得對妳說的最後一句話是什麼呢？」

「他對我說的最後一句話是：『妳只要永遠等著我，總有一晚，妳會聽見我的歡呼聲。』」

「沒錯！」

「不過，唉，他完全忘了我。」溫蒂帶著微笑說出這句話。她已經成熟到這種地步了。

「他的歡呼聲聽起來像什麼呢？」有天晚上珍問道。

「像這樣……」溫蒂試著模仿彼得的歡呼聲。

「不對，不是那樣，」珍一臉認真地說，「是像這樣子。」她模仿得比她母親好多了。

「親愛的，妳怎麼會知道呢？」溫蒂有點吃驚。

「我睡覺的時候很常聽到呀。」珍回答。

「啊，是啊，很多女孩都是在睡夢中聽到，只有我是清醒的時候聽見的。」

「妳好幸運喔！」珍說。

有一天晚上，悲劇悄然降臨。那時正值春季，當晚的故事已經說完，珍在床上睡著了。由於兒童房裡沒有其他亮光，因此溫蒂坐在地板上，身體非常靠近壁爐，以便藉著火光縫補衣物；正當她坐著縫縫補補時，一聲歡呼突然竄進她耳朵裡。過了不久，窗戶便像從前一樣被風吹開，彼得跳了進來，降落在地板上。

彼得一點都沒變；溫蒂立刻發現他仍然有著滿口乳牙。

他還是個小男孩，而她已經是個大人了。溫蒂蜷縮在爐火旁，動也不敢動；此時此刻，她只是一個長大成熟、無助又內疚的女人。

「哈囉，溫蒂。」彼得打了個招呼。他沒注意到有什麼不一樣的地方，因為他大部分時間都只想到自己；而且在昏暗的光線中，溫蒂的白色洋裝乍看之下就像他初次見到她時所穿的那件睡衣。

「哈囉，彼得。」溫蒂用如蚊子般細微的聲音回答，盡可能想把自己縮得越小越好。她心裡有個聲音正在大聲哭喊：「女人，女人，妳放開我！」

「嘿，約翰到哪去了？」彼得突然發現房間裡少了第三張床。

「約翰現在不在這裡。」溫蒂倒抽了一口氣。

「麥可睡著了嗎？」彼得漫不經心地瞥了珍一眼。

「對。」溫蒂回答；此刻她覺得自己不但欺騙了彼得，也欺騙了珍。

「那不是麥可。」溫蒂連忙改口，以免自己遭天譴。

彼得走近床邊仔細端詳。「嘿，這是新來的嗎？」

「對。」

「男孩還是女孩？」

「女孩。」

現在彼得應該懂了才對；可是他一點也不明白。

「彼得，你期待我跟你一起飛走嗎？」溫蒂結結巴巴地說。

「當然囉，這就是我來的原因啊。」然後彼得又用嚴肅的口氣接著說：「妳忘了現在是春季大掃除的時間嗎？」

溫蒂心裡很清楚，就算跟他說他錯過了好多個春季大掃除也沒用。

「我沒辦法去，我已經忘記要怎麼飛了。」溫蒂語帶歉意地說。

「我現在可以馬上再教妳一次。」

「噢，彼得，別在我身上浪費仙粉了。」

溫蒂從地板上站了起來，此時彼得終於感到一股恐懼侵蝕全身。「這是怎麼回事？」他一邊大叫，一邊往後退縮。

「我把燈打開，你自己看就知道了。」溫蒂說。

就我所知，這幾乎可以說是彼得這一生唯一一次感到害怕的時候。

「不要開燈！」他放聲大喊。

溫蒂伸出雙手撫弄這個悲慘男孩的頭髮。她不再是那個為他心碎的小女孩了；她現在是個微笑看待這一切的成熟女人，只不過那些微笑裡含著淚水。

接著，溫蒂把燈打開，彼得看見她了，他痛苦地大叫；當這個又高又美麗的女人彎下腰想把他擁入懷裡時，他以飛快的速度猛然往後退。

「這到底是怎麼回事？」彼得再次大聲問道。

溫蒂不得不告訴他實話。

「彼得，我長大了。我現在二十幾歲，早就已經是大人了。」

「妳答應過我，妳絕對不會長大的！」

「我沒辦法不長大呀。彼得，我現在是個已婚的女人了。」

「不，妳才不是。」

「我是，而且床上的小女孩就是我的寶寶。」

「不，她不是。」

但彼得心裡暗暗猜想，她大概真的是溫蒂的寶寶；他高舉拳頭，朝熟睡中的孩子走了一步。當然，他最後並沒有揍她。彼得坐到地板上嗚嗚咽咽地啜泣。雖然溫蒂過去能不費吹灰之力輕鬆安撫彼得，但她現在只是個女人，真的不知道該怎麼辦才好。於是溫蒂跑出兒童房，試著想靜下心來好好思考。

彼得繼續哭泣；過了不久，珍被他的啜泣聲吵醒了。她從床上坐起來，立刻對彼得展現出濃厚的興趣。

「小男孩，你為什麼在哭呢？」她說。

彼得站了起來，向珍行鞠躬禮。她也在床上向他鞠躬。

「妳好。」彼得說。

「你好。」珍說。

「我的名字叫彼得潘。」他告訴珍。

「嗯，我知道。」

「我回來找我媽媽，要帶她去永無島。」彼得解釋說。

「嗯，我知道，我一直在等你呢。」珍說。

當溫蒂怯生生地走回兒童房時，她發現彼得坐在床柱上得意洋洋地歡呼；珍則穿著睡衣在房間裡飛來飛去，陷入一種神聖的狂喜狀態。

「她是我的媽媽了。」彼得解釋道。珍從半空中降落下來，站在他身邊，臉上露出小姐們凝視彼得時的表情。他最喜歡看到那種表情了。

「他真的很需要一位母親。」珍說。

「對，我知道，」溫蒂悲傷地承認。「沒人比我更清楚這點了。」

「再見囉。」彼得對溫蒂說完後便飛到空中，恣意妄為的珍也跟著他一起飛；飛行已經成為她最輕鬆的活動方式了。

溫蒂快步跑到窗前大喊：「不，不！」

「只是春季大掃除而已，」珍說。「他要我每年春天都去幫他大掃除。」

彼得與珍

「要是我能跟你們一起去的話就好了！」溫蒂嘆了口氣。

「可是妳不能飛呀。」珍說。

當然，溫蒂最後還是讓他們一起飛走了。我們最後一次瞥見她的身影時，她正站在窗前，目送彼得和珍在天空中逐漸遠去，變得越來越小，直到小得像星星一樣為止。

當你仔細看看溫蒂，就會發現她的頭髮變白，身材也縮小了，因為這一切都發生在很久很久以前。珍現在是個普通的大人，有個女兒名叫瑪格麗特；除非彼得忘了，要不然每年春季大掃除的時候，他都會來接瑪格麗特到永無島去。她會在那裡說關於彼得自己的故事給他聽，而彼得也會熱切地聆聽。等瑪格麗特長大後，她會生個女兒，她的女兒又將成為彼得的母親。

只要孩子永遠快樂、純真、無情，故事就會這樣一直延續下去。

肯辛頓花園的彼得潘

❶ 燦爛的花園之旅

倘若你不事先熟悉一下肯辛頓花園，那你肯定會發現自己很難跟得上我們接下來的冒險旅程，因為大衛已經很了解這個地方了。肯辛頓花園位於倫敦，那是國王居住的城市。除非身體狀況看起來確實發燒了，要不然孩子們幾乎每天都會去那座花園閒晃；然而，從來沒有人曾走遍園區中的每一個角落，因為他們剛到花園後不久就得回家了。之所以要趕著回家的原因在於：每天中午十二點到下午一點是孩子的午睡時間。要是你媽媽並沒有規定你一定要在這段時間裡睡覺的話，你就很有可能可以看遍整座花園美景。

花園一側的邊界，是一條永無止盡的巴士專用道。保母艾琳在這條路上擁有一項特權：只要她舉起手指對任何一輛巴士示意，巴士就會立刻停下來，這樣她就能帶你安全地穿越馬路到對面去了。肯辛頓花園不只有一個大門，而是有好多個大門，你走的那個就是在巴士專用道對面的出入口。進入花園之前，你會跟一個坐在大門外、手裡拿著好多氣球的女士聊聊天。她坐的地方離門口很近，但她完全不敢冒險走進園裡；因為只要她一鬆開抓住大門欄杆的手，那一大堆氣球就會帶她飛上天空，然後她就會隨風飄得遠遠的。那名女士的坐姿踩蹲坐方式，而且身體壓得非常低，因為那些氣球總是不斷將她往上拉，所以她必須一直努力拽著氣球；這種緊張的拉扯狀態讓她的臉漲得通紅。有一次，坐在大門旁的是一位新來的女士，因為原來的那位已經被氣球帶走了。雖然大衛很替先前那位女士感到難過，但他真希望自己能看到她抓著氣球飄走的那瞬間。

肯辛頓花園是個幅員遼闊、奇大無比的地方，園子裡種了上百萬棵各式各樣的樹木。首先映入眼簾的是無花果遊樂場，不過你一定不屑在這逗留，因為這片樹林是那些享有優勢地位的孩子——也就是「大人物」的玩耍勝地，他們嚴禁與普通的平民大眾混在一起。這裡之所以叫無花果遊樂場，據傳是因為那些大人物總是盛裝打扮[6]。這些品味優雅、身材嬌小可愛的小傢伙對於自己被大衛和其他英雄稱做「大人物」這件事嗤之以鼻；要是我告訴你，板球在花園這塊講究的區域中被稱為「蟋蟀」，那你就獲得解開本區風俗習慣與禮儀謎題的鑰匙啦！偶爾會有個叛逆的大人物越過圍牆，深入園外的世界——梅寶．格雷小姐就是這種人；等我們走到梅寶．格雷大門時，我再告訴你關於她的故事。她是唯一一個真正享譽盛名的大人物。

我們現在踏上了花園大道，這條路比其他步道更大、更寬敞，就像你爸爸的身材比你高大一樣。大衛很好奇這條路最初是不是也是一條小徑，後來一直長、一直長，長成了一條成熟的大路，而其

6 in full fig 意指盛裝打扮，而 fig 為無花果（樹）之意。

他那些小步道都是它的寶寶；於是大衛畫了一張圖，上面描繪著花園大道替嬰兒車裡的小路搧風，這景象讓他覺得很開心。在花園大道上，你會遇見所有值得認識的人，而且裡面通常會有個大人。假如這些人之中有「瘋狗型」或「瑪麗安型」的話，這個大人就會命令他們乖乖坐在座位一角，不准踏上潮濕的草坪，這種懲罰會讓他們覺得很丟臉。所謂「瑪麗安型」就是那種會用嘴巴含著大拇指傻笑，或是只要保母不抱你，你就會像個小女孩一樣嗚咽哭泣的人，總之都是非常惹人厭的行為；而「瘋狗型」則是那種只要看到東西就會隨便亂踢，藉此獲得滿足的人。

如果要我們在走過花園大道時指出所有值得注意的知名地點，那我們在還沒抵達那些地方前就得折返回家了；所以我這次只簡單揮舞手杖，指出「伽可．休雷特之樹」給你看。這是紀念一個名叫伽可的男孩丟掉一便士，然後找到兩便士的地點；自此之後，人們就經常在這裡進行大量挖掘工作。沿著步道往前走，就會看到一棟小木屋，那裡便是馬默杜克．佩里的藏身處。佩里因為連續三天都表現得像個瑪麗安型人物，被判處要穿著他姊姊的裙子出現在花園大道上，所以他只好躲進小木屋裡拒絕現身，直到有人給他附有口袋的燈籠褲才肯出來。

現在你試著想走到圓池看看，可是保母們非常討厭那個池塘；由於她們的行事作風並不果斷，因此她們會故意讓你往另一個方向看——也就是「大便士」及肯辛頓寶寶宮殿。那個女嬰是花園裡最著名的寶寶，「大便士」就是她的雕像；她獨自一人住在宮殿裡，身旁有數不清的洋娃娃陪伴。儘管時間才早上六點多，但只要人們敲響大鐘，她總會點亮一根蠟燭，穿著睡衣把門打開，接著所有人都開心地大聲歡呼：「英格蘭女王萬歲！」不過，最讓大衛摸不著頭緒的是：她怎麼會知道火柴放哪裡呢？

接著，我們來到了小山丘。這個小山丘是花園大道的一部分，所有重要的賽跑路線都會經過這裡；一旦登上這座適合往下滑行的迷人山丘，就算你根本沒有意願賽跑，還是會不由自主地提腿飛奔。通常你會在跑到一半的時候因為迷路而停下來；不過別擔心，這附近還有另一棟小木屋，名叫「迷路屋」，只要你跟大人說你迷路了，他就會在那裡找到你。比賽跑下小山丘是件非常好玩的事，但你沒辦法在颳風的日子裡這麼做，因為通常颳起大風時，你並不會待在那裡；不過落葉會代替你在山丘上賽跑。落葉幾乎可以說是這個世界上對好玩的事情最敏感的東西了。

從小山丘上遠眺，就能看見那座以梅寶．格雷小姐命名的大門。格雷小姐就是我先前答應要講她的故事給你聽的那位大人物；她身邊無時無刻都有兩位保母負責照顧，要不然就是媽媽再加上一位保母。格雷小姐有很長一段時間都是品行優良的模範兒童，總是會溫柔地清清嗓子，從桌邊站起來問候其他大人物：「你好嗎？」除此之外，她唯一玩的遊戲就是優雅地把球拋出去，然後再讓保母撿回來。有一天，她不但厭倦了這一切，而且還變成一個瘋狗型的孩子。為了展現出自己真的是一個偏激的瘋狗型人物，格雷小姐先把腳上兩隻靴子的鞋帶鬆開，向四面八方狂吐舌頭，然後將自己的腰帶丟進泥濘不堪的水窪裡，恣意地踩在上面跳舞，直到髒水濺滿了她的連身裙為止；緊接著她爬上圍牆，做出一系列不可思議的冒險之舉，而其中最不驚險的就是把兩隻靴子踢飛了。最後，格雷小姐來到大門前——就是如今以她名字命名的那座大門，並以飛快的速度衝出門口，跑到大街上。雖然我和大衛並沒有跟上去，但我們遠遠就能聽見眾人嘈雜的喧鬧聲，而格雷小姐仍不斷往前狂奔；要不是她媽媽跳上一輛巴士追上她，我們就再也聽不到她的故事了。我想我應該說，這一切都發生在很久很久以前；現在大衛認識的梅寶・格雷並不是這個樣子。

現在回到花園大道上吧。在我們右手邊的是寶寶步道，這條路上到處布滿了嬰兒車，以至於你光是從這一側走到另一側，都有可能不小心踩到嬰兒；不過那些保母是不會讓這種事發生的。寶寶步道上還有條延伸出去、名叫「短拇指」的小岔路；之所以會這麼命名，是因為這條小徑真的短得跟拇指一樣。沿著短拇指小徑一直走，就會通到野餐大街，那裡放了很多真的水壺；當你喝水的時候，栗子花就會翩翩飛舞，落入水杯。孩子們也經常到這裡來野餐，而那些栗子花也同樣會飄進他們的杯子裡。

接著，我們來到的是聖戈沃爾井。大膽的勇者麥爾坎墜井當時，井裡充滿了泉水。麥爾坎是他母親最疼愛的孩子；因為媽媽是個寡婦，所以麥爾坎會讓媽媽在公共場合用手摟著他的脖子。此外，他也偏愛緊張刺激的冒險活動，喜歡跟一個殺了很多隻熊、名叫蘇迪的煙囪清潔工一塊玩耍。有一天，當麥爾坎和蘇迪兩人在井邊嬉鬧時，麥爾坎不小心跌到井裡；要不是蘇迪及時跳入井中救他的話，他一定會淹死的。井水將原本因為打掃煙囪而滿身髒汙的蘇迪洗得乾乾淨淨，這時人們才發現，原來他就是麥爾坎失蹤多年的父親。自此之後，麥爾坎再也不讓媽媽用手摟著他的脖子了。

位於這口井和圓池之間的是板球場。由於常常花太多時間決定哪一方先攻、先守，搞得大家筋疲力盡，因此這裡幾乎沒有舉行過板球比賽。每個參加比賽的人都想第一個擊球；除非你是個技高一籌的對手，要不然一旦這個擊球手被判出局，他就會立刻轉換成投球手，使勁把球投出去；當你正在場上努力對付他時，其他守備員早就四散開來，去玩別的遊戲了。肯辛頓花園以兩種板球比賽聞名：一種是使用真正擊球板的男孩板球賽；另一種是使用類似網球拍，並有家庭女教師監督的女孩板球賽。女孩子不太會打板球；當你看著她們在場上白費力氣的時候，你會對她們發出好笑的鬼叫聲嘲弄一番。有一天，球場上發生了非常不愉快的衝突；當時有些行為莽撞的女孩向大衛的球隊提出挑戰，一個名叫安琪拉．克萊兒的討厭鬼，投出了很多正好落在擊球手面前的球板前球，導致——我現在無法告訴你那場令人遺憾的比賽結果如何，因為我要加快腳步越過球場，往圓池的方向前進；這個圓形池塘正是讓整座肯辛頓花園維持運轉的重要齒輪。

由於池塘恰巧坐落在肯辛頓花園正中央，因此呈現出圓形的樣子；一旦來到這裡，你就再也不想去別的地方了。你沒辦法在圓池畔無時無刻表現得宜，但你一定會盡力去做。在花園大道上，你始終可以維持良好的儀態舉止，但在圓池這裡卻不行，因為你會完全忘記禮儀這回事；當你想起來的時候，全身上下可能已經濕得不能再濕了。此外，還有很多人會在池塘裡乘船航行；那些船都大到可以載小推車，有時甚至還能放嬰兒車，因此寶寶就不得不下來用走的。花園裡那些有O型腿的孩子只好快速學會走路，因為他們的父親要把嬰兒車搬上船。

你一直以來都很想要一艘遊艇，好在圓池裡自由航行。最後，你叔叔送給你一艘遊艇；當你第一次把遊艇放進池塘裡時，感覺真是棒透了！跟那些沒有叔叔的孩子聊這件事的感覺也很棒！然而過了不久，你就寧願把遊艇留在家裡，因為有種世界上最可愛的船悄悄滑到了圓池畔，漂進屬於它的停泊之處。這種船的外型像根木棒，所以叫棒棒船，但只要你拉著船繩讓它在水裡悠閒徜徉，它就變成最可愛的船啦！你會拉著棒棒船繞著池塘一圈一圈地轉，看著船上的小人在甲板上走動；船帆會像被施了魔法般神奇地升起，捕捉輕拂而過的微風。在狂風暴雨的恐怖夜晚，你會將船停靠在溫暖舒適的港灣，而這些港灣都是高貴的遊艇未曾涉足之境。一眨眼，夜晚轉瞬即逝，你那艘俏皮的小船再次嗅到了風的味道、聽見鯨魚噴水的聲響；你駕著船從深埋於水底的城市上空輕輕掠過、和海盜起了小小的衝突，最後在那些珊瑚礁島上下錨停泊。只有當你是個孤零零的小男孩時，才能進行這一連串精采冒險；若兩個男孩一起行動的話，就沒辦法進一步在圓池裡探險了。雖然單獨探險意味著在整段旅程中你只能和自己說話、命令自己、派自己去執行任務……可是當回家時間到了——也就是回歸到你所屬的地方，或是讓你揚起船帆的事物後，你會知道自己並不是孤單一人；你所獲得的那些寶藏全都會鎖在只有你自己知道的地方，或許多年以後，這些珍貴的寶物會被另一個小男孩發現呢。

然而，那些豪華遊艇卻什麼也沒有。難道有人會因為自己的遊艇曾在圓池航行，而回來探尋這個充滿青春年少的地方嗎？噢，當然不會啊。反而是那艘可愛的棒棒船乘載著滿滿的回憶。那些遊艇都是玩具，它們的主人是淡水湖上的水手；遊艇可以在池塘裡來來回回航行，但只有棒棒船才能駛向浩瀚無垠的大海。你們這些遊艇主人自顧自地耍弄指揮棒，還以為我們大家都在盯著你們看呢！你們的船出現在這裡純屬意外，鴨子們應該要登上遊艇，把船弄沉才對，這樣一來，圓池裡的正經事就能照常進行啦。

花園裡到處都布滿了通往池塘的狹窄小徑，密集程度就跟擠在園子裡的孩子一樣。其中有些是非常普通的小路，兩側設有欄杆，是那些脫掉大衣的男人開闢出來的；另外有些則蜿蜒崎嶇、很不規則，有的地方很寬，有的地方很窄，窄到你雙腳張開就能橫跨一整條路。這種不規則的小徑叫做「自建小徑」，大衛非常希望自己能親眼看見這些路到底是怎麼建造出來的。不過，就像所有發生在肯辛頓花園裡最神奇、最美好的事物一樣，我們推斷這些道路工程都是在晚上閉園後完成的；此外，我們也認為這些小徑是道路本身自己創造出來的，因為這是它們能抵達圓池的唯一機會。

其中一條不規則小徑是從人們剪羊毛的地方通過來的。有人告訴我，雖然大衛媽媽的個性並不像他一樣樂觀開朗，但每次大衛在理髮師那裡修剪完一頭鬈髮後，他都會跟理髮師說再見，而且聲音裡沒有一絲顫抖；因此他很瞧不起那些從剪毛刀面前逃走的綿羊，還會大聲嘲笑牠們說：「膽小鬼，沒骨氣的膽小鬼！」不過，當剪羊毛的人用雙腿緊緊夾住綿羊時，大衛會對那個人揮舞拳頭，因為他居然用那麼大把的剪刀來剪羊毛；另一個驚人的瞬間則是那個人將剪下來一大團髒兮兮的羊毛從羊肩部位翻起來那一刻，乍看之下，露出光滑皮膚的綿羊就好像劇院包廂裡的夫人及小姐一樣。那些綿羊非常害怕剪羊毛，每次剪完都會讓牠們變得白淨細瘦；只要一把綿羊鬆開，牠們就會立刻開始小口小口地啃食青草，而且樣子看起來非常焦慮不安，彷彿擔心自己再也吃不到青草似的。由於綿羊剪完毛後的外型與之前截然不同，因此大衛很懷疑牠們是否還認得彼此，會不會在打架時找錯對手？這些綿羊都是一些偉大的鬥士，和那些鄉村綿羊不一樣，牠們每年都會讓我那隻聖伯納犬「波瑟斯」大吃一驚。波瑟斯光靠吠叫宣告自己即將來臨，就會令一大群鄉村綿羊嚇得四處奔逃；但這些城市綿羊可不同了，牠們無所畏懼，直直朝波瑟斯走來，絲毫沒有任何想親切招呼的意思；與此同時，波瑟斯腦海裡會閃過去年的記憶，牠雖然無法有尊嚴地撤退，但牠會停下腳步東張西望，彷彿對周遭風景讚嘆不已，過沒多久，牠就會精心裝出一副無關緊要的樣子，小跑步離開現場，同時還不忘用眼角閃爍的餘光瞥我一眼。

蛇形湖的一端就在這附近。那是一個非常可愛又迷人的湖，湖底有一片被水淹沒的森林。如果你瞇著眼睛從湖畔朝湖底凝望，就會發現所有樹都是倒著生長；他們還說夜裡會有星星沉到湖底呢！假如真的是這樣的話，那彼得潘乘著畫眉鳥巢在湖上航行時，就會看到那些點點繁星了。蛇形湖只有一小部分坐落在花園裡，因為湖水流經橋下後，會一直流向遠方的一座小島，在這座島上出生的雛鳥未來都會變成小男孩和小女孩。除了彼得潘（他算是半人類）之外，沒有任何人類可以登上這座島，不過你可以把想要的東西（無論是男孩或女孩、陰天或晴天）寫在紙上，然後摺成紙船輕輕放進湖裡；入夜之後，這艘紙船就會抵達彼得潘所在的那座小島了。

現在，我們踏上了回家的路。雖然這些都是想像出來的，可是這樣我們在短短一天內就能去很多地方了。很久很久以前，我會抱著大衛一起在花園裡散步，然後像索爾福先生一樣，每看見一張長椅就要坐下來休息。我們之所以稱它為索爾福先生，是因為他總是興致勃勃地跟我們聊一個名叫索爾福的可愛地方，那裡是他的出生地。索爾福先生是位臉紅紅的老紳士，每天都在肯辛頓花園裡悠閒漫步，從這一張長椅走到那一張長椅，希望能遇見熟知索爾福小鎮的人。認識他一年多以後，我們還真的遇到了另一位獨居老人，他曾在索爾福小鎮度過星期六到星期一這段短暫時光。這位老先生待人溫和謙恭，個性羞怯，總是把住家地址放在帽子裡面；無論要尋找倫敦的哪一個地方，他

蛇形湖的仙子

都一定會先去西敏寺教堂，把教堂當作搜尋的起點。我們得意洋洋地帶著這位老人去見索爾福先生，聊聊那段從星期六到星期一的故事；我永遠不會忘記索爾福先生一看到這位老人時立刻朝他奔去，臉上綻放出心滿意足的喜悅。自此之後，索爾福先生便和那位老人成為摯友；索爾福先生自然是兩人之中話多的那一個，我還注意到他說話時會一直緊抓著那位老人的衣角。

在回我們家之前還會經過最後兩個地方，分別是狗公墓和蒼頭燕雀巢；不過我們會假裝不知道狗公墓是什麼，因為波瑟斯總是跟在我們身邊。至於蒼頭燕雀巢，則是一個令人難過的故事。那個鳥巢的顏色非常白，我們發現它的方式也很美好。當時我們正在灌木叢裡尋找大衛丟失的絨毛玩具球，結果最後球沒有找到，反而發現了一個用絨毛做成的可愛鳥巢。鳥巢裡有四顆蛋，每顆蛋上都有刮痕，看起來很像大衛的手寫筆跡，因此我們認為那些痕跡一定是鳥媽媽寫給鳥蛋裡那些小寶寶的充滿母愛的信。我們每天去肯辛頓花園都會拜訪一下那個鳥巢，撒點麵包屑，並小心翼翼地注意周遭環境，不讓任何一個野蠻粗魯的男孩發現我們的蹤跡。很快地，那隻母鳥就把我們當成牠的朋友；牠會聳著肩膀棲息在鳥巢裡，友善地望著我們。可是有一天，當我們走到築巢的地方時，發現鳥巢裡只剩兩顆鳥蛋；接著下一次再去看的時候，鳥巢裡已經什麼都沒有了。這個故事最悲傷的部分，是那隻可憐的小燕雀在樹叢上方不斷拍打翅膀，用充滿責備的眼神瞪著我們。我們知道，牠一定認為是我們把鳥蛋拿走的；儘管大衛試圖向鳥媽媽解釋，但他已經有很長一段時間沒有說鳥語了，所以我擔心那隻母鳥根本聽不懂。那天，我們倆一起離開花園的時候，不停用手指指節抹去眼角的淚水。

❷ 彼得潘

如果你問你媽媽，當她還是個小女孩的時候認不認識彼得潘，她會說：「寶貝，為什麼這麼問呢？我當然認識彼得潘呀。」要是你問她，在她小的時候彼得潘是不是騎著一隻山羊，她會說：「這真是個傻問題，他當然騎著山羊呀。」接著，假如你去問奶奶，當她還是個小女孩的時候認不認識彼得潘，她也會說：「寶貝，為什麼這麼問呢？我當然認識彼得潘呀。」不過，當你問奶奶，在她小的時候彼得潘是不是騎著一隻山羊，她會表示自己從來沒聽說過彼得有隻山羊。也許是奶奶忘記了吧，就像她有時會忘記你的名字，結果把你叫成你媽媽米爾德一樣。但我還是認為你奶奶不可能忘記山羊這麼重要的事，因此當你奶奶還是個小女孩的時候，彼得潘應該沒有山羊才對；這表示，如果用那隻山羊當開頭來講彼得潘的故事（就像大多數人一樣），就像把背心穿到夾克外面一樣傻。

當然啦，這同時也意味著彼得的年紀非常大；不過事實上他永遠不會變老，所以年紀大不大根本一點都不重要。雖然彼得潘是在很久很久以前出生的，但他的年齡始終只有一週大，所以他從來沒有慶祝過生日，就連要遇到生日的機會也微乎其微——因為他在只有七天大時就選擇逃避自己當人類的命運，從窗戶離家出走，飛回肯辛頓花園。

假如你認為彼得潘是唯一一個想要逃走的嬰兒，那就表示你完全忘了自己當嬰兒時的感覺。大衛第一次聽到彼得潘的故事時，非常篤定自己從來沒有想逃跑的意圖。我把他的手壓在他的太陽穴上，叫他努力回想；當他一邊揉著太陽穴，一邊拚命回憶，甚至到後來猛力按壓太陽穴時，他清楚想起了自己小時候渴望返回樹梢的事，接著腦海中又湧起了更多回憶。例如他想起自己躺在床上，心裡暗暗盤算，一等到媽媽睡著就立刻逃走；還想起有一次他爬煙囪爬到一半，結果被媽媽逮個正著。只要用手按壓太陽穴努力回憶，所有孩子都能想起這類往事。因為孩子們在成為人類之前都是小雛鳥，所以在剛出生前幾週會有點狂野，這是很自然的情況；此外，他們的肩膀也會很癢，因為那是過去曾長有翅膀的地方。這些都是大衛告訴我的。

我應該在這裡先提一下我們說故事的方式：首先，我會講故事給大衛聽，接著他會把自己對故事的理解說給我聽，因為加上了他的想法，原本的故事就會變成完全不一樣的故事；然後我會把他的補充加進去，重新講述這個故事，就這樣一來一往，不斷循環，直到我們倆都分不清楚這個故事比較像他的版本，還是我的版本為止。比方說，在彼得潘這個故事中，大部分道德反思及不加雕飾的單調敘述是我的部分，不過也不完全是，因為大衛這孩子有成為一個嚴苛道德家的潛質；但有關嬰兒處在雛鳥階段時的風俗習慣等有趣片段，則大多是大衛的回憶，也就是他用手壓住太陽穴拚命想起來的那些事。

好啦，我剛剛講到彼得潘是從窗戶離家出走的。那扇窗並沒有裝欄杆，只要站在窗台上眺望，就能看見遠方繁茂的樹林，那裡無疑就是肯辛頓花園的所在地。當彼得看見樹林的那一刻，他完全忘了自己當下是個穿著睡衣的小男孩；他就這樣飛走了，飛過那些密密麻麻的屋頂，直奔肯辛頓花園。他居然不用翅膀就能在空中翱翔，真是太美妙了，不過他的肩膀奇癢無比，而且——嗯，如果我們絕對相信自己有能力飛翔的話，也許每個人都可以像那天晚上勇敢無畏的彼得潘一樣，在天空中自由徜徉呢。

彼得開心地降落在寶寶宮殿與蛇形湖之間那片寬闊的草坪上。他落地後做的第一件事，就是躺在草地上踢腿。彼得完全沒有意識到他已經變成了人類，還以為自己是隻小鳥，就連外表也和從前一模一樣。當他試著想抓隻蒼蠅時，他不明白自己為什麼會失手——原因在於他企圖用手去抓，當然啦，鳥兒是不會用爪子抓蒼蠅的。彼得環顧四周，這才發覺現在想必已經過了閉園時間，因為他身旁有許多仙子正忙得團團轉，沒有注意到他。有的仙子在準備早餐，有的則在做像是擠牛奶、提水等家務；彼得看到他們提的水桶後覺得口很渴，於是便飛到圓池喝水。他彎下身子，將鳥喙伸進池塘裡——當然啦，他以為那是自己的鳥喙，其實只不過是鼻子而已，因此他只喝到一點點水，並沒有以往那種痛快暢飲後活力充沛的感覺，於是他又試著去喝小水窪裡的水，結果卻撲通一聲跌進水裡。真正的鳥兒在落水時會張開身上的羽毛吸水，然後再把羽毛啄乾；可是彼得想不起來遇到這種情況時的做法了，所以只好悶悶不樂地走到寶寶步道上那棵垂枝山毛櫸上睡覺。

一開始，他發現在樹枝上保持平衡有點困難，但他很快就想起了平衡的方法，隨後便舒服地進

仙子有時會跟鳥兒發生一點小爭執。

入夢鄉。彼得在夜深人靜時醒過來，這時離天亮還有很長一段時間；他一邊發抖，一邊對自己說：「我從來沒有在這麼冷的晚上外出過。」事實上，當彼得還是隻小鳥的時候，他的確曾在比這還要寒冷的夜晚出門過；但正如大家所知道的，對鳥兒來說的溫暖黑夜，對穿著睡衣的小男孩來說卻是無比冷冽。除此之外，彼得還有一種奇怪的不適感，彷彿腦袋裡塞了好多東西，無法透氣；他聽見了非常吵鬧的噪音，於是警戒地四處張望，但那其實是他自己打噴嚏的聲音。他非常想要某樣東西；雖然他知道自己很想要，可是卻想不起來到底是什麼東西。事實上，他內心深處熱切渴望的那件事就是希望媽媽能幫他擤鼻涕，但他無論如何都想不起來。於是他決定到仙子那裡尋求啟示。據說仙子們知道很多很多事呢。

這時，有兩名仙子正摟著彼此的腰在寶寶步道上悠閒漫步，於是彼得便從樹上跳下來叫住他們。仙子有時會跟鳥兒發生一點小爭執，不過對於有禮貌的問題，他們通常也會提供有禮貌的答案；可是這兩名仙子在看到彼得那瞬間居然立刻跑走，這讓彼得非常生氣。另外還有一名仙子正懶洋洋地斜靠在花園長椅上，仔細端詳一張某個人類遺落的郵票；他一聽見彼得的聲音，馬上驚慌地跳到一株鬱金香後面躲起來。

彼得非常困惑的是，他發現自己遇見的每個仙子不是立刻閃避，就是匆匆忙忙逃離現場：一群正要鋸倒一棵毒蘑菇的仙子工匠看到他便急忙跑走，連工具都來不及帶；有個負責擠奶的仙子看到他後，立刻把牛奶桶倒過來，躲進桶子底下。花園很快就陷入一片騷動。仙子們成群結隊四處奔走，用強勢的口氣大聲詢問彼此到底在害怕什麼；家家戶戶全都熄了燈，關上大門；瑪布仙后的皇宮裡傳來陣陣擂鼓聲，意味著皇宮正在召集皇家護衛隊；以冬青樹葉為武裝的仙子騎兵團沿著花園大道衝過來，隨時準備在衝鋒過程中用尖銳的葉子刺向敵人。彼得聽見周遭那些小仙子都在大聲嚷嚷，說閉園之後居然還有個人類留在花園裡，不過他完全沒有意識到自己就是那個人類。隨著身體越來越沉重、感覺越來越悶，彼得更加渴望知道他剛才究竟想對鼻子做什麼。然而，追著仙子問這個重要問題根本就是白費力氣，因為那些膽小的傢伙一看到他就一溜煙逃走了；甚至當他將騎兵團逼上小山丘時，他們也都迅速拐彎竄進旁邊的小路，裝出一副他們是在那邊發現彼得的樣子。

彼得對仙子感到非常絕望，於是決定去找鳥兒商量。就在這個時候，他突然想起一件很奇怪的

他一聽見彼得的聲音，馬上驚慌地跳到一株鬱金香後面躲起來。

事：當他降落在那棵垂枝山毛櫸上時，所有鳥兒全都飛走了；雖然他當下並不是很在意，但如今總算看出了一些端倪：每個有生命的事物都在躲避自己。可憐的小彼得潘！他坐在地上大哭起來。儘管他當時並不知道，但真正的鳥兒坐姿絕不是以屁股著地，他用錯部位了。謝天謝地，幸虧彼得沒有意識到這些，否則他就會對自己的飛行能力喪失信念。當你懷疑自己能否飛翔的那一瞬間，你就永遠終結了這項能力。為什麼鳥兒能飛，而我們卻不能飛呢？原因很簡單。因為鳥兒擁有非常完美、無懈可擊的信心；有了信心，就等於有了翅膀。

如今除了飛行之外，沒有任何人類能抵達那座矗立在蛇形湖中的小島，因為所有人類的船隻都禁止在那裡靠岸。小島四周圍繞著許多立在水中的火刑柱，每根火刑柱頂端都有一隻鳥哨兵全天候站崗。現在彼得正飛往這座小島，打算和老烏鴉所羅門談談發生在自己身上的怪事。過了不久，他降落在島上，大大鬆了一口氣。當彼得聽見鳥鳴呼喚著島嶼時，這種發現自己終於回家的感覺為他注入了一劑強心針。島上包含鳥哨兵在內的所有生物都睡著了，只有所羅門例外；他神智清醒地站在一旁，靜靜傾聽著彼得的冒險經歷，然後告訴他蘊藏在這些經歷裡的真正含義。

「要是你不相信我的話，就看看你身上的睡衣吧。」所羅門說。彼得瞪大眼睛盯著自己的睡衣，隨後又將目光轉向那些熟睡的鳥兒，牠們身上什麼也沒穿。

「你的腳趾中有幾根是鳥爪？」所羅門有點殘酷地問道。彼得驚愕地發現，自己腳上長的全是人類的腳趾。這個突如其來的衝擊實在太令人震驚，把彼得身上的寒意全都驅得一乾二淨。

「揉揉你的羽毛。」嚴肅的老所羅門說。彼得使盡吃奶的力氣拚命想搓揉自己的羽毛，可是他

和老烏鴉所羅門談談發生在自己身上的怪事。

身上連一根羽毛也沒有。彼得默默站了起來，全身上下不停顫抖；自從他站到窗台外以來，他第一次想起了那個非常喜歡他的女士。

「我想我應該回到媽媽身邊。」他怯生生地說。

「那就再見囉。」烏鴉所羅門回答，臉上露出一種非常古怪的表情。

但彼得還是猶豫不決。「你為什麼還不走呢？」老烏鴉很有禮貌地問道。

「我想，」彼得用沙啞的聲音說，「我想我應該還能飛吧？」

你看，他已經失去了信心。

「可憐的小半人半鳥啊！」所羅門哀傷地感嘆，他並不是真的那麼鐵石心腸。「你再也不能飛了，就算在颳風的日子裡也沒辦法。你必須永遠住在這座島上。」

「就連肯辛頓花園也不能去了嗎？」彼得慘兮兮地問道。

「你打算怎麼去呢？」所羅門反問他。不過，這隻老烏鴉非常好心地答應，會盡可能教體型笨拙的彼得學會各種鳥類的生活方式。

「那，我並不完全是個人類吧？」彼得問。

「對。」

「也不完全是鳥類？」

「對。」

「那我將來到底會變成什麼呢？」

「你會變成一種介於兩者之間、模稜兩可的生物，也就是半人半鳥。」索羅門果然是個充滿智慧的老傢伙，因為未來事情發展的結果證明他所說的完全正確。

島上的鳥兒自始至終都無法適應彼得的存在。這些鳥每天都覺得彼得怪異的行為很好笑，彷彿牠們才剛來到島上似的；不過牠們也的確是新來的沒錯。每天都有新生的雛鳥破蛋而出，牠們一從殼裡探出頭，就立刻嘲笑彼得；過了不久，這些雛鳥就會飛去當人類，而其他蛋裡又會孵出其他小鳥；就這樣一直循環下去，永不止息。當那些善於耍手段的鳥媽媽厭倦了孵蛋的生活時，牠們就會悄聲告訴蛋裡的寶寶，假如牠們能早點破殼而出的話，就有機會看到彼得是怎麼吃飯、喝水或洗衣服了，這樣一來，那些雛鳥就會比預定的時間早一天出生。每天都有成千上百隻小鳥圍繞在彼得身邊，看他做一些普通的日常事務，就像你欣賞孔雀開屏一樣。當他拿起麵包皮放進嘴裡時，小鳥們會興高采烈地尖聲鳴叫，嘲笑他居然是用手、而不是像鳥類一樣直接用嘴巴吃東西。彼得吃的所有食物都是所羅門命令鳥兒從肯辛頓花園裡帶回來的。因為彼得不能再吃昆蟲和蠕蟲了（鳥兒覺得他這種行為真的很蠢），所以牠們只好用鳥喙叼麵包回來給他吃。因此，假如你以前會對銜著大塊麵包皮飛過的鳥兒大喊：「貪吃鬼！貪吃鬼！」的話，那你現在應該知道自己不該那麼做，因為那隻鳥很有可能是要把麵包帶回去給彼得潘吃的。

此外，彼得現在也不穿睡衣了。你看，那些鳥兒總是殷殷乞求，想從他那裡拿一小塊睡衣來築巢。彼得的脾氣很好，根本不可能拒絕牠們，因此他最後聽從所羅門的建議，把剩下的睡衣藏起來。雖然他現在是全裸狀態，但你千萬不要認為他很冷或是很不開心。彼得通常都很快樂，一副無憂無慮的樣子，原因在於所羅門遵守了當初的承諾，教導彼得許多鳥類的生活方式；例如像是容易高興或滿足、總是真的有所作為，以及認為自己正在做的都是非常重要的事。在幫助鳥兒築巢這方面，彼得的手藝變得非常靈巧；很快地，他築的巢就比斑尾林鴿還要好，幾乎就跟烏鶇一樣厲害呢！雖然彼得從來沒有讓雀鳥滿意過，但他還是在鳥巢附近建了很棒的小水槽，用自己的手指挖蟲子給雀鳥寶寶吃。在鳥類知識方面，彼得也變得非常博學多聞；他不僅光靠嗅覺就能判斷出現在吹的是東風還是西風，而且還能用肉眼看出小草生長的情況，聽見昆蟲在樹幹裡活動的聲音。不過，所羅門做過最棒的一件事，就是教彼得保持一顆快樂的心。除非你搶走鳥巢，要不然所有鳥兒都有一顆快樂的心，而這也是所羅門唯一知道的一種心；因此對這隻老烏鴉來說，教導彼得如何擁有快樂的心是非常簡單的事。

彼得的心真的好快樂，快樂到他覺得自己必須整天高聲歌唱，就像鳥兒們為了喜悅鳴唱一樣。然而，身為一個半人類，彼得需要樂器來輔助，因此他用蘆葦做了一支笛子，經常整晚坐在小島岸邊練習吹奏颯颯的風聲及潺潺的流水聲；此外，他還用手抓了好幾把月光，並將皎潔柔和的光芒裝進笛子裡。用月光演奏出來的樂聲非常美妙動人，就連鳥兒們也都被矇騙了；牠們會彼此交頭接耳，互相詢問對方說：「那真的是魚兒躍入水中的聲音，還是彼得用笛子吹出魚兒躍動的樂聲呢？」彼得有時也會演奏小鳥出生的聲音，於是那些鳥媽媽就會在巢裡轉過身，看看自己是不是真的下了一顆蛋。假如你是肯辛頓花園裡的孩子，那你一定知道那棵種在小橋附近的栗子樹，它是所有栗子樹中最早開花的；不過你大概不知道為什麼這棵樹會最早開花吧？那是因為彼得等待夏天等得很不耐煩，於是便吹奏夏天來臨的聲音；那棵栗子樹離小島非常近，聽得到彼得的笛聲，所以就這樣被騙了。

然而，彼得坐在岸邊吹奏著美妙超凡的音樂時，偶爾會陷入無盡的憂傷與哀愁，而笛聲也會變得非常悲戚。之所以會有這些悲傷，是因為雖然他可以透過橋墩之間的拱形空隙看到肯辛頓花園，但卻完全沒辦法到園子裡。他知道，自己永遠無法成為一個真正的人類，他也完全不想當人類，可是——噢！他多希望自己能像其他小朋友一樣開心玩耍啊！而且世界上絕對沒有任何地方比肯辛頓花園還要好玩了！鳥兒會替彼得捎來男孩和女孩如何玩耍的消息，這個時候，充滿渴望的淚水就會在彼得眼眶裡打轉。

也許你會好奇，為什麼彼得不游過蛇形湖到花園裡就好呢？原因在於，這座小島上除了那些鴨子外，沒有任何一種生物知道該怎麼游泳；而且那些鴨子又很笨，雖然牠們很想教彼得游泳，可是牠們卻只會出一張嘴說：「你就像這樣坐在水面上，然後像那樣踢腿就好。」彼得試了很多次，但總是還來不及踢腿就沉下去了。他真正需要了解的是你們這些鴨子如何能坐在水面上而不沉下去；不過鴨子們說，要解釋這麼簡單的問題根本是不可能的任務。小島周圍偶爾會有天鵝經過，這時彼得就會把自己一天的食物全都給牠們，問牠們要怎麼樣才能坐在水面上；不過一旦他給不出更多食物，這些可恨的天鵝就會對他發出噓聲，然後划著水游走了。

有一次，彼得真的以為自己發現了一個去肯辛頓花園的方法。有個美麗潔白的神祕物體高高地飄浮在小島上方，宛如一張逃出人類手掌心的報紙般在空中不斷打滾翻騰，看起來好像一隻翅膀受傷的小鳥。彼得嚇壞了，急忙跑去躲起來，不過鳥兒們告訴他那只是一只風箏，並解釋風箏到底是什麼；牠們說這只風箏一定是從某個孩子手中掙脫了綁線後滑翔過來的。自此之後，鳥兒又開始嘲笑彼得過於喜歡風箏的行為。事實上，他真的太愛這只風箏了，甚至連睡覺時都要伸出一隻手放在風箏上。我覺得彼得這個舉動既可悲又可愛；他之所以那麼喜歡那只風箏，是因為它曾經屬於一個真正的小男孩。

對鳥兒們來說，這根本算不上什麼喜歡風箏的理由；但由於彼得之前曾在德國痲疹流行期間照顧許多小雛鳥，因此那些年長的鳥這次非常感激彼得，主動提議要讓他看看鳥兒怎麼放風箏。令彼得大為驚訝的是，雖然那只風箏的起飛時間比鳥兒還晚，但後來居然飛得比鳥兒還要高。

彼得大叫：「再來一次！」於是那些善良敦厚的老鳥便放了好多次風箏給他看。彼得總是沒說什麼感謝的話，反而只是不斷高喊「再來一次」；這表示一直到那時，他都沒有忘記自己曾經是個小男孩的事實。

最後，彼得勇敢無畏的心中燃起一股偉大的計畫之火。他緊抓著風箏尾巴，請求鳥兒們再放一次。這一次，一百隻鳥同時攫著風箏線飛上天空，彼得牢牢抓住風箏尾巴，打算等飛到花園上方時再鬆開手跳下去。然而，風箏卻在半空中碎成好幾片；要不是彼得抓住兩隻憤憤不平的天鵝，逼迫牠們帶他回小島的話，他很可能就溺水身亡了。經過這件事之後，鳥兒們都說自己再也不會協助彼得實行他的瘋狂計畫了。

儘管如此，彼得最終還是在雪萊小船的幫助下抵達肯辛頓花園。我現在就告訴你是怎麼一回事吧。

❸ 畫眉鳥的巢

雪萊是一位年輕的紳士，並像他所需要與期待的那樣長大成人。他是個詩人，而詩人是一群永遠不會真正長大的人。除了每日所需的基本花費外，詩人其實都對金錢嗤之以鼻；他們身上帶的錢扣掉基本花費後大概不會超過五英鎊。這種鄙視財富的個性，讓雪萊在肯辛頓花園裡散步時決定用自己的鈔票摺成一艘小紙船，並將小船放進蛇形湖裡自由漂蕩。

當天晚上，小紙船抵達了湖中小島。那些鳥哨兵將小船拿給老烏鴉所羅門。起初所羅門以為那只是普通的紙船，像是某位夫人捎來的信，上面寫著如果所羅門能讓她有個好寶寶，她一定會非常感激之類的話。人們總是請求所羅門把他手上最棒的寶寶送給他們。假如他喜歡那封信的話，就會送給對方一個頂級的好寶寶；要是捎來的信剛好打擾到他，他就會送給對方非常滑稽的嬰兒。有時他根本什麼也不送，有時則會送去一大群寶寶，一切都要視他當下的心情而定。所羅門喜歡你把事情全權交給他處理；如果你在信中特別提到希望這次能收到一個男嬰，那他肯定會給你另外一個女嬰，幾乎無一例外。無論你是位夫人，或單純只是想要一個妹妹的小男孩，請記得一定要把地址寫得非常非常清楚。你絕對無法想像有多少嬰兒被所羅門送到錯誤的家庭裡。

當所羅門打開雪萊的紙鈔小船時，他完全搞不清楚這到底是怎麼回事，於是便找他的助理們商量。助理從這張鈔票上走過去兩次，第一次爪尖朝外，第二次爪尖朝內，最後他們斷定這艘小船來自某個非常貪心、一口氣就要五個嬰兒的人；他們之所以會這樣想，是因為鈔票上印著一個大大的「5」字。「荒謬至極！」所羅門怒氣沖沖地大吼，接著把鈔票交給彼得。通常任何漂浮到島上且沒什麼用處的東西都會送給彼得當玩具。

然而，彼得並沒有把這張珍貴的鈔票當玩具，因為他一眼就認出這張紙是什麼東西；在他身為普通男嬰的短短七天裡，他的觀察力一直都很敏銳。彼得在心中反覆思索，有了這些錢，最後一定能有辦法成功抵達肯辛頓花園。他考慮了所有可行的方法，並決定（我個人認為這是個很明智的決定）選擇最好的方法。但首先，他必須告訴鳥兒這艘雪萊小船的真正價值；不過鳥兒們的個性太誠實、太正直了，所以並沒有把鈔票要回去。彼得看到那些被激怒的鳥一臉陰鬱，氣沖沖地瞪著所羅門，責怪他的聰明才智不過是徒有虛名罷了。所羅門飛到小島另一端，把頭埋進翅膀裡，沮喪地坐在那。彼得很清楚，除非有所羅門的支持，否則你永遠不可能在小島上完成任何事；因此他跟在所羅門身後試著想鼓勵他，讓他振作起來。

彼得之所以能獲得這隻老烏鴉的善意回應，並不完全是因為他所做的這一切。你要知道，所羅門無意終生當權。隨著年紀越大，他就越渴望趕快退休，好讓自己能利用精力充沛的健壯晚年，在

「荒謬至極！」所羅門怒氣沖沖地大吼。

那棵藏身於無花果林中、自己非常迷戀的紫杉樹墩上享受愉快的生活。多年以來，所羅門一直默默把東西塞進他那隻長襪裡。那隻長襪原本屬於某個來湖邊游泳的人，結果襪子不知怎地被丟到小島上。在我提到這隻長襪的同時，襪子裡已經裝了一百八十顆麵包屑、三十四顆堅果、十六片麵包皮、一塊橡皮擦以及一條鞋帶。所羅門心裡暗暗盤算，等到長襪裝滿之後，他應該就有足夠的積蓄可以退休了。這時，彼得給了他一英鎊；所羅門用尖銳的木棍擋住彼得遞過來的鈔票。

這個舉動讓所羅門成為彼得的終生好友。他們倆一起討論商量後，決定召開一場畫眉鳥會議。你很快就會知道為什麼畫眉鳥是唯一受邀參加的鳥類了。

他們在畫眉鳥面前提出的計畫其實是彼得的計畫，但主要的發言人卻是所羅門，因為只要其他與會者一說話，這隻老烏鴉很快就會變得煩躁不安。索羅門在開場白中提到，畫眉鳥在築巢領域中出類拔萃的高超技藝令人印象深刻；此話一出，立刻讓那些畫眉鳥心情大悅。事實上，所羅門是故意這麼說的，因為鳥類之間的所有爭吵和分歧一直以來都跟「哪一種築巢方法最好」有關。所羅門說，其他鳥類在築巢時忽略了在巢中縫隙填入泥漿這步驟，導致鳥巢沒辦法裝水。說到這裡，所羅門昂起頭，彷彿他剛發表了一個無可爭辯的論點；然而不幸的是，有隻雀鳥太太未經邀請就來參加會議，此時她扯著嗓子尖聲鳴叫：「我們築巢不是用來裝水的，是用來裝鳥蛋的！」話一說完，畫眉鳥的歡呼聲戛然而止，所羅門也不知該如何是好，只好尷尬地啜飲了幾口水。

「妳想想，」所羅門終於開口，「用泥漿築成的鳥巢多溫暖啊。」

「你也想想，」雀鳥太太說，「要是水灌進鳥巢流不出去的話，你的小傢伙們全都會淹死的。」

畫眉鳥們全都用乞求的眼光望著所羅門，希望他能說些什麼壓倒性的反駁。但所羅門又不知道該如何是好了。

「再喝點水試試呀。」雀鳥太太用充滿嘲諷的口氣粗魯地建議道。雀鳥太太的名字叫凱特。所有叫凱特的言行舉止都很輕佻。

所羅門還真的聽話地喝了一口水，這口水讓他的靈感源源不絕。他說：「假如把雀鳥的巢放到蛇形湖上的話，水就會一直灌進去，直到鳥巢解體。但畫眉鳥巢可就不一樣了，水面上的畫眉鳥巢最後仍像放在天鵝背上的杯子一樣乾燥，完好如初。」

畫眉鳥爆出的鼓掌聲簡直震耳欲聾！現在他們終於明白自己為什麼用泥漿來築巢了。當雀鳥太太大聲嚷著：「我們才不會把巢放到蛇形湖上！」的時候，他們總算做了打從一開始就該做的事——把她從會場裡驅逐出去。經過這場小插曲後，會議中大部分時間都很有秩序。所羅門說，之所以會把他們集合起來，是因為正如大家所知道的，他們的小夥伴彼得潘非常渴望能越過蛇形湖到肯辛頓花園去，因此他現在提議，請畫眉鳥們幫助彼得建造一艘小船。

聽到這番話，畫眉鳥之間掀起一陣騷動，大家開始坐立不安；彼得不禁有點擔心自己的計畫可能就要泡湯了。所羅門急急忙忙解釋說，他的意思並不是要他們打造一艘人類使用的那種笨重大船，他所說的「船」其實只是一個大小可以容納彼得的畫眉鳥巢。

不過彼得依舊痛苦不堪，因為畫眉鳥全都非常生氣。「我們是一群很忙的鳥耶，」他們咕咕噥噥地抱怨，「而且這一定會是件大工程。」

「你們說得沒錯，」所羅門說。「不過彼得當然不會讓大家白忙一場。你們應該還記得目前他手頭非常寬裕吧？因此他會付給你們過去從來沒領過的優渥薪水。彼得潘授權我來宣布，你們每隻鳥每天都會拿到六便士工錢。」

所有畫眉鳥全都高興地跳了起來。從那天起，聞名遐邇的造船工程正式展開。畫眉鳥原本的日常工作完全停擺。當時正值一年一度的畫眉鳥求偶季節，可是除了這個巨大畫眉鳥巢外，沒有一隻畫眉鳥抽身去搭築自己的小鳥巢，因此所羅門很快就缺乏能供應英國本土需求的小畫眉了。那些在嬰兒車裡看起來很可愛，但一走路就容易氣喘吁吁、貪吃又胖嘟嘟的嬰兒，過去都曾經是畫眉鳥寶寶，而女士們往往特別想要這種嬰兒。你們覺得所羅門會怎麼應對這種情況呢？他派了一大群麻雀飛到屋頂上，命令他們在那些老舊的畫眉鳥巢裡下蛋，然後再把這些麻雀寶寶送給女士們，並對天發誓說這些全都是小畫眉鳥！後來島上便把這一年稱為「麻雀年」。因此，若你在肯辛頓花園裡看到那些長大成人、氣喘吁吁，同時還自吹自擂，以為自己是什麼重要人物的傢伙，他們很有可能就是在那一年出生的。不信你可以問問看。

彼得是個非常正直的雇主，每天晚上都會按照約定將薪水付給這群勞工；畫眉鳥則是站在樹枝上排隊，很有禮貌地等待彼得從鈔票上割下相當於六便士的紙片。過沒多久，彼得就會開始點名，被叫到名字的畫眉鳥便會飛下樹枝，拿走屬於自己的六便士。那景象一定很美、很壯觀。

經過數個月的辛苦勞動後，小船終於完工了。噢，能親眼看見它一點一滴慢慢變成巨大的畫眉鳥巢，彼得真的覺得好有成就感！打從一開始建造小船的時候，彼得就一直睡在它旁邊，而且半夜還時常醒來對小船說些甜蜜親暱的話；等到鳥巢縫隙中間填入泥漿，泥漿也風乾之後，他就一直睡在鳥巢裡面。直到現在，彼得還是睡在畫眉鳥巢裡；由於空間大小的關係，讓他只有像小貓一樣蜷縮起來才會覺得舒服。他蜷著身體睡在裡面的樣子真迷人呀。當然啦，鳥巢內部是褐色的，不過外部則是用青草及嫩枝編織而成，因此看起來大多都是綠色；一旦這些草和嫩枝開始枯萎或斷裂，畫眉鳥就會再覆蓋上一層嶄新的外衣。另外，鳥巢上也能看到一些零星的羽毛，這些都是畫眉鳥在造船過程中掉下來的。

其他鳥兒都非常嫉妒，七嘴八舌地說這艘小船一定沒辦法在水中保持平衡；然而小船下水後卻非常平穩地漂浮在水面上。他們又說，這艘小船一定會進水；但最後證明沒有一滴水能滲入船內。接著鳥兒們又議論紛紛，說彼得沒有船槳。畫眉鳥們一聽全都面面相覷，非常不安；然而彼得回答說他根本不需要船槳，因為他有一張船帆，接著他便露出雜揉著驕傲和快樂的表情，攤開那張他用剩下的睡衣改製而成的船帆。雖然這張船帆看起來還是很像睡衣，但它卻是一張非常可愛的船帆。當天晚上正好是滿月，彼得等鳥兒們全都進入夢鄉後，便悄悄登上自己的克拉科爾小圓舟（弗朗西斯·普雷迪大師曾這樣稱呼過這艘小船），離開小島。一開始，彼得也不知道自己為什麼一直抬頭往上看，雙手緊握在一起；從那一刻起，他就目不轉睛地盯著西方。

彼得先前曾答應那些畫眉鳥，會在他們的指引下做第一次短途航行，然而他透過橋墩之間的空隙，遠遠就能看見肯辛頓花園正在召喚他；他真的等不及了。他的臉頰泛起陣陣紅暈，但他自始至終都沒有再回頭；他小小的胸膛裡充滿興奮與狂喜，驅逐了所有陰暗的恐懼。這樣還能說彼得是朝

彼得從小橋下經過。

西方駛向未知之地的英國水手中最不勇敢的一個嗎？

航行之初，他的小船不斷在原地一圈一圈地打轉，然後又航向一開始出發的地方。於是彼得取下一只睡衣袖子，收帆減速，小船立刻被一陣逆風吹得往後退，不過並沒有對彼得造成任何生命威脅。現在他鬆開船帆，小船便緩緩漂向遠方的湖岸。雖然彼得知道那片籠罩在陰影中的湖岸一點也不危險，但他還是有點懷疑，於是便再次升起睡衣船帆，改變方向，直到抓住一陣對他有利的微風，將船吹往西方。由於小船前進的速度太快了，因此很有可能撞上橋墩、碎得四分五裂；不過彼得巧妙地避開橋墩，穿過小橋，直直航向肯辛頓花園。彼得好高興，因為迷人的花園美景如今盡收眼底，他就快要成功了！然而，彼得在試著下錨的時候，發現他那用風箏線綁住石頭做成的船錨搆不到湖底，因此他不得不離開岸邊，尋找適當的停泊處。當他摸索著前進時，小船猛然撞上一塊暗礁，劇烈的震動將彼得拋入水中差點淹死，但他仍努力設法爬上小船。就在這個時候，湖面上颳起了強勁的暴風雨，波濤發出陣陣怒吼，彼得從來沒聽過像這樣的聲音。他在小船上搖來晃去，雙手已經凍得失去了知覺，根本握不起來；幸好，小船最後被慈悲的暴風吹進一個小港灣，逃過了這場危險。彼得的小船在港灣裡平靜地航行著。

儘管如此，彼得還不算徹底安全——正當他勇敢離開小船準備上岸時，他發現岸邊站著一大堆小身影想阻止他登陸，並尖聲嚷嚷著要他離開，因為閉園時間早就過了。與此同時，他們瘋狂揮舞著手中的冬青樹葉，其中還有個小傢伙抬來了一支箭。這支箭不知道是哪個小男孩掉在花園裡的，仙子們原本準備用它來當攻城錘。

彼得知道他們都是仙子，於是便大聲說自己並不是一個普通的人類，也不想讓他們不高興，而是想成為他們的朋友。好不容易才找到一個令人滿意的港口，彼得完全不想就此撤退；因此他警告仙子，如果他們試圖對自己不利的話，他一定會讓他們付出代價。

彼得一邊說，一邊大膽地跳上岸。仙子們將他團團圍住，企圖想置他於死地；然而那群女仙子中突然響起一陣呼喊，因為她們發現彼得的船帆其實是件嬰兒睡衣。於是女仙子們立刻愛上了彼得，同時還感傷自己的大腿太小了，沒辦法把他抱在膝上。我也沒辦法解釋到底是什麼原因，只能說這就是女人的表達方式。看到女仙子的言行舉止驟然轉變，男仙子們也紛紛把武器收入鞘中。其中有些聰明的仙子非常看重彼得，很有禮貌地帶著他去晉見仙后；仙后特准他可以在花園關門後隨意走動。從此以後，彼得想去哪裡就去哪裡，而仙子們也收到了必須好好照顧彼得，務必要讓他感到自在舒適的命令。

這就是彼得第一次航向肯辛頓花園的精采旅程。從以上較古老的語言文字中，你應該能猜出這件事其實發生在很久很久以前。不過彼得永遠不會變老，要是我們今晚能去橋下等他的話（但我們當然沒辦法），我敢說我們一定會看見他升起可愛的睡衣船帆，乘著畫眉鳥巢往我們的方向航行，或是划著小槳過來。當他揚帆航行時，他會坐在鳥巢裡；但要是划槳的話，他就會站在船上。我等等就會告訴你彼得是如何得到那隻船槳的。

雖然離花園開門還有好長一段時間，但彼得決定還是儘早偷偷乘著船返回小島，因為絕不能讓人類看到他（畢竟他並不完全是人類）。即便如此，他還是有足夠的時間在花園裡玩耍。彼得就像真正的人類小孩一樣開心地玩，至少他自己是這麼認為；但彼得其中一個可憐之處就在於他的玩耍方式常常是錯的。

你要知道，這都是因為沒有人教他人類小孩正確的玩耍方式。仙子們白天時幾乎都躲了起來，直到日暮時分才會出來活動，因此他們完全不知道孩子們究竟是怎麼玩耍的。雖然鳥兒們宣稱自己可以告訴彼得一大堆有關人類小孩玩耍的事，但等到真的需要他們提供資訊時，才發現他們知道的東西根本少得驚人。例如他們會告訴彼得玩捉迷藏時的真實情況，可是彼得卻經常自己一個人玩捉迷藏；甚至連圓池裡的鴨子也無法向他解釋清楚，為什麼男孩們會特別迷戀這個池塘。鴨子們之所以會這樣，是因為他們每到夜裡就會忘記白天發生的一切，只會記得人們扔給自己吃的蛋糕數量有多少。這群鴨子是很陰鬱的動物，總是說現在的蛋糕滋味跟他們年輕時吃的都不一樣了。

所以彼得不得不親自探索、挖掘許多事情的真相。他經常在圓池裡玩小船，不過他玩的小船只是在草地上撿到的鐵環而已。當然啦，他從來沒看過鐵環這種東西，也很想知道你們這些人類是怎麼玩鐵環的；最後他下了決定，認為你們應該是把鐵環當成小船來玩。雖然鐵環總是一碰到水就立刻沉下去，但彼得會及時涉入水中抓住鐵環，有時還會拖著它開心地繞著池畔跑來跑去，非常自豪地認為自己發現了男孩們玩鐵環的方法呢。

另一次，彼得發現了一個兒童用的小水桶。他以為桶子是用來坐進去的，於是便拚命把自己塞進去，差點就卡在桶子裡出不來了。還有一次，他找到一顆氣球；當時那顆氣球正在小山丘上蹦蹦跳跳，彷彿它正在自己玩遊戲玩得很開心似的。彼得興奮地追了好一陣子，最後終於抓到氣球了，但他以為那是一顆普通的球，而珍妮·雷恩曾告訴過他人類男孩玩球的方法，於是他便開始踢氣球。踢了一腳後，彼得就再也找不到那顆氣球了。

在彼得發現的事物中，最驚人的或許就是一輛嬰兒車了。當時那輛嬰兒車就停在靠近仙后冬宮大門口的一棵萊姆樹下（冬宮就坐落在七棵西班牙栗子樹圍起來的圈圈裡）。鳥兒們從來沒提過這種東西，因此彼得小心翼翼地靠近嬰兒車。他有點擔心那是不是什麼活的生物，於是便有禮貌地對它說話。嬰兒車沒有回應，所以彼得又走得更近，謹慎地伸出手來摸摸它。彼得輕輕推了嬰兒車一下，結果車子立刻從他身邊跑開，讓他誤以為這輛車真的是活的。不過因為車子剛才急著逃走、閃避彼得，所以彼得一點也不害怕；他伸出手來抓著嬰兒車用力拉，結果這一次車子居然朝著他衝過來。彼得嚇壞了，連忙慌張地越過欄杆，飛快地朝他的小船奔去。可是你千萬不要認為彼得是個膽小鬼喔，因為第二天夜裡他又回來了。彼得一手拿著麵包皮，另一手緊握著木棍，但那輛嬰兒車卻不見蹤影。從此以後，彼得再也沒見過另外一輛嬰兒車了。我剛才答應你要說有關船槳的故事。那支槳其實是兒童用的玩具鐵鍬，是彼得在聖戈沃爾井旁邊發現的，而他以為那就是船槳。

彼得搞錯了這麼多東西，你會不會覺得他很可憐呢？假如你會的話，那我只能說你真的太傻了。我的意思是說，當然一定有人時不時就會同情他，可是若一直用憐憫的眼光看待他其實很沒禮貌。彼得覺得自己在肯辛頓花園裡度過了非常愉快的時光，也認為你們這些人類小孩想必玩得跟他一樣開心。彼得會一直不停地玩耍，但你們這些小傢伙卻時常變成瘋狗型或瑪麗安型的人，完全浪費掉寶貴的遊戲時間。彼得永遠不會成為上述這兩種人，因為他從來沒聽說過這些類型。你現在還會覺得他可憐嗎？

噢，他實在是太開心啦！他比你們這些人類小孩還要開心多了，就像你們會比自己的父母還要開心一樣。有時彼得就像個不斷旋轉的小陀螺，從全然純粹的歡樂中落下。你有看過格雷伊獵犬躍過花園圍欄的情景嗎？彼得就是用這種方式跳過圍欄的。

我突然想起了彼得的笛聲。有些男士於夜裡散步回家後，會在紙上寫說自己聽到一隻夜鶯在花園裡歌唱，但他們聽見的其實是彼得的笛聲。當然啦，彼得沒有媽媽——不過話說回來，媽媽對他來說又有什麼用處呢？你可以因為他沒有母親而同情他、為他感到遺憾，但也不要過分同情，因為接下來我打算告訴你彼得與媽媽重逢的故事。給了彼得這個機會的正是仙子。

❹ 閉園時間

想多了解有關仙子的事簡直比登天還難，唯一可以確定的就是有孩子的地方就有仙子存在。很久很久以前，人們不允許孩子到肯辛頓花園裡，所以當時園子裡一個仙子也沒有；後來孩子們可以到花園玩了，於是每當夜幕低垂，仙子們就會成群結隊地進入花園裡。仙子就是忍不住想跟著小朋友，但你卻很少能親眼看到他們。一方面是因為仙子白天都躲在欄杆後面，而大人們不准小孩到圍欄外頭去；另一方面是因為仙子們都太狡猾啦。不過每晚花園關閉之後，仙子們就一點也不狡猾了。天啊！還必須要等到閉園才行，這樣根本沒辦法遇見他們嘛！

在你還是隻小雛鳥的時候，你非常了解那些仙子，而到了嬰兒時期，你依然記得許多有關仙子的事；但很可惜的是，你當時沒辦法把這些記憶寫下來，因此便逐漸淡忘了。我曾聽過有孩子宣稱他們從來沒看過仙子；他們在講這些話的時候很有可能就是在肯辛頓花園裡，而且還一直盯著一名仙子看呢。孩子們之所以會被矇騙過去，是因為那名仙子當時正偽裝成別的東西。這是仙子最拿手的花招之一。他們常常會偽裝成美麗的花朵；因為仙子宮殿就坐落在仙盆上，那裡布滿了許多色彩繽紛的繁花，一直延伸到寶寶大道上，所以偽裝成一朵花是最不可能引起人類注意的方法。此外，仙子們身上穿的衣服看起來就像鮮花一樣，而且還會隨季節更迭而有所變化。例如當百合盛開的時候，他們就會穿白色的衣服；到了藍鈴花綻放的時刻，他們就會換上藍色的衣服。仙子有點偏愛鮮活飽和的顏色，因此他們最喜歡風信子和番紅花盛開的時節；不過他們認為鬱金香（白色的除外，因為白色鬱金香是仙子的搖籃）有點俗豔，所以有時會故意延後換上鬱金香外衣的時間。鬱金香花期剛開始前幾週，幾乎可以說是捕捉仙子身影的最佳時段。

當仙子們認為你並沒有盯著他們看時，他們就會充滿活力地到處蹦蹦跳跳；但只要你看到仙子，而仙子也來不及躲起來時，他們就會一動也不動地站著，偽裝成花朵；假如你經過他們身邊，卻沒有發現他們是仙子的話，這些仙子就會飛奔回家，告訴媽媽自己經歷了一場緊張刺激的冒險之旅。你還記得我剛才提到的仙盆吧？仙盆上滿滿覆蓋著金錢薄荷（仙子們會用這種植物製作蓖麻油），上面零星開著幾朵小花，其中絕大多數是真花，但有少數是仙子偽裝成的花。你永遠無法確定到底哪些是真花、哪些是仙子。最好的辨認方法就是眼睛看著別的地方走過去，然後再突然轉身；我和大衛有時會用另外一種方法，就是一直盯著他們看，看得他們不知道該怎麼辦才好。只要目不轉睛盯著仙子們好一段時間，他們就會忍不住眨眨眼，這樣你就知道他們一定是仙子啦。

除此之外，寶寶大道上也有不少仙子的蹤跡；那裡是非常知名的文雅場所，是仙子們眼中熱門的休閒勝地。曾經有二十四名仙子來寶寶大道進行一場奇特超凡的冒險活動。這些仙子是就讀女子學校、跟著女老師一起出來散步的學生，她們全都穿著風信子長袍。突然，女老師把手指放在嘴唇上，所有仙子立刻站在空蕩蕩的花壇中一動也不動，假裝是風信子花叢。不幸的是，女老師聽到的聲音來自兩名花匠，他們正好就是要在這個空花壇裡種新的花。花匠們推著一台滿載鮮花的手推車來到花壇邊，驚訝地發現花壇居然已經被一大叢風信子占據了。

「把這些漂亮的風信子拔起來太可惜了！」其中一名花匠感嘆道。

「但這是公爵的命令啊。」另一名花匠一邊回答，一邊把推車上的花株卸下來。

他們挖出由寄宿學校女學生及女老師偽裝成的風信子，把這些飽受驚嚇的可憐小傢伙放到推車上排成五排。當然，女老師和女學生都不敢透露自己其實是仙子的事實，於是她們就待在推車上，被送到很遠很遠的一個盆栽花棚裡。當天晚上，她們赤著腳逃了出來；那些女學生的父母為此大鬧一場，直到女子學校關門停辦才平息這場風波。

至於仙子們住的房子，根本連找都不用找，因為仙子的住家和人類的剛好相反——我們白天看得見人們的房子，到了夜晚卻看不清楚；相反地，在深沉夜裡看得到仙子住宅，白天卻完全看不見。為什麼呢？因為仙子房屋的顏色是「夜色」，而我從沒聽說哪個人類能在白天看見夜色。「夜色」並不代表「黑色」喔！黑夜和白晝都有屬於自己的多種顏色，只是前者沒有那麼鮮豔明亮罷了。仙子房屋就像人類的一樣有藍、紅和綠色，裡面也會點著小燈。仙子宮殿則完全是用繽紛的彩色玻璃建造而成，是所有皇家宅邸中最可愛、最迷人的一座；不過仙后偶爾也會抱怨幾句，因為平民會偷偷透過玻璃窺探她的一舉一動。仙子平民是一群好奇心特別重的傢伙；他們偷看的時候會把臉緊緊貼在玻璃上，由於貼得太緊，大部分平民的鼻子都變得又短又翹。仙子的街道通常會綿延數英里，而且十分蜿蜒曲折。街道兩旁鋪有用精緻絨毛織成、色彩鮮豔的人行道，鳥兒們常常偷走這些毛織品，用來當作築巢的材料；不過被任命為警察的仙子會緊緊抓住毛織品另一端，死都不放手。

仙子和人類最大的差別之一，在於他們從來不做什麼有用的事。當第一個人類寶寶第一次笑的時候，他的笑聲碎成了數百萬片，而這些碎片全都蹦蹦跳跳走開了，這就是仙子的由來。你知道，仙子們看起來全都忙得要命，彷彿一丁點空閒也沒有；不過要是問他們在做什麼，卻完全答不上來。仙子全都無知到嚇人，他們所做的每件事都是假想出來的。仙子們也有郵差，但除了在聖誕節期間背起小箱子工作外，其他時間完全不需要他。仙子世界裡有些美麗的學校，但學校並不教授任何知識；身為重要人物、年紀最小的仙子女孩總是被選為女校長，每當她開始點名，所有仙子學生都會出去散步，永不回來。非常值得注意的一點是，在仙子家族裡，最年輕的成員永遠都是最重要的，而且這些重要人物通常都會成為王子或公主；小寶寶們全都記得這件事，並認為人類世界一定也是如此，這也就是嬰兒看見媽媽偷偷在搖籃上加新的荷葉邊時，會感到不舒服的原因。

你可能已經觀察到，家裡那個處於嬰兒時期的小妹妹想做所有媽媽和保母不准她做的事。例如她會在應該坐著的時候站著、在應該站著的時候坐著、在該熟睡的時候醒過來，或是穿著最好的連身衣在地上爬來爬去等諸如此類的事。也許你把這一切歸咎於她太頑皮，但事實並非如此；她只是單純在做自己曾看過仙子們做的事罷了。她一開始會模仿仙子的行為舉止；要讓她學會人類的方式，通常大概要花兩年左右的時間。她發脾氣的時候會非常難哄，人們經常稱之為寶寶的出牙期，

仙子們是一群身段優雅、姿態美麗的舞蹈家。

但其實根本沒有出牙期這回事，她是真的非常惱火；因為雖然她正在講一種簡單明瞭、可以理解的語言，但我們卻完全不懂她在說什麼。她所說的是仙子的語言。媽媽和保母之所以能比其他人更早了解嬰兒語言──比方說「咕」是「馬上把東西給我」的意思，而「哇」則是「你為什麼要帶這麼好笑的帽子」的意思──是因為她們和寶寶相處的時間比較長，已經學會了一點仙子語的關係。

最近大衛正在努力回想仙子的語言。透過用手指按壓太陽穴，他已經回憶起大量的仙子詞彙；假如我沒忘記的話，改天再說說究竟有哪些好玩的詞。大衛曾在他還是畫眉鳥寶寶的時候聽過這些詞語；儘管我暗示大衛這些可能是他記住的鳥語，但他說不是，因為這些詞都跟冒險與好玩的事有關，而鳥兒們除了築巢話題外，根本不聊其他東西。大衛記得很清楚，鳥兒們經常從一處飛到另一處，就像女士們瀏覽商店櫥窗一樣，看著不同的鳥巢說：「這不是我喜歡的顏色，親愛的。」、「要是加上柔軟的內襯怎麼樣？」、「可是它耐用嗎？」以及「這個裝飾好醜喔！」等等。

仙子們是一群身段優雅、姿態美麗的舞蹈家，這也是嬰兒最初會比手勢要你跳舞給他看，而你跳了之後他又大哭大鬧的原因。仙子們會在名叫「仙子光圈」的地方舉辦盛大的露天舞會，舞會結束後一連好幾個星期，都可以在草地上看到光圈的印痕。舞會剛開始的時候，草地上並沒有那個光圈，但仙子會一圈圈地旋轉，輕快地跳著華爾滋，因而踩出了光圈。有時會在光圈裡發現幾顆蘑菇，其實這些蘑菇是仙子的座椅，只不過那些仙子僕從忘記在舞會結束後搬走了。蘑菇座椅和光圈是仙子們唯一留下來洩漏自身祕密的足跡；要不是他們實在太愛跳舞，不踮著腳尖跳到花園開門前一刻決不罷休的話，一定會把痕跡清理乾淨的。我跟大衛就曾經發現過一個溫熱的仙子光圈呢！

負責燈光的舞會服務生則提著仙子燈籠——酸漿果，跑在最前面。

不過，也有另外一種方法能事先察覺到仙子們即將舉行舞會。你應該知道那種寫著花園今天幾點關門的小黑板吧？這些詭計多端的狡黠仙子會在舞會之夜當天偷偷竄改閉園時間，例如把原本的七點關門改成六點半，這樣他們的舞會就可以提早半小時開始了。

如果是舞會之夜的話，我們就可以像知名的梅米．曼納林一樣悄悄留在花園裡，這樣我們就能看見賞心悅目的美麗場景：上百位可愛的仙子急急忙忙趕到舞會場地；已婚的仙子腰上圍著他們的婚戒；紳士們全都穿著整齊帥氣的制服，並托起女士們的長禮服裙襬，負責燈光的舞會服務生則提著仙子燈籠——酸漿果，跑在最前面。仙子們在更衣室裡換上閃閃發光的銀舞鞋，拿好寄放外套的票根；各式各樣的繁花不斷沿著寶寶大道湧入會場，爭先恐後地圍觀。由於花兒們可以借美麗的別針給仙子，因此一直以來都是非常受歡迎的觀眾。瑪布仙后坐在晚餐桌上的首席位置，身後站著手裡拿著一株蒲公英絨球的宮務大臣；每當仙后想知道時間，他就會吹一下絨球。

餐桌的桌布會隨著四季更迭而變化。五月分的桌布是用栗子花做的。仙子僕從們製作桌布的程序如下：二十多位仙子男僕會爬上栗子樹搖晃樹枝，栗子花便會如雪片般紛紛落下；接著仙子女僕再搖動裙襬把花瓣掃成一堆，直到剛好形成一張桌布的形狀為止。這就是他們製作桌布的過程。

仙子們有真正的玻璃杯和三種真正的酒，分別是黑刺李酒、櫻桃酒和黃花九輪草酒。這時，仙后開始倒酒，不過酒瓶對她來說太重了，所以只是做做樣子而已。晚餐以奶油麵包開始，以蛋糕作為結束；奶油麵包大小就跟一枚三便士銀幣一樣大，而蛋糕則小到吃的時候連一點屑屑都不會掉。仙子們坐在蘑菇上圍成一圈，起初他們的行為舉止非常得體，總是會轉過身背對桌子咳嗽等等；然

每當仙后想知道時間，他就會吹一下絨球。

而過了不久，他們的表現就不那麼中規中矩了。他們會把手指伸進從老樹樹根提煉出來的奶油裡，有些可惡的仙子甚至會爬到桌上用舌頭舔糖或其他美味佳餚。仙后一看到他們失控成這副模樣，就會對僕從打個手勢，要他們把碗盤洗乾淨收好；於是大家都停止用餐，準備跳舞了。仙后走在眾人最前方，身後跟著宮務大臣；宮務大臣手裡拿著兩個小罐子，分別裝著桂竹香汁以及黃精汁。桂竹香汁是讓那些跳到昏倒的舞者甦醒的最佳良藥，而黃精汁則可以治療瘀傷。仙子非常容易瘀青，隨著彼得演奏的節奏越來越快，仙子們的舞步也越來越快，直到他們昏倒在地為止。不用我說你也知道，彼得是仙子們的一人交響樂團。他坐在光圈正中央熱情演奏；如今要是少了彼得，仙子們就別想跳一曲精采動人的舞蹈了。所有親切善良的仙子家庭都會寄邀請卡給彼得，卡片一角則會寫上「P．P」，也就是彼得潘的名字縮寫。仙子們也是一群懂得感恩的小傢伙；在仙子公主的成人禮（仙子每個月都會過一次生日，而他們在第二個生日當天就算成人了）舞會上，他們答應要實現彼得心目中的願望。

這件事情是這樣的：仙后命令彼得跪下，然後說因為他演奏出來的音樂非常美妙，所以她要實現他心裡的願望。仙子們全都聚攏過來圍著彼得，想聽聽他的願望；可是彼得猶豫了好久，不確定自己心目中的願望到底是什麼。

「如果我選擇回到媽媽身邊，」彼得最後終於開口。「妳能幫我實現這個願望嗎？」

這個問題立刻惹惱了仙子。要是彼得回到他母親身邊的話，那他們就再也聽不到他演奏的音樂了；因此仙后輕蔑地翹起鼻子說：「呿！你還是要求一個比那更大的願望吧。」

「那是個很小的願望嗎？」彼得問道。

「很小，這麼小。」仙后伸出兩隻手邊比邊說。她的手掌都快貼在一起了。

「那一個大願望的尺寸有多大呢？」彼得又問。

仙后在自己的裙子上比了一下大願望的尺寸，真的好長好長。

彼得仔細思考了一下，接著說：「那好吧，我想我要許兩個小願望來代替一個大願望。」

雖然彼得的聰明機靈讓仙子們非常震驚，但他們當然還是得答應他才行。彼得說，他的第一個願望是回到媽媽身邊，可是如果他發現媽媽讓他失望的話，他有權再度返回肯辛頓花園；至於第二個願望，他要先保留起來，以後再使用。

仙子們試圖勸阻彼得不要回到媽媽身邊，甚至還在路上設了一大堆路障。

「我可以賦予你飛回家的能力，但我沒辦法為你開啟家門。」仙后說。

「我當初離開的那扇窗會一直開著，」彼得很有自信地說。「媽媽一直都讓那扇窗戶開著，她希望我有朝一日會飛回去。」

「你怎麼知道呢？」仙子們驚訝地問他，可是彼得沒辦法解釋他到底是怎麼知道的。

「我就是知道。」他回答。

就這樣，彼得非常堅持他的願望，於是仙子們不得不滿足他的要求。他們賦予彼得飛行能力的方式如下：仙子們全都飛到他的肩膀上搔他癢，彼得很快就覺得有股有趣的搔癢感在肩膀部位流竄，接著他就越升越高，然後飛出花園，飛過了密密麻麻的屋頂。

由於飛翔的感覺實在太美妙了，因此彼得並沒有直接飛回家，而是輕輕掠過聖保羅大教堂，飛到水晶宮，然後再沿著河流上空往回飛，經過攝政公園。等到彼得飛到媽媽窗前時，他已經默默打定主意，決定他的第二個願望應該是變成一隻鳥。

正如彼得先前就知道的那樣，媽媽家的窗戶大大敞開，於是他便飛進了房間。他媽媽正躺在房間裡睡覺。彼得輕輕地落在床尾的木質欄杆上，仔細端詳著媽媽。她的頭枕在手臂上，枕頭上的凹陷處看起來就像一個用媽媽的褐色鬈髮鑲邊的鳥巢。彼得想起來了。雖然他之前已經忘記好長一段時間了，但現在他想起了媽媽總是在夜裡鬆開髮髻，讓頭髮放假休息。綴在媽媽睡袍上的荷葉邊好可愛喔！彼得好高興看到她是一個這麼漂亮的媽媽。

不過，媽媽的臉看起來充滿悲傷，而彼得知道媽媽難過的原因；媽媽其中一隻手臂動了一下，彷彿想摟住什麼東西似的；而彼得知道媽媽想摟住什麼。

「噢，媽媽！如果妳知道是誰正坐在床尾欄杆上的話該有多好啊！」彼得喃喃自語地說。

他非常溫柔地輕拍媽媽雙腳在被子底下隆起的小丘，從媽媽的表情看得出來，她很喜歡這樣。彼得知道，就算自己只用細微聲音輕輕叫「媽媽」，她也會馬上從睡夢中甦醒。只要孩子們叫媽媽，她們總會立刻醒來。如果媽媽真的醒來，她一定會興奮地大叫，然後緊緊抱住他——這種感覺對彼得來說多麼幸福，而且，噢！對媽媽來說多麼美好啊！我想這大概就是彼得心裡想做的事。為了報答媽媽，彼得會毫不遲疑地給予她身為女人應得的最佳待遇；他認為，最棒的莫過於擁有一個屬於自己的小男孩了。母親們會多麼以孩子為傲啊！彼得的看法不僅非常正確，也非常恰當。

但是，彼得為什麼坐在床尾欄杆上這麼久呢？他為什麼不告訴媽媽他已經回家了呢？我真的很想逃避真相。真相就是：彼得坐在那裡，內心糾纏著兩種矛盾的想法。有時彼得用渴望的眼神注視著媽媽，有時他又熱切地望著窗口。能再次成為媽媽的孩子當然很開心，但另一方面，在肯辛頓花園裡的日子也好快樂。他真的確定自己會重新喜歡穿衣服嗎？彼得突然飛快離開床欄，打開幾個抽屜，想看看自己以前穿的那些舊衣。那些衣服仍靜靜躺在抽屜裡，可是彼得想不起來該怎麼穿了。例如他盯著那些短襪想：它們是應該戴在手上，還是穿在腳上呢？當他打算試著把短襪套在手上時，一場緊張刺激的冒險就此展開：也許剛才拉抽屜時發出了嘎吱聲，也許是其他原因，不管怎樣，彼得的媽媽醒了，因為他聽見她說了「彼得」，彷彿這兩個字是人類語言當中最可愛的字眼。彼得仍坐在地板上屏住呼吸，心裡想著媽媽怎麼知道他回來了。假如她再叫一聲「彼得」的話，彼得也打算叫「媽媽」，然後奔向她的懷抱。可是媽媽只是輕輕呻吟了幾聲，沒有再叫他了。彼得又偷瞄了媽媽一下，發現她又睡著了，臉上還掛著兩行淚水。

彼得覺得好難過好難過。你猜他接下來做的第一件事情是什麼？他坐在床尾欄杆上，用自己的笛子為媽媽吹了一首美麗的搖籃曲，這首曲子是他用媽媽叫「彼得」的聲音基調編成的。彼得不停地吹奏，直到媽媽臉上露出幸福的表情。

彼得覺得自己實在太聰明了，差點忍不住想把媽媽叫醒，聽她說「噢，彼得，你演奏的音樂太美妙了！」不過媽媽現在看起來很舒服、很安心，於是彼得又把目光轉向窗口。千萬別以為他正考慮飛出窗外，永遠不回來喔；彼得已經下定決心要做回媽媽的孩子了，只是還在猶豫要不要從今天晚上開始。他煩心的是還沒使用的第二個願望。他已經不再希望變成一隻鳥了，但要是不許第二個願望，似乎就浪費了這個機會；況且如果沒回去找仙子，當然也無法提出第二個願望。此外，延遲許願太久好像也不太好。彼得捫心自問，沒有跟所羅門告別就飛走會不會太無情了？「我真的好想乘著我的小船再航行一次。」彼得對熟睡的媽媽輕聲說，語氣充滿熱切的渴望。他的口吻聽起來就像在跟夢中的媽媽爭辯，彷彿她聽得到他說話。「把這場冒險經歷講給鳥兒們聽，一定很棒。」彼得用哄騙的口氣說。「我保證一定會回來。」他認真地許下了承諾，每一個字都是真心的。

最後，你知道的，他飛走了。彼得又掉頭飛回窗前兩次想親吻媽媽，可是他擔心親吻的愉悅感會讓媽媽醒過來，因此他最終決定用笛子吹出可愛的親吻聲，然後飛回肯辛頓花園。

好幾個夜晚過去了，甚至好幾個月過去了，彼得還是沒有向仙子提出他的第二個願望。雖然我不太確定，但我大概知道彼得為什麼要拖這麼久。第一個原因是，彼得有太多的告別要說，不僅要跟他特定的幾個親密好友道別，還要跟上百個他非常喜歡的地點道別。然後他還要進行最後一次出航、真正的最後一次出航，以及在所有航行中的最後一次出航等等。再來，大家以和彼得告別的名義舉辦了無數場歡送會。另一個充分的理由是，其實也不用這麼著急，畢竟他媽媽會不厭其煩地一直等他回家。最後這個理由讓老所羅門非常不高興，因為這種行為就是在鼓勵那些雛鳥延後變成嬰兒的時間。所羅門有很多經典的座右銘，用來激勵鳥兒努力工作；像是「今日蛋，今日下」，以及「這個世界上沒有第二次機會——機會不等鳥」之類的。因此對所羅門來說，彼得這種「愉快地拖延時間」就是世界上最糟糕的行為。鳥兒們會彼此點出這項事實，然後再度墜入懶惰的習慣。

不過請注意，儘管彼得一直磨磨蹭蹭，沒有盡快回到媽媽身邊，但他非常確定自己絕對會回去。他和仙子之間謹慎的相處模式就是最好的證明。仙子們非常希望彼得留在花園裡演奏舞曲給他們聽；為了達到這個目的，他們費盡心思想誘使彼得說出「我希望草地不要這麼潮濕」這類的話；有些仙子則故意跳舞跳到超過規定時間，希望彼得會大喊：「我真希望你們能夠守時！」這樣一來，仙子們就可以名正言順地說，這是他許下的第二個願望。不過彼得發現了他們的計畫；雖然他偶爾還是會不小心說「我希望——」，但他總是能及時踩剎車。因此，當他最後勇敢地對仙子說「現在，我希望永遠回到媽媽身邊」時，他們還是得無奈地搔搔他的肩膀，然後讓他自由飛翔。

彼得匆匆忙忙往媽媽家飛去，因為他夢見媽媽正在哭泣，而他也知道媽媽是為了什麼重大事件而哭；一個來自她的優秀彼得的擁抱，就足以讓她立刻破涕為笑。噢！他非常確信自己的感覺沒錯。這一次，他極度渴望依偎在媽媽的懷抱裡，於是便直接飛向那扇窗，那扇永遠為他而開的窗。

可是，那扇窗卻關著，而且還裝了鐵欄杆。彼得從欄杆之間的縫隙往裡頭窺探，看到媽媽平靜地睡在床上，手邊還摟著一個小男孩。

彼得大叫：「媽媽！媽媽！」可是她沒有聽見。彼得用自己小小的手腳拚命敲打鐵欄杆，但一切都是徒然。他只好一邊啜泣，一邊飛回肯辛頓花園。從此以後，他再也沒有見過親愛的媽媽。彼得多想成為令媽媽驕傲的好孩子啊！唉，彼得！我們這些曾犯下嚴重錯誤的人，在第二次機會來臨時，應當展現出與先前截然不同的行為才對。不過所羅門說得對——對大部分的人而言，世界上沒有第二次機會。當我們抵達那扇窗戶時，已經到了閉窗時間；鐵欄杆，則是保護生命的體現。

5 小屋

所有人都聽說過肯辛頓花園裡的那棟小屋，那是全世界唯一一棟由仙子替人類打造的房子。然而除了少數三、四個人之外，沒有人真的親眼看過那棟房子。可這些人不但見過這棟小屋，而且還在裡面睡過覺。除非你有在裡面睡過覺，要不然你永遠看不到這棟小屋；因為當你躺下來睡覺時，這棟小屋並不在那裡，可是當你睡醒後卻可以從小屋門口走出去。

每個人都能以某種方式看見這棟小屋。然而目光所見並非真的小屋，只是映射在窗戶上的光罷了。你看到的是閉園之後的點點燈光。舉例來說，有一次在我們看完默劇表演回家的路上，大衛非常清楚地看到佇立在遠方樹林裡的小屋；在聖殿區[7]逗留到很晚的奧立佛·貝利，也在夜色中看見

7 Temple，位於聖殿教堂附近，為倫敦主要的法律區，許多知名律師事務所及重要法律機構皆位於此處。

那棟小房子（聖殿區是他爸爸工作的地方）。另外還有安琪拉．克萊兒，她很喜歡拔牙，因為拔牙後她就可以在茶館裡喝茶了；她在喝茶的時候看到不只一盞，而是好幾百盞燈。這些想必就是仙子建造小屋時所用的燈，因為他們每天晚上都在蓋這棟小屋，只是坐落地點永遠不一樣而已。安琪拉認為，有盞燈比其他的都要大，但她不是很確定，因為那些燈光總是不停跳動，說不定另一盞燈更大呢。不過，假如真的有盞燈比其他燈來得大，那就是彼得潘的燈了。很多孩子都曾見過，所以看到其實也沒什麼了不起；其中梅米．曼納林之所以聲名大噪，是因為小屋最初就是蓋給她的。

梅米一直以來都是個很奇特的小女孩，每當夜幕低垂，她就會變得很古怪。四歲大的梅米在白天是個很普通的孩子。當她的哥哥東尼——一個六歲大、身材健壯的男孩引起她的注意時，她會很高興地以正常方式抬頭看哥哥，試圖模仿他的動作；當東尼把她推到旁邊時，梅米看起來很開心，一點也沒有生氣；還有，當她玩擊球遊戲的時候，儘管球已經飛到半空中了，她還是會停下來指著自己的腳，要你看她穿的新鞋。梅米在白天真的是個很普通的孩子。

然而，每當夜晚的陰影籠罩大地，那個自大狂妄的男孩東尼不僅會在梅米面前收起所有鄙視的神色，而且還非常害怕地望著她。這也難怪，因為隨著夜色降臨，梅米臉上就會出現一種我只能用「詭異」來形容的表情；這個表情和東尼焦慮的眼神相比，也算是一種寧靜。接著，東尼會拿出自己最喜歡的玩具送給梅米當禮物（隔天早上他總是會一把搶回去），梅米會一邊露出令人不安的微笑，一邊收下玩具。此時東尼之所以變得低聲下氣，而梅米變得如此神祕，（簡單來說）是因為他們兄妹倆知道大人要送他們上床睡覺了。睡覺時間就是梅米化身為恐怖的時刻。東尼懇求梅米今晚不要那麼做，媽媽和那個臉頰紅通通的保母也恐嚇她千萬別那麼做，但梅米臉上還是掛著那個令人不安的微笑。

過了不久，當房間裡只剩下東尼、梅米，以及那盞小夜燈的時候，梅米會突然坐起身來大叫：「噓！那是什麼東西？」

「什麼東西也沒有——不要這樣，梅米，不要這樣啦！」東尼苦苦哀求，然後用被子蓋住頭。

「那個東西越來越近了！」梅米喊道。「噢，東尼，你快看！它正在用尖角摸你的床呢。噢！它是你最討厭的東西喔，東尼！」

梅米會像這樣說個不停，直到穿著內衣褲的東尼大聲尖叫，猛衝下樓為止。當大人走上樓要處罰她時，往往會發現她已經平靜地睡著了。你要知道，不是假裝睡著，而是真的睡著了。熟睡的梅米看起來就像個甜美可愛的小天使；在我看來，這似乎讓事情變得更加棘手。

當然啦，等到白天兄妹倆在肯辛頓花園裡的時候，東尼又變成話多的那一個。你可以從他的言行舉止推斷出他是個非常勇敢的男孩；沒有人比梅米更為哥哥的勇氣感到驕傲了，她總是用很自負的口氣說自己是東尼的妹妹。當東尼用那種一如往常、令人崇拜的堅定語氣告訴梅米，他打算某天等花園關門後偷偷留在園子裡時，梅米覺得這是她這輩子最欽佩哥哥的時刻。

「噢，東尼，可是那些仙子會很生氣的！」梅米的語氣裡流露出滿滿的敬意。

「大概吧。」東尼漫不在乎地說。

「也許彼得潘會讓你乘著他的小船航行呢！」梅米興奮地說。

「我會讓他那麼做的。」東尼回答；難怪梅米會以哥哥為傲呢。

然而，他們講話實在不應該這麼大聲。因為有一天，一個正在蒐集透明葉骸，準備用來編織夏日窗簾的仙子聽見了他們的對話。自此之後，東尼就成了仙子們關注的黑名單。他們會在東尼坐上欄杆前讓欄杆鬆動，導致他後腦著地摔在地上，或是抓住東尼的鞋帶讓他絆倒，甚至還會賄賂池塘裡那些鴨子，叫牠們把東尼的船弄沉。一旦仙子們對你萌生厭惡之情，所有能在肯辛頓花園裡遇見的倒楣事全都會發生在你身上，因此當你提到仙子時一定要特別小心。

梅米是那種會選定一天來做事的孩子，但東尼不是；所以當梅米問東尼打算要在哪一天閉園後留下來時，他只是簡單回答：「就是有一天啦。」至於到底是哪一天，東尼自己也不是很清楚，除非梅米問他：「是今天嗎？」他才會很篤定地說不是今天。梅米覺得哥哥每次都這樣說，想必是在等待一個真正的好時機吧。

這讓我們想起了一個花園裡積滿細雪、一片潔白的冬日午後。當時圓池也結了一層冰，不過冰還不夠厚，沒辦法在上面滑冰，可是你至少能在隔天丟丟石頭打破池面；很多聰明的小男孩和小女孩都是這麼做的。

當東尼和他妹妹抵達花園時，他們想直接到圓池那裡去，可是保母說他們必須先很快地散個步才行。保母一邊說，一邊瞥了寫著當晚閉園時間的小黑板一眼。黑板上寫著五點半關門。可憐的保母啊！她就是那種因著世界上有許多純潔孩子而開心、臉上持續綻放笑容的人，可是從那天之後，她就再也不能這麼笑了。

就這樣，他們沿著寶寶大道來來回回地散步。等他們回到那塊小黑板前方時，保母驚訝地發現，關門時間竟然已經改成五點了。但由於保母並不熟悉仙子們的伎倆，因此她並不知道（東尼和梅米立刻就明白了）他們是因為晚上有舞會的關係，所以才更改閉園時間。保母說，現在時間只夠他們走到小山丘再走回來了。當東尼和梅米小跑步跟在她身後時，她幾乎完全沒有察覺到兩個小傢伙心裡正醞釀著什麼令人興奮的事。你看，他們發現欣賞仙子舞會的機會來了！東尼覺得自己再也找不到比今天更好的時機了。

事實上，東尼也只能這麼想，因為梅米顯然覺得他應該會這麼想才對。她熱切的眼神彷彿在問他：「就是今天嗎？」東尼倒抽一口氣，然後點點頭。梅米伸出自己的小手，輕輕牽住哥哥的手；她的手很溫暖，可是東尼的手卻冷得像冰一樣。梅米很貼心地拿下自己的圍巾遞給東尼，悄聲地說：「以防你會覺得冷。」梅米的小臉蛋紅撲撲的，但東尼的臉色卻非常陰沉。

當他們走上小山丘頂端，轉身往回走時，東尼低聲對梅米說：「我怕保母會發現，所以我沒辦法那麼做。」

梅米聽了之後比以往更加欽佩哥哥，因為這個世界上有這麼多值得懼怕的未知與恐怖，但東尼卻什麼都不怕，只怕他們的保母。於是梅米大聲地喊：「東尼，我們來比賽看誰先跑到大門口！」緊接著她又悄聲在他耳邊說：「然後你就可以躲起來啦。」

賽跑開始了。東尼總是能輕而易舉地把梅米遠遠拋在後面，但梅米從來不知道原來哥哥能跑得像現在這麼快。她很確定東尼之所以跑得飛快，是因為他想預留更多時間，好找個隱密的地方躲起來。梅米崇拜的眼神彷彿正大聲吶喊：「好勇敢，實在是太勇敢了！」然而，眼前一陣恐怖的衝擊襲向梅米，讓她非常震驚：她的英雄並沒有躲起來，反而直接衝出花園大門！看到這令人心痛的一幕，梅米面無表情地停下腳步，感覺就好像她滿滿的心愛寶藏瞬間流失殆盡一樣；然而，由於蔑視之情占了上風，因此梅米並沒有哭。她體內湧起一股對所有軟弱膽小鬼不滿的情緒，接著便跑到聖戈沃爾井那裡，代替東尼躲起來。

保母走到大門口，看見東尼在前面很遠的地方，以為她照顧的另一個孩子也和東尼在一起，於是便踏出了花園大門。昏黃的暮色逐漸爬滿整座花園，數百個人紛紛從門口離開，其中包含了那個總是趕在最後一刻才跑出園子的人。可是梅米並沒有看見這些景象，因為她雙眼緊閉，激動的淚水將上下眼皮緊緊黏在一起。等到梅米睜開眼睛時，有個非常冰冷的東西沿著她的腿爬上手臂，落入她的心——那是花園深沉的寂靜。然後，梅米聽見一聲「鏗啷」，緊接著另一邊又傳來一聲「鏗啷」，再來是遠方的「鏗啷、鏗啷」——那是花園大門關閉的聲音。

最後一聲「鏗啷」消逝的那瞬間，梅米清楚聽見一個聲音說：「看樣子白天圓滿結束啦。」這個帶有木質氣息的聲響似乎來自上方，於是梅米抬起頭，恰巧看到一棵榆樹正在伸懶腰打呵欠。

梅米本來想說：「我從來都不知道你會說話！」可是她還來不及說出口，就有另一個好像是從井邊那支長柄勺身上傳來的金屬質聲音對榆樹說：「我猜你那邊有點冷吧？」榆樹回答：「不是特別冷啦，但單腳站了這麼久也是會麻木的。」話一說完，榆樹便猛烈拍打樹枝，就好像車夫在馬車起步之前揮舞馬鞭一樣。梅米非常驚訝地發現，有好多高大的樹木也在做同樣的動作。她躡手躡腳地走到寶寶大道，一邊敏銳地觀察四周，一邊蹲伏在一棵梅諾卡冬青樹下；那棵冬青樹只是聳聳肩，好像不太介意的樣子。

梅米現在一點也不覺得冷了。她身上穿著一件綴著毛皮的赤褐色童裝大衣，頭上戴著風帽，除了她的小臉蛋和幾縷鬈髮以外，沒有任何部位暴露在冷冽的空氣中。梅米身體的其他部分都深藏在一層層厚重暖和的衣服裡，讓她看起來好像一顆圓滾滾的小球，腰圍差不多有四十吋。

寶寶大道上正發生著許多精采有趣的事。梅米到的時候正好看見一株木蘭花和金鈴子花跨過欄杆，悠閒自在地散步。他們的腳步確實有點踉蹌，但那是因為他們都拄著拐杖的緣故。一棵上了年紀的接骨木步履蹣跚地橫越過寶寶大道，站在路邊跟幾棵年輕的溫桲樹聊天，他們也全都拄著拐杖。這些拐杖就是綁在小樹和灌木上的木棍；其實梅米對這些木棍再熟悉不過了，只是直到今晚才知道它們的用途。

梅米朝寶寶大道瞄了一眼，看到了她這輩子所見過的第一個仙子。那名仙子是個街頭男孩，正沿著靠近垂枝樹的那一側漫步。他一邊走，一邊用手猛壓樹幹上突出的彈簧；只要他一按，這些樹就立刻向雨傘一樣收攏，樹上的積雪則紛紛墜落，湮沒了那些住在樹下的弱小植物。「噢，你這個淘氣又頑皮的傢伙！」梅米義憤填膺地大叫，因為她知道雨傘上的積雪猛然打到身上是什麼感覺。

幸好，那個惡作劇仙子在比較遠的地方，沒聽到梅米的聲音；可是有株菊花聽見了，還故意尖聲大喊：「哎唷！這是什麼呀？」於是梅米不得不現身。整個植物王國頓時陷入一片混亂，大家都不知道該怎麼辦才好。

有株菊花聽見梅米的聲音，故意尖聲大喊：「哎唷！這是什麼呀？」

植物們低聲商量了一會。「當然啦，這件事跟我們無關。」一棵桃葉衛矛樹率先開口，「但我想妳非常清楚，妳不應該留在這裡。或許我們的責任就是向仙子報告這件事。妳覺得呢？」

「我認為你們不應該向仙子報告。」梅米回答。這個答案讓植物更加不知所措，因此他們惱羞成怒地說，沒必要跟她討論這件事。「假如我認為這個決定是錯的，那我絕不會要求你們這麼做。」梅米再三保證。經過這番對話，植物們當然不可能去打小報告了。這些植物有時會變得非常愛冷嘲熱諷，例如此刻，他們就不斷嚷著像是「我的老天哪！」以及「人生啊！」這類充滿感慨的話。然而，看到那些沒有拐杖的植物，梅米覺得很難過，於是非常和善地說：「在去仙子舞會之前，我願意帶你們散散步，一次只能帶一個。你們可以靠在我身上。」

植物們聽到她這麼說，全都熱烈地拍手。於是梅米便陪他們沿著寶寶大道散步，然後再走回來，一次只能陪一株。梅米會用手臂或手指摟住這些非常脆弱的植物；當他們的腳步太錯亂時，她會耐心地幫他們調整。雖然那些異國植物說的話，她一句也聽不懂，但她對待他們也像對待英國本土的植物一樣好。

整體來說，他們都表現得很好。儘管有些植物抱怨梅米陪自己走的距離比她陪南西、葛蕾絲或桃樂絲走的時候還要短，還有些植物刺到她，不過這些都是無心的，而且梅米的行為非常淑女，一次也沒抱怨過。走了這麼多路，梅米累壞了。她對於去仙子舞會這件事感到有點焦慮，但卻絲毫沒有害怕的感覺。梅米之所以不再恐懼，是因為現在已經是晚上了；你知道，每當夜幕低垂，梅米總是變得非常奇怪。

植物們心不甘情不願地答應讓梅米去仙子舞會。他們警告梅米：「要是仙子看到妳，他們就會傷害妳——把妳刺死、強迫妳照顧他們的孩子，或是把妳變成常綠橡樹那種單調乏味的東西。」植物們一邊說，一邊假裝同情地望著一棵常綠橡樹。每到冬天，他們都非常嫉妒這些常綠植物。

「啊哈！」那棵橡樹尖酸地回應。「全身穿得暖暖的站在這裡，看著你們這些裸體的可憐蟲在冷風中顫抖，真是再舒服、再愜意不過囉。」

雖然是那些植物先挑釁的，但常綠橡樹的嘲諷還是讓他們很生氣。他們描繪出一幅非常陰鬱的危險畫面，告訴梅米，如果她堅持要去仙子舞會的話，一定會遭遇到這些危險。

梅米從一棵紫色榛樹那裡得知，目前宮殿裡的人心情都不太好，不像往常一樣愉快，而問題的根源在於聖誕雛菊公爵那顆誘人的心。公爵是一位來自東方的仙子，因為患有一種可怕的病，所以身體非常不舒服。這種病稱為「無愛症」，也就是喪失了愛的能力。儘管他努力試著與來自眾多國家的名媛淑女交往，但他就是沒辦法愛上其中任何一位。統治肯辛頓花園的瑪布仙后很有自信，認為她那些仙子小姐一定能迷住公爵。可是——唉！公爵的私人醫生說，公爵的心還是冷的。這種情況讓醫生非常苦惱。只要有任何一位女士出現，醫生就會立刻摸摸公爵胸口，然後每次都搖搖他那顆禿頭咕噥著：「冷的，非常冷。」瑪布仙后自然覺得這是奇恥大辱，因此她先命令宮殿上下所有人大哭九分鐘，看看是否有效；接著再將這件事怪罪到那些小愛神邱比特身上，並頒布法令要愛神全都戴上丑角帽，直到他們融化公爵那顆冰凍的心為止。

「我好想看看邱比特戴上那些可愛小丑角帽的樣子！」梅米一邊大聲嚷嚷，一邊跑去尋找邱比

搖搖他那顆禿頭咕噥著：「冷的，非常冷。」

特。她這種行為非常魯莽，因為小愛神非常討厭被嘲笑。

想找到仙子舞會會場完全不是什麼難事，因為在會場和花園裡的仙子聚落之間總是拉著許多緞帶，這樣一來，那些受邀的仙子就可以用步行的方式參加舞會，而不會弄濕腳上的舞鞋。今晚的緞帶是紅色的，在皚皚白雪映襯下顯得格外鮮豔美麗。

梅米沿著其中一條緞帶往前走了一段路，一路上沒有遇到任何仙子。最後終於看到一支仙子遊行隊伍朝她走來；梅米驚訝的是，他們看起來似乎是從舞會上回來的。這場巧遇實在來得太突然，梅米沒有時間躲起來，只好在原地彎下膝蓋，手臂平舉，偽裝成一把椅子來矇騙這些仙子。仙子隊伍的前方及後方各有六名騎兵，中間則是一位身穿長袍、神情莊嚴的女士；長袍下襬由兩名男侍從托著，上面斜倚著一位可愛的女孩，彷彿托起的長袍是張躺椅——這就是貴族仙子出行的方式。那名女孩身穿金色雨滴製成的美麗外衣，然而最令人羨慕的是她的脖子，她的脖子居然是藍色的，而且肌膚質感宛如天鵝絨般絲滑；這種顏色的頸部自然讓她佩戴的那串鑽石項鍊格外顯眼、更加增色，展現出任何白淨肌膚都不可能達成的迷人風采。出身名門望族的仙子都有機會獲得這種令人羨慕的效果，只要刺穿皮膚，讓藍色的血液流出來染上身體即可。除非你曾見過珠寶店櫥窗中那些用來展示商品的女士胸像，否則應該想不到還有什麼東西能比藍色脖子更加光彩奪目了吧。

就這樣，梅米沿著緞帶繼續前進，來到一個地方，原本鋪在地上的緞帶變成一座橫跨在乾涸水窪上的小橋。有個仙子不小心掉到水坑裡，怎麼爬也爬不上來。起初這個小小的仙子少女還很畏懼好心前來幫助自己的梅米，可是過沒多久，她就坐在梅米手掌心裡開心地唧唧喳喳聊天。她說她的名字叫布朗妮，雖然她只是個可憐的街頭歌手，但還是踏上了前往舞會的路，想看看公爵會不會愛上她。

「當然，我只是個很平凡的女孩而已。」布朗妮說。這句話讓梅米非常不安，因為對於仙子來說，這個簡樸率真的小身影確實太平淡無奇了。

要找到適當的話來回答她還真難。

「我知道，妳一定覺得我沒機會吧。」布朗妮支支吾吾地說。

「我並沒有那樣說呀，」梅米很有禮貌地回答。「當然，妳的長相是有那麼一點點普通，可是——」對梅米來說，這真是個尷尬的時刻。

幸好，梅米想起了她爸爸和那場義賣會的故事。梅米的爸爸曾參加過一場非常時尚的義賣會，只要花兩先令六便士，就可以在義賣會第二天欣賞所有倫敦城裡最美麗的女士。爸爸回家時不但沒有對梅米媽媽的容貌感到不滿，反而還對她說：「親愛的，妳絕對無法想像，再度看到一張相貌平平的臉對我來說是多麼大的安慰。」

梅米不斷重複這個故事，大大增強了布朗妮的自信。真的，她心裡絲毫沒有懷疑，認為公爵一定會選擇她的。於是布朗妮沿著緞帶飛奔前往舞會現場，同時對梅米大喊，要梅米別跟著她，要不然仙后一定會傷害梅米的。

然而，梅米的好奇心驅使她繼續前進。過沒多久，梅米就在七棵西班牙栗子樹那裡看見了一盞神奇的燈。她悄悄地走向那盞燈，直到離燈非常近之後，她才躲到樹後面偷看。

那盞和你身高一樣高的燈是由數不清的螢火蟲組成的，牠們緊緊抓著對方，彼此相連在一起，在仙子光圈上空構築成一張耀眼的天篷。現場有數千名仙子在一旁圍觀，不過他們都站在暗處，與那些在閃亮光圈裡光彩照人的仙子們相比，他們的色彩比較單調。光圈裡的仙子非常鮮豔明亮，令人目眩神迷，讓梅米在看他們的時候不得不一直努力眨眼睛。

令梅米感到驚訝、甚至憤怒的是，那位聖誕雛菊公爵居然真的連一點點愛意都生不出來。儘管公爵喪失了愛的能力，但他那種憂鬱又優雅的氣質還是非常迷人：你可以藉由仙后和宮殿上一張張遺憾羞愧的面容窺知一二（雖然他們全都裝出一副不在乎的樣子）；也可以透過那些被帶到公爵面前等待讚許，最後得知自己不受賞識便嚎啕大哭的女士們嗅出端倪；甚至還能從公爵本人最陰沉的臉上看見這種風采。

此外，梅米也看到那個自命不凡的醫生正摸著公爵胸口，並聽見他機械式地不斷重複他的看法。梅米特別為那些邱比特感到遺憾；這些小愛神全都帶著丑角帽站在暗處，每當聽到那句「冷的，非常冷」的診斷意見，他們就倍感羞辱地低下那小小的頭。

沒看到彼得潘讓梅米覺得很失望。我現在就告訴你當晚彼得遲到的原因吧。那是因為他的小船卡在蛇形湖的浮冰區了，為了通過浮冰，彼得不得不用他那值得信賴的船槳突破重圍，開出一條危險的航道。

仙子們也不能沒有彼得，因為要是沒有他，他們就沒辦法跳舞，因此他們的心情異常沉重。仙子們難過時就會忘記舞步，而高興時又會想起來了。大衛告訴我，仙子們從來不說「我們覺得很快樂」，他們會說「我們有種想跳舞的感覺啦」！

嗯，當時仙子們看起來確實一點都沒有想跳舞的感覺。就在這個時候，旁邊圍觀的仙子群裡突然傳出一陣笑聲。那是布朗妮的笑聲。她剛抵達舞會現場，堅持要行使自己被帶到公爵面前的權利。

梅米急切地伸長脖子，想看看她朋友的進展如何，只是她心裡並不抱任何希望；看樣子除了信心滿滿的布朗妮自己，似乎沒有人對這件事懷抱希望。布朗妮被帶到公爵面前，醫生漫不經心地伸出一根手指放在公爵胸口上（為了方便起見，公爵身上那件鑲著鑽石的襯衫上開了一個能摸到心臟的小小活動門）。然後，醫生便開始機械地說：「冷的，非——」說到這裡，他突然閉嘴了。

「這是怎麼回事？」醫生大喊。他像搖晃懷錶那樣搖搖公爵的心臟，再把耳朵貼上去仔細聆聽。

「我的天啊！」醫生再度大叫。當然啦，此時圍觀的仙子群中掀起一陣極大的騷動，到處都有昏厥的仙子躺在地上。

大家都屏住呼吸，目不轉睛地盯著公爵。公爵自己也嚇了一大跳，看起來好像很想逃走似的。「我的老天啊！」仙子們聽到醫生喃喃自語；此時公爵的心臟顯然已經燃起了熊熊火焰，因為醫生瞬間把手指抽回來，放進嘴巴裡吸吮著。

等待的時刻真令人著急啊。

終於，醫生鞠了個躬，以嘹亮的聲音興高采烈地說：「我的公爵，在下十分榮幸地告訴您，您墜入愛河啦！」

你完全無法想像愛帶來的效果。布朗妮對公爵張開雙臂，公爵立刻飛奔投入她的懷抱；仙后跳

看起來確實一點都沒有想跳舞的感覺。

進宮務大臣懷裡，宮女們也各自依偎在屬於她們紳士的臂膀中，因為根據宮殿禮儀，宮女們必須仿效仙后的每一個動作。就這樣，在短短的時間裡，他們就舉行了將近五十場婚禮；對仙子們來說，投入彼此的懷抱就是一場仙子婚禮。當然還必須要有位牧師在場囉。

群眾們歡呼雀躍的場面好熱烈啊！皎潔的月亮在小號吹奏的樂聲中緩緩升上天空，數千名仙子立刻抓住美麗的月光，彷彿那些光是五月舞會中的緞帶似的，接著便瘋狂恣意地在仙子光圈裡跳起華爾滋。最令人開心的景象是，小愛神邱比特紛紛摘掉頭上那頂可恨的丑角帽，並把帽子高高拋入空中。結果梅米從樹後面走出來，搞砸了這一切。

梅米就是情不自禁。看到她的小仙子朋友這麼幸運、有了這麼美好的結局，梅米高興得昏了頭，於是便往前走了幾步，欣喜若狂地大喊：「噢，布朗妮，太棒了！」

大家瞬間僵在原地一動也不動，音樂停了，燈也熄了，當時你滿腦子只想說：「噢，天哪！」一種危險即將來臨的糟糕感覺頓時籠罩著梅米。她想起肯辛頓花園是個閉園後不准人類進入的地方，而她就是一個偷偷在閉園後留下來的人類小孩；可是一切都已經太遲了。她聽見憤怒的仙子群中傳來陣陣細碎的抱怨，看到數千把寒光閃閃的劍覬覦著她的鮮血；於是梅米害怕地大叫一聲，立刻拔腿狂奔。

看，梅米跑得多快呀！她拚命跑，速度之快彷彿眼睛都要從臉上蹦出來了。她跌倒了好多次，但總是迅速跳起來繼續往前跑。她的小腦袋裡充斥著各式各樣的恐懼，讓她完全感覺不到自己正身在花園裡。梅米確定的唯一一件事，就是自己必須一直跑，永遠不能停下來。在她衝進無花果樹林、熟睡了好長一段時間後，她還以為自己正在狂奔；她還以為落在臉上的雪花是媽媽的晚安吻；她還以為覆蓋在身上的雪花是條溫暖的毛毯，試著想拉上來蓋住頭部；當她在睡夢中聽見說話聲，還以為那是媽媽帶爸爸到兒童房門前看看熟睡的自己。然而，那是仙子們的交談聲。

我很高興可以告訴大家，仙子們終於不再渴望傷害梅米啦！梅米逃走的那一刻，仙子們曾喊得震天價響，大聲嚷著像是「殺了她！」、「把她變成令人極度討厭的東西！」等諸如此類的話。不過，因為他們一直在討論到底要由誰打頭陣，所以追捕行動持續延宕，這讓布朗妮公爵夫人有了足夠的時間飛奔到仙后跟前，請求她賞賜一個恩典。

每位新娘都有權請求一個恩典，而布朗妮請求仙后饒了梅米一命。「妳想求什麼都可以，只有這件事除外！」仙后嚴厲地回答，其他仙子也應聲附和道：「妳想求什麼都可以，只有這件事除外！」然而，等他們了解梅米是如何友善地對待布朗妮，鼓勵她去參加舞會，獲得仙子偉大的榮耀及聲望後，他們為這個人類小女孩歡呼三聲，接著便像一支軍隊般浩浩蕩蕩地啟程尋找梅米，想好好感謝她。仙后及宮殿成員走在隊伍最前面，螢火蟲天幕則緊緊跟隨他們的腳步。仙子們循著梅米留在雪地上的足跡，輕輕鬆鬆就找到她了。

不過，雖然他們在無花果樹林的雪地裡找到梅米，但似乎還是無法向她表達謝意，因為他們不想吵醒熟睡中的梅米。仙子們依然舉行了感謝禮，也就是請新登基的仙后站在梅米身上，對她宣讀一段歡迎詞，只是梅米一個字也沒聽見。此外，他們還清除了覆蓋在梅米身上的積雪，但一清完，很快又積了新的雪；他們看得出來，梅米正面臨著被凍死的危險。

「還是把她變成某種不怕冷的東西吧？」仙子醫生們的建議似乎還不錯。可是他們能想到的不怕冷的東西就只有雪花。「雪花會融化的。」仙后點出了問題所在，因此他們不得不放棄這個念頭。

接著，仙子們又冒出了一個宏偉壯麗的意圖，就是要設法把梅米運送到一個有遮蔽的地方。可是，雖然仙子的數量非常多，但梅米對他們來說還是太重了。眼前的景況讓所有女仙子都把臉埋在手帕裡嗚嗚哭了起來。不過，小愛神邱比特很快就想出了一個充滿愛的主意。「我們圍著她蓋一棟房子吧！」愛神們放聲大喊，所有人立刻感知到這正是他們該做的事。一轉眼，上百位仙子鋸木工便跳上樹枝開始工作；仙子建築師團隊圍著梅米轉來轉去，忙著測量她的尺寸；梅米腳邊冒出了一個仙子砌磚工的工作間，同時還有七十五名泥瓦匠正抬著基石飛快地跑過來；仙后主持了奠基儀式，而被任命為監工的仙子則要所有男仙子都來工地幫忙。工地上豎立起許多攀爬的鷹架，槌子、鑿子及車床運作的嗡嗚聲此起彼落；屋頂蓋好之後，仙子玻璃匠連忙替房子安裝玻璃。

這棟房子的大小與梅米的身材完全相符，模樣非常可愛。建造小屋時，梅米剛好有隻胳臂是伸展的，讓仙子們大為煩惱；不過他們只煩惱了一下下，就決定加蓋一條通往前門的走廊，把梅米的手臂圍在裡面。小屋上的窗戶大小都跟彩色圖畫書一樣，門的尺寸則又更小一點，但梅米可以透過掀開屋頂的方式輕鬆出入。按照仙子們的風俗習慣，他們開心地為自己的聰明才智熱烈鼓掌。由於仙子們實在太喜歡自己打造的這棟小屋了，因此他們完全無法接受已經完工的事實，於是便開始替房子加上一些點綴的小裝飾，然後又在裝飾上添加更多裝飾。

例如，有兩個小仙子爬上梯子，替小屋加蓋煙囪。

「現在，恐怕我們得承認這棟房子已經完工了。」他們感嘆地說。還沒完呢！因為另外兩名小仙子也爬上梯子，替煙囪綁上幾縷輕煙。

「這下子確實完工啦。」他們心不甘情不願地說。

「根本還沒完工啊，」一隻螢火蟲大聲嚷嚷。「如果她醒來後沒看到夜燈，一定會嚇壞的。我應該來當她的夜燈才對。」

「等一下，」一位仙子瓷器商說，「我應該幫你加一個瓷燈座。」

現在，唉！房子絕對是完工了。

噢，拜託不要！

「天啊！」一個仙子黃銅製造商大喊，「門上居然沒有安裝把手！」於是他便裝了一個門把。就這樣，一個五金商添加一把刮刀，一個老婦人提供一塊門墊，一群木匠抬來了一個儲水桶，那些油漆匠還堅持要幫水桶上漆。

終於完工了！

「完工了？怎麼能說完工了呢！」一個仙子水管工輕蔑地說。「還沒安裝冷熱水管呢！」於是他便替小屋安裝了冷熱水管。接著，一支仙子花匠大軍推著仙子專用的手推車，拿著鐵鍬，帶著種子、球莖花根，以及許多溫室花棚趕來了。一轉眼，他們就在走廊右側闢建了一片花園、在走廊左側開墾出一塊菜園，並在小屋牆壁上種植玫瑰和鐵線蓮。不到五分鐘時間，所有可愛的小植物全都盛開了。

噢，現在這棟小屋看起來多美呀！房子最後的的確確是完工了，因此仙子們只好離開小屋回去跳舞。離開之前，所有仙子都用手輕輕撫摸房子一下。最後一個離開的是布朗妮，在其他仙子走了之後，她又在小屋旁邊呆了一會，並順著煙囪把一個美夢放進去。

這棟精緻漂亮的小屋靜靜矗立在無花果樹林裡，保護了梅米一整夜，不過梅米本人卻一直沒有察覺。她一直睡到那個美夢完全結束，然後在香甜舒適的感覺中醒過來。醒來的時候，清新的晨曦剛好破蛋而出，梅米差點又要睡著了。在朦朧的睡意中，梅米喊了一聲「東尼」，因為她還以為自己睡在家裡的兒童房呢。由於沒有聽到東尼的回應，梅米坐起身來，一頭撞上屋頂，屋頂就像盒蓋一樣打開了。令她迷惑不解的是，眼目所見，全是深埋在大雪中的肯辛頓花園。梅米發現自己並沒有待在兒童房裡，有點懷疑這些景色到底是不是真的；於是她捏了一下臉頰，才明白眼前的一切都是真的，讓她想起了自己正處於一次偉大的冒險旅程呢！從花園大門關閉，一直到逃離仙子之間發生的所有事情，現在梅米全都想起來了。然而，她開始問問自己，難道是她自己跑到這麼有趣的地方來嗎？梅米從屋頂跨出來，剛好越過了那片小花園，然後看見了這棟陪伴自己度過一夜的小屋。這間美麗的小房子讓她深深著迷，完全空不出心思來想別的事了。

「噢，你好漂亮！噢，你好迷人！噢，你好可愛！」梅米不停喊道。

也許是來自人類的聲音嚇到了小屋，或是小屋知道自己的任務已經完成了，因此梅米才剛說完那些讚美的話，小屋就開始越變越小。它變小的速度非常緩慢，慢到梅米幾乎不相信它正在縮小；然而過了不久，梅米就看得出來那棟小屋再也裝不下自己了。小屋還是跟之前一樣完整，只是尺寸越來越小，花園、菜園也同時在縮小。隨著房子不斷變小，周圍的積雪也逐漸蔓延開來，占據了原本的小屋和花園空間。現在，小屋只剩下一個狗屋大小了；過了不久，變成只有一艘諾亞方舟的大小了，但是，你仍然可以看到煙囪裡冒出的煙、門把及牆壁上的玫瑰，每樣東西都完好如初。那盞螢火蟲夜燈也越變越小，不過燈依舊亮著。「親愛的，最可愛的小屋，請不要走！」梅米放聲大喊，跪坐在地上；如今小屋變得只有一個線軸大小，不過依然完好。然而，當梅米懇求地伸出雙臂時，寒冷的積雪從四面八方緩緩漫過來，直到彼此匯聚在一起。小屋原本坐落的地方，現在只見一片平整遼闊的雪野。

梅米任性地跺著腳，用手摀著眼睛大哭起來。就在這個時候，她聽見一個親切的聲音說：「不要哭，美麗的人兒，不要哭。」於是梅米轉過身，看到一個全身赤裸的小男孩感傷地望著她。梅米立刻明白，他一定就是彼得潘。

❻ 彼得的山羊

梅米覺得很害羞，但彼得根本不知道什麼是害羞。

「我希望妳度過了一個很棒的夜晚。」彼得真誠地說。

「謝謝，」梅米回答，「我睡得很舒服、很溫暖。可是你——」她有點尷尬地看著彼得赤裸的身體。「難道你一點也不冷嗎？」

其實彼得已經忘了「冷」這個字，他回答說：「我想我不冷，但也許我錯了也說不定。你看，我非常無知。我並不是一個真正的人類男孩。所羅門說我是半人半鳥。」

「所以他們是那樣叫你的嗎？」梅米若有所思地說。

「那不是我的名字。我的名字叫彼得潘。」彼得解釋道。

「當然囉，我知道呀，我還知道所有人都知道你叫彼得潘。」梅米說。

你完全無法想像，當彼得知道花園大門外的人全都認識他的時候，他有多高興。彼得拜託梅米告訴他，花園外的人都知道些什麼、說了什麼，梅米一五一十描述給他聽。此時他們正坐在一棵倒地的大樹上，在梅米坐下前，彼得先幫她清理了樹上的積雪，但他自己卻坐在有點積雪的地方。

「你靠近一點。」梅米說。

「什麼意思啊？」彼得問道。梅米示範給他看，彼得便依樣畫葫蘆地照做了。他們倆開始聊了起來，彼得發現人類知道很多有關他的事，但還不是全部。比方說，他們不知道他回到媽媽家時被關在窗戶鐵欄杆外面了；不過他對梅米隻字未提，因為對他來說，這件事情還是很丟臉。

「人們知道我像真正的小男孩一樣玩遊戲嗎？」彼得非常驕傲地說。「噢，梅米，請妳說給他們聽吧！」可是當彼得說出像是讓鐵環在圓池裡航行等自創玩法時，梅米驚訝得說不出話來。

「你的所有玩法都大錯特錯，跟人類男孩的玩法完全不一樣。」梅米瞪大眼睛看著彼得說。

聽到這裡，可憐的彼得發出一聲低吟，他這輩子第一次哭了，但我不知道他哭了多久。梅米非常同情彼得，還好心地把自己的手帕借給他，可是彼得完全不知道該怎麼使用手帕，梅米便示範給他看；更確切地說，就是梅米用手帕擦擦自己的眼睛，再把手帕遞給彼得說：「現在換你。」然而彼得並沒有擦自己眼睛，而是去擦梅米的眼睛，但梅米認為自己最好假裝彼得做對了。

出於憐憫，梅米溫柔地說：「如果你願意的話，我想給你一個吻。」雖然彼得過去曾知道什麼是「吻」，但他老早就忘記了，於是他一邊回答「謝謝！」一邊伸出手來，以為梅米會在他手裡放些什麼東西呢。這個舉動令梅米大吃一驚，但因為她不知道該怎麼解釋才不會讓彼得覺得丟臉，所以她靈機一動，把一個剛好放在口袋裡的頂針送給彼得，假裝這就是一個吻。可憐的小彼得！他完全相信梅米；因此直到今天，雖然已經很少人在用頂針，但彼得手指上都還套著那個頂針呢。你要知道，儘管彼得看起來還是個小嬰兒的模樣，可是自從他最後一次見到媽媽以來，已經過了很多很多年；我敢說，那個後來取代彼得的寶寶現在想必已經是個留著鬍子的大人了。

不過，你千萬不要因為彼得是個小男孩所以就對他懷抱同情，而非欽佩之意。梅米一開始就是這麼想，但她很快就發現自己錯得一塌糊塗。當彼得滔滔不絕地敘述他的冒險故事時，梅米眼中流露出欽羨的神情，特別是他如何乘著畫眉鳥巢往返於小島和花園之間這一段。

「太浪漫了！」梅米忍不住大叫。她又用了一個彼得不懂的詞彙；彼得以為那是瞧不起自己的意思，沮喪地垂下頭。

「我猜東尼是不是不會做那種事？」彼得非常自卑地問道。

「不會，從來不會！」梅米的口氣非常肯定，「他只會害怕而已。」

「害怕是什麼啊？」彼得滿懷渴望地問，他以為那一定是件很了不起的事。「梅米，我真希望妳能教我如何害怕。」

「我相信絕對沒有人能教你如何害怕。」梅米非常崇拜地說，但彼得還以為梅米覺得他很笨呢。梅米把東尼的所作所為，以及自己在夜裡為了嚇唬他而做的那些搗蛋事（這她倒是很清楚）告訴彼得。不過彼得不僅誤解了她的意思，還說：「噢，真希望我能像東尼一樣勇敢！」

這句話惹惱了梅米。她憤憤不平地說：「你比東尼勇敢二十倍，你是我有生以來見過最勇敢的男孩！」

彼得簡直不敢相信梅米居然這麼說；不過等他搞清楚正確的意思後，他開心地放聲尖叫。

「如果你非常想給我一個吻的話，那就吻吧。」梅米說。

彼得心不甘情不願地拿下手指上的頂針，他以為梅米想把頂針要回去。

「我的意思不是說一個吻，我是說一個頂針。」梅米連忙改口。

「什麼是頂針？」彼得問道。

「就像這樣。」梅米親了彼得一下。

「我很願意給妳一個頂針。」彼得嚴肅地說，他也親了梅米一下。事實上，他給了梅米好多個「頂針」，並想到了一個令人欣喜的主意。

「梅米，妳願意嫁給我嗎？」彼得說。

說也奇怪，彼得想到這個點子的時候，梅米腦海中同時冒出了一模一樣的念頭。「我很願意，」她回答。「可是你的小船容納得下兩個人嗎？」

「妳靠近一點的話就可以。」彼得熱切地說。

「那些鳥大概會生氣吧？」

彼得向梅米保證，鳥兒們一定會很歡迎她。雖然我個人不是很確定，不過冬天的鳥並不多。「當然，他們可能會想要妳的衣服。」彼得不得不支支吾吾地承認。

鳥兒這種行為讓梅米有些生氣。

「他們總是一心只想著自己的鳥巢。」彼得語帶歉意地說，「只要一點點——」彼得從梅米的大衣上抓下一點點毛。「他們就會非常開心。」

「他們不應該拿走我衣服上的毛。」梅米的語氣有點尖銳。

「不，」彼得一邊興高采烈地說，一邊繼續撫弄著梅米衣服上的毛。「不，梅米，妳知道我為什麼愛妳嗎？就是因為妳看起來像個美麗的鳥巢啊！」

不知道為什麼，彼得的話讓梅米覺得很不舒服。她猶豫地說：「我想你現在說話的時候不像個小男孩，反而更像一隻鳥。」的確，彼得看起來更像一隻鳥。「畢竟你只是半人半鳥嘛。」這句話深深傷害了彼得，於是梅米急忙補充說：「那一定是一件非常美妙的事。」

「那就一起來當半人半鳥吧，親愛的梅米。」彼得殷殷懇求。同時，他們起身走向小船，花園的開門時間快到了。「妳一點也不像鳥巢。」彼得在梅米耳邊輕聲說，希望能取悅她。

「不過我覺得像個鳥巢也不錯啊！」梅米以一種女人老是愛爭辯的方式反駁。「更何況，彼得，親愛的，雖然我不會把衣服上的毛給鳥兒，但是我並不介意他們在我衣服裡築巢。想像一下，我的衣領裡有個小鳥巢，裡面還有布滿斑點的鳥蛋！噢，彼得，這真的太可愛了！」

可是當他們接近蛇形湖時，梅米有點顫抖地說：「當然啦，我會常常回去看媽媽，很常很常。這種事不應該搞得好像我要跟媽媽永別一樣，這完全是兩回事。」

「當然是兩回事啦。」彼得回答。然而在他內心深處，他其實非常清楚：這兩者完全是同一件事。要不是因為他非常害怕失去梅米，他一定會如實告訴她的。彼得非常喜歡梅米，他覺得自己的生活裡不能沒有她。「她遲早會忘記媽媽的，她會和我在一起，過著幸福快樂的日子。」彼得不斷告訴自己，同時帶著梅米趕路，並在路上給了梅米好多頂針。

然而，即便梅米看到那艘小船，並因為它的可愛而興奮地大叫時，她仍語帶顫抖地談論她的母親。「你一定非常清楚吧，彼得，對不對？除非我知道自己可以想什麼時候回去看媽媽就回去，要不然我是不會跟你走的。彼得，告訴我，我想什麼時候回去看媽媽都可以。」

彼得重複了這句話，但是他不敢看著梅米的眼睛說。

「如果妳確定妳媽媽永遠需要妳的話。」彼得酸言酸語地補了一句。

「你怎麼會有這種想法呢！」梅米大叫，臉上閃著晶亮的光芒。

「如果她不會把妳關在鐵欄杆外面的話。」彼得嘶啞地說。

「家裡的門會永遠、永遠開著，媽媽也會永遠、永遠等我回家。」梅米回答。

「如果妳確定的話，就上船吧。」彼得的語氣流露出一絲陰鬱，接著協助梅米登上畫眉鳥巢。

「可是你為什麼用那種眼神看我呢？」梅米抓住彼得的手臂問道。

彼得努力不去看梅米，並試圖駕船離開，可是最後他還是深吸了一口氣跳上岸，非常傷心地坐在雪堆上。

梅米走到他身邊，充滿疑惑地問：「親愛的，我親愛的彼得，到底發生什麼事了？」

「噢，梅米！」彼得哭喊道，「如果我在妳認為自己還能常常回家的情況下帶妳走，對妳來說很不公平。妳媽媽——」他又深吸了一口氣，「妳不像我一樣了解她們。」

彼得把自己當初是如何被關在鐵欄杆外的悲慘遭遇說給梅米聽。梅米聽了抽抽答答地哭泣。

「可是我媽媽——我媽媽她——」梅米哽咽地說。

「她也會那麼做的。她們都一樣。我敢說，妳媽媽已經在尋找另一個替代品了。」彼得說。

梅米驚恐地說：「我不相信。你要知道，當你飛走之後，你媽媽就一無所有了，可是我媽媽還有東尼。媽媽們只要有一個孩子就滿足了。」

彼得挖苦地說：「妳真應該看看那些已經有六個孩子的母親寫給所羅門的信。」

這時，他們聽見一聲刺耳的吱嘎聲，隨後花園四周接連傳來許多吱嘎聲，那是花園大門打開的聲音。彼得緊張地跳進小船，他知道梅米不會跟他一起走了。彼得盡可能忍住眼淚，勇敢地不哭出來，可是梅米卻已經泣不成聲。

「要是我早點來就好了。」她痛苦地說。「噢，彼得，要是我媽媽有另外一個寶寶就好了！」

彼得再度跳上岸，彷彿梅米呼喚他回來一樣。「我今晚還會回來找妳的。」彼得靠近梅米身邊說，「不過如果妳動作快一點的話，我想妳一定可以及時趕回家。」

他在梅米甜美的小嘴上印下最後一個頂針後，就用雙手遮臉，以免看到梅米離開的背影。

「親愛的彼得！」梅米哭喊著。

「親愛的梅米！」那個遭逢悲劇的可憐男孩也哭喊著。

梅米飛奔進彼得的懷抱，那是一種仙子的婚禮儀式，然後她便匆匆離開了。噢，她奔向花園大門的速度可真快！至於彼得，當天晚上一傳出大門上鎖的聲響，他便立刻返回了花園，卻沒有找到梅米，所以他知道梅米已經及時趕回家了。長久以來，彼得總是希望梅米會在某個夜裡回到他身邊；他時常默默期待，自己的小船靠岸時，能看見梅米在蛇形湖畔等他。但是梅米一直沒有回來。其實梅米也很想回到彼得身邊，可是她擔心如果再次見到心愛的半人半鳥，會想跟他在一起而逗留太久。此外，保母也時時刻刻留心她的一舉一動。不過，梅米經常語帶愛意地談起彼得，還為他親手織了一個壺柄套。有一天，梅米正在思考彼得喜歡的復活節禮物時，她媽媽提出了一個建議。

「沒有什麼比一隻山羊更有用啦。」梅米的媽媽思考了一下，體貼地說。

「彼得可以騎在山羊背上，同時還能吹奏他的笛子！」梅米興奮地大喊。

「那麼，妳會把妳那隻山羊，也就是妳晚上用來嚇唬東尼的那隻送給彼得嗎？」她媽媽問道。

「可是那不是真的山羊啊。」梅米說。

「對東尼來說，好像是一隻非常真實的山羊。」她媽媽回答。

「在我看來，那隻山羊確實很逼真沒錯。」梅米承認。「但是我要怎麼送給彼得呢？」

梅米的媽媽知道方法。第二天，她們母女倆在東尼（雖然他並非無可匹敵，但其實是個很不錯的男孩）的陪同下來到肯辛頓花園。梅米獨自一人站在仙子光圈裡，然後她媽媽（一位非常有天賦的女士）說：

我的女兒，請告訴我，如果可以，妳想送彼得潘什麼禮物？

梅米回答說：

我要送一隻山羊給他騎，

請看我將牠拋得遠闊如繁星。

接著她便揮舞手臂，彷彿正在撒種子，然後又轉了三圈。

接下來東尼說：

如果彼得發現山羊在這裡等他，可否能讓我不再害怕？

梅米回答說：

我以黑夜與白晝為證深情發誓，

無論身在何方，永不復見山羊。

梅米還在一個可靠地點留下一封信給彼得，信中說明了她所做的一切，並懇求他請仙子把那隻山羊變成方便騎乘的真山羊。所有事情都照梅米的希望實現了。彼得發現了那封信；而對仙子來說，把那隻山羊變成真山羊再簡單不過了。這就是彼得如何得到那隻山羊的故事。時至今日，彼得每天晚上仍會騎著那隻山羊在肯辛頓花園裡漫遊，一邊吹奏美妙超凡的笛聲。梅米信守了自己的承諾，再也沒有用任何山羊來嚇東尼，雖然我聽說她又創造出別種動物啦。梅米持續在肯辛頓花園留下給彼得的禮物（同時附上信解釋人類玩這些東西的方法），直到她長大成人為止。梅米並不是唯一一個送禮物給彼得的人。比如大衛也會在花園裡留下禮物，而且我和大衛還知道哪個地點最可靠；如果你也想送禮物給彼得，我們可以把地點告訴你。不過看在老天的分上，千萬不要當著波瑟斯的面問這個問題；因為這條狗非常喜歡玩具，要是牠發現了那個地點，絕對會把所有玩具都叼走。

雖然彼得始終惦記著梅米，但他現在已經變得像以前一樣快樂了；當他跳下小船，躺在草地上愉快地踢著腿時，心中經常充滿純粹的喜樂。噢，他真的玩得好開心喔！然而彼得內在深處依舊埋藏著自己曾為人類的模糊記憶，這讓他對那些造訪小島的家燕特別友善，因為那些家燕都是夭折小孩的靈魂。這些燕子總是在牠們生前居住過的屋宅房檐下築巢，有時還會從窗戶飛進兒童房；或許這正是彼得在所有鳥類當中最愛牠們的原因吧。

那那棟小屋呢？如今在每一個按照規定關門的夜晚（也就是仙子不舉行舞會的夜晚），仙子們都會建造一棟小屋，以防哪個孩子迷失在花園裡；彼得則會騎著山羊帶領仙子大軍，在花園裡到處尋找走失的孩子。一旦他發現那些孩子，就會把他們放在山羊背上，載到小屋那裡去。當孩子們睡醒時，就會發現自己躺在小屋裡；當他們踏出小屋後，就會看見這棟可愛房子的全貌。仙子們之所以不辭辛勞地建造小屋，單純是因為小屋實在太漂亮了；然而彼得騎著山羊在花園裡漫步，是為了要紀念梅米，因為他還是喜歡做那些他認為真正的男孩會做的事。

但是，千萬不要因為樹林某處有棟燈光閃爍的溫暖小屋，就覺得在閉園後的花園裡逗留不會有什麼危險。倘若某些邪惡仙子碰巧在那天晚上外出，他們一定會傷害你的；就算沒有傷害你，你也可能會在彼得找到你之前，就死於寒冷及黑暗了。有好幾次彼得都晚了一步。當他發現自己來得太遲，便會立刻奔回畫眉鳥巢拿船槳，梅米已經告訴他那隻船槳的真正用途了。彼得會用那把鐵鍬船槳替孩子挖個洞，豎立一塊小墓碑，並在墓碑上以大寫字母鐫刻可憐孩子的名字字首。彼得之所以這麼做，是因為他認為那些真正的男孩也會這樣做。你一定曾注意過這些小石碑吧？它們全都是兩兩並立的。彼得選擇將兩塊石碑立在一起，因為這樣看起來比較不孤單。我覺得肯辛頓花園裡最感人的畫面就是華特．史蒂芬．馬修與菲比．菲爾普斯那兩塊墓碑了。這兩塊小石碑並立在據說是西敏市聖瑪麗區與帕丁頓區的交界處。彼得在那裡找到兩名嬰兒，他們從嬰兒車裡摔了出來，可是都沒有人發現。菲比當時十三個月大，而華特的年紀不明，可能比菲比還要小一點；彼得似乎覺得在他們的墓碑上寫下任何年齡都不太合適。這兩塊墓碑肩並肩立在那裡，上面寫著簡單的碑銘：

W.
St. M.

與

13a
P. P.
1841

大衛有時會在這兩個純真的嬰兒墳墓前，放一束白色的花。

這對父母來說是多麼傷心欲絕的事啊！他們在花園開門時，焦急地跑進來尋找走失的寶寶，結果只找到一塊最可愛的墓碑。我真心希望彼得不要常常用到他的鐵鍬船槳。那樣真的太悲傷了。

愛經典013

彼得潘【青春夜光版】
Peter Pan

作者　J. M. 巴利 James Matthew Barrie
繪者　F. D. 貝德福／亞瑟・拉克姆
Francis Donkin Bedford／Arthur Rackham
譯者　郭庭瑄

出版者　愛米粒出版有限公司
地址　台北市10445中山北路二段26巷2號2樓
編輯部專線　（02）25622159
傳真　（02）25818761
【如果您對本書或本出版公司有任何意見，歡迎來電】

總編輯　莊靜君
編輯　葉懿慧
印刷　上好印刷股份有限公司
電話　（04）23150280
初版　二〇一七年（民106）十月十日
二版一刷　二〇一九年（民108）十二月一日
定價　299元
總經銷　知己圖書股份有限公司　郵政劃撥：15060393
（台北公司）台北市106辛亥路一段30號9樓
電話：（02）23672044／23672047　傳真：（02）23635741
（台中公司）台中市407工業30路1號
電話：（04）23595819　傳真：（04）23595493
法律顧問　陳思成
國際書碼　978-986-97203-4-2　CIP：873.57／108002844

版權所有・翻印必究
如有破損或裝訂錯誤，請寄回本公司更換

愛米粒出版有限公司
Emily Publishing Company, Ltd.

因為閱讀，我們放膽作夢，恣意飛翔──
在看書成了非必要奢侈品，文學小說式微的年代，愛米粒堅持出版好看的故事，讓世界多一點想像力，多一點希望。

愛米粒 FB

填回函雙重贈禮
①立即送購書優惠券
②抽獎小禮物